Doreen Brigadon

Was Funken, Glücksbringer und die „Drei" gemeinsam haben

Es kommt, wie es kommen soll

novum ✒ pro

Dieses Buch ist auch als
e-book
erhältlich.

www.novumverlag.com

Bibliografische Information
der Deutschen Nationalbibliothek:

Die Deutsche Nationalbibliothek
verzeichnet diese Publikation in
der Deutschen Nationalbibliografie.
Detaillierte bibliografische Daten
sind im Internet über
http://www.d-nb.de abrufbar.

© 2017 novum Verlag

ISBN 978-3-99048-494-4
Lektorat: Isabella Busch
Umschlagfotos:
Ljupco Smokovski, Vaclav Volrab,
minnystock | Dreamstime.com
Umschlaggestaltung, Layout & Satz:
novum Verlag

Gedruckt in der Europäischen Union
auf umweltfreundlichem, chlor- und
säurefrei gebleichtem Papier.

www.novumverlag.com

Bei der Wahrsagerin

Mit 3 fängt das Glück an
Die Glücksbringer kommen bald alsdann
3 Mal die 3, dann kommt das Glück für alle herbei.

„Ja es bleibt immer das Gleiche!", konnte ihm die Wahrsagerin nur sagen. Ein altes Weiblein, man konnte schlecht schätzen, wie alt sie war. Sechzig oder siebzig oder älter?

„Dass du dir nicht selber in die Zukunft blicken kannst, sondern nur für andere, hast du deinem früheren Leben zu verdanken. Du musst ganz was Schlimmes angestellt haben, dass man dir das verwehrt. Aber heute gibt es etwas Neues zu berichten. Hat sich was geändert bei dir in letzter Zeit?"

„Bei mir nicht direkt, aber mein Freund hat sich bei einer Singlebörse angemeldet und ich hoffe, da bekomme ich dann auch endlich eine Frau ab. Denn du sagtest ja: ‚Findet mein Freund eine Frau, finde auch ich die Frau fürs Leben!' Es geschah aus einer Laune heraus. Er hat sich schon drei Frauen ausgesucht. Besser gesagt, eine hat er sich ausgesucht, die andere ich und die dritte überließen wir dem Zufall oder dem Schicksal. Die wurde gezogen. Wir haben dann auch beide den gleichen Brief erwischt."

„Na, das hört sich ja gut an, und wie alt sind die Damen und wie alt ist noch mal dein Freund?"

„Er ist 35, so wie ich. Die erste Dame ist 23, die zweite 33 und die dritte 43. Warum er die eigentlich gewählt hat, weiß ich nicht, ist ja zu alt für ihn! Besser gesagt, die dritte haben wir ja gemeinsam gezogen. Aber das waren die einzigen wenigen, die mit A anfingen und aufhörten."

„Das überlass nur mal dem Schicksal. Was willst du noch mehr, alle haben die ‚3' im Alter. Auch er. Und wenn da noch mal ein paar ‚Dreien' auftauchen, würde es mich nicht wundern. So, jetzt habe ich noch was für deinen Freund. Ihr seid nämlich ziemlich eng verbunden. Dürfte an eurer Vergangenheit liegen. Nicht nur an der jetzigen."

Das Kleeblatt im Haar,
der Marienkäfer in der Hand,
die „Drei" zu Mutters Füßen.

Den Pilz auf dem Kopf,
den Schornsteinfeger im Arm,
das 13. Schwein hat Glück sodann.

Das Hufeisen auf dem Kopf,
das Salz in der Hand,
die Glückskatze auf Ihrem Schoß.

Bei diesen Glücksbringern bleibt die Liebe dreifach liegen.

„Merk dir das, mein Junge. Das wirst du zum Schluss noch brauchen!
    Und dann, … wirst du MICH nicht mehr brauchen!"
    „Aber nein, ich muss ja zu dir kommen, damit mir jemand die Zukunft vorhersagt!"
    „Jungchen, Jungchen!! Merk dir meine Worte. Und jetzt geh!"

Tag 1 – Ankunft

Aus einer Laune heraus habe ich mich bei einer Singlebörse angemeldet. Meine Kinder und Freunde sagen mir schon lange, ich soll mich wieder nach einem Mann umsehen. Ich bin jetzt seit fast drei Jahren Witwe und ein jeder will mich mit irgendjemandem verkuppeln. Doch den Mann, mit dem ich den Rest meines Lebens verbringen will, such ich mir schon selber aus. Da hier in der Nähe kein interessanter Mann zu finden ist, auch wenn es so manche glauben, will ich mir meinen Zukünftigen schon selber aussuchen. Um aber auch etwas Spaß zu haben, habe ich mich einfach bei einer Singlebörse angemeldet. Ich dachte nicht, dass das was werden würde. Drei Männer waren interessant. Der eine ist 54, aus Niederösterreich und heißt Walter, der zweite 45, aus dem nördlichen Burgenland und heißt Anton und der dritte, weil er so nett lachen konnte, ist 35, aus der grünen Steiermark und heißt Robert (so wie mein verstorbener Mann).

Ich war ganz baff, als sich der 35-Jährige meldete. Hätte eher auf die anderen getippt, aber nie auf ihn, er gefiel mir von Haus aus gut und schrieb ihm eben nur spaßeshalber an, und bei den anderen, weil sie wirklich in mein Profil und auch altersmäßig passten, und aller guten Dinge ja immer drei sind. Aber dass gerade ER mich auswählte, verblüffte mich dann doch einigermaßen. Von den anderen bekam ich einige Tage später eine Absage. Aber Gottes Wege sind unerforschlich und das Schicksal spielte auch noch kräftig mit. Und so fing dann alles an ... Um nicht zu viel Zeit zu verlieren, lud er sich gleich drei Frauen auf einmal ein, so ähnlich wie bei Bauer sucht Frau. Anstandshalber fragte er mich aber noch, ob ich nichts dagegen hätte.

„Nein, wieso sollte ich, wird sicher sehr lustig", meinte ich nur.

Unser Treffen rückte näher. Bevor ich zu ihm fuhr, hatte ich noch einen Kurs in Graz. Das passte wunderbar, ansonsten hätte ich den Kurs verschieben müssen. Von Graz war es nur eine Stunde zu ihm und von mir zu Hause auch, also egal, von wo ich wegfuhr. Der Kurs endete um 16 Uhr. Also würde ich gegen 17 Uhr dort eintreffen. So war es mit Robert ausgemacht, die anderen kämen dann so gegen 18 und 19 Uhr. Damit nicht alle auf einmal dort ankämen und man Zeit hätte, sich zu beschnuppern. Aber wie es halt so im Leben ist … der Mensch denkt und Gott lenkt??? Oder macht sich das Schicksal einen Spaß daraus? Zuerst dauerte der Kurs länger, dann war natürlich Feierabendstau und dann noch Stau auf der Autobahn wegen eines Unfalls. So kam ich erst gegen 20 Uhr mit drei Stunden Verspätung dort an. Ich informierte ihn kurz per SMS, damit er sich keine Sorgen machen müsse. Und kurz vor dem Ziel zuckelte auch noch einer mit einem Traktor vor mir her und ich konnte nicht überholen. Inzwischen war ich schon absolut nervös und unruhig genug, denn zu spät zu kommen, war nicht mein Fall. Lieber bin ich früher bei einem Termin als zu spät, aber diesmal wollte es das Schicksal wohl so. An einer übersichtlichen Stelle ließ der Traktor mich dann vorbei. Er dürfte bemerkt haben, dass ich es eilig hatte. Ich brauchte dann auch nicht mehr lange und musste auch schon abbiegen. Kurz vor dem Haus blieb ich stehen, denn die Sonne ging gerade unter und strahlte das Haus so schön an. Es war herrlich anzusehen, mit den Blumen am Balkon, der sich spiegelnden Sonne in den Fensterscheiben. Es war so wunderschön zum Ansehen, da hörte ich einen Traktor. Als ich in den Rückspiegel blickte, sah ich den Traktor, den ich gerade überholt hatte. Ich beeilte mich wegzufahren, dem Haus im Sonnenschein entgegen. Ich fand dann auch einen schönen Platz zum Parken, stieg langsam aus und sah den Traktor auch auf dem Hof fahren. Er parkte in der Scheune, denn er hatte Grünfutter auf der Kippmulde. Dann kam er geradewegs auf mich zu. Die Kappe hatte er abgenommen. Jetzt sah man seine braunen Haare, die dadurch wirr herumstanden. Es war der Single-Bauer, den ich überholt hatte.

„Spät, aber doch!", meinte er.

„Ja leider, die Umstände waren dagegen."

„Ich bin der Robert."

„Ja, habe ich mir schon irgendwie gedacht. Ich bin die Anja."

„Habe ich mir auch schon gedacht. Als du mich überholt hast, wusste ich nicht genau, ob du es bist oder wer anders, aber als du abgebogen bist, wusste ich es dann ganz genau."

„Ich leider nicht, weil du ja eine Kappe aufhattest und ich während des Überholens nicht schauen konnte."

Wir lachten und ich sah ihm in seine grünen mit etwas Braun gemischten Augen. Wir wollten uns zur Begrüßung dann die Hand geben und waren schon auf dem Weg, uns auch ein Begrüßungsküsschen zu geben, als es bei unseren Händen zu knistern anfing und ein Blitz von einer Hand zur anderen flog. Beide waren wir so erschrocken und wussten zuerst nicht, was wir jetzt tun sollten. Ich fand zuerst das Wort.

„Tut mir leid, aber ich bin wahrscheinlich von der langen Autofahrt so aufgeladen, dass ich Funken sprühe, passiert mir leider öfter."

Dabei fiel mir aber nicht auf, dass wenn ich aufgeladen bin, ich mich schon beim Zumachen der Autotür wieder entlade!

So probierten wir es auf ein Neues. Wir gaben uns vorsichtig die Hände, es passierte nichts, wir lachten und gaben uns ein Küsschen links und rechts, dabei merkten wir, dass ich (oder wir beide?) doch noch etwas aufgeladen waren, denn als wir uns mit den Wangen berührten, spürte man noch etwas Energie. Er half mir dann, den Koffer aus dem Auto rauszunehmen und reinzutragen. Ich hatte zwei mit, den einen für die ersten drei Tage und dann noch einen für eine mögliche Verlängerung meines Aufenthalts. Man weiß ja schließlich nie, wie's kommt. Das erklärte ich ihm auch. Er lachte und sagte:

„Schlau gemacht!"

Er kam mir in natura noch gut aussehender vor als auf dem Video von der Agentur. Man kann sagen, was man will, aber über die Natur geht gar nichts! In der Eingangstür wartete schon seine Mutter auf uns. Sie war etwas kleiner als ich. Ich schätzte sie auf 55 bis 60 Jahre. Sie hatte die Haare zu einem Knoten aufgesteckt und man sah schon einige graue Härchen. Sie war für ihr Alter noch ziemlich schlank. Sie begrüßte mich auch freundlich, doch in ihren Augen sah ich, dass ihr etwas missfiel. War ich zu alt für sie? Ehrlich gesagt hatte ich ja keine Ambitionen, ihn unbedingt als Mann zu haben, vielleicht die anderen. Ich wollte nur etwas Spaß und vielleicht würde ich dann danach einen Mann für mich finden. Vielleicht hier in der Gegend? Einen Freund oder Bekannten von ihm? Ich wollte mal raus und was erleben und nicht zu Hause auf den ‚Richtigen' warten. Aber alles der Reihe nach.

Drinnen um den Küchentisch warteten schon meine Kontra-hentinnen und die sahen mich auch etwas verdutzt an, weil ich doch etwas älter war als sie. Wie alt sie mich schätzten, fragte ich lieber nicht. Ich nahm es gelassen hin, als sie mich aufzogen wegen meines Zuspätkommens.

Ich stellte mich vor.

„Hi, ich bin die Anja!"

„Ich bin die Andrea", sagte die jüngere von den beiden stand auf und gab mir die Hand. Ich schätzte sie um die 20 bis 25 Jahre. Die andere stellte sich als Anita vor und war um die 30. Roberts Mutter kam mit Gläsern und einer Flasche Wein daher.

„So, jetzt können wir anstoßen, auf eine schöne und gute Zeit."

Damit stellte sie die Gläser auf den Tisch und die Weinflasche gab sie Robert, der sie öffnete und jedem gleich einschenkte. Sie fragte mich dann noch, ob ich Hunger habe, sie würde mir dann rasch noch etwas machen. Ich bedankte mich und sagte:

„Danke, ich habe unterwegs schon etwas gegessen."

So viel Zeit hatte ich dann doch noch gehabt, mir rasch etwas zu kaufen. Wir stießen alle in der Runde an. Jeder trank einen Schluck und fand den Wein köstlich. Nur mir schmeckte er nicht, und wenn ich in Roberts Gesicht sah, erging es ihm genauso. Aber er machte gute Miene zum bösen Spiel. Hatte seine Mutter diesen Wein ab-sichtlich ausgewählt? Das fragte sich wohl auch Robert und er schien abzuwarten, ob beim nächsten Schluck der Wein besser schmeckte. Aber auch beim zweiten Schluck verzog er den Mund. Er stand auf und holte sich Mineralwasser. Ich bat ihn, mir auch etwas Wasser in den Wein zu gießen. Ja, als Spritzer (Schorle) konnte man ihn trinken, aber pur nicht. Seine Mutter funkelte ihn zwar böse an, aber das machte ihm nichts aus, denn er sah sie gar nicht an, um nichts sagen zu müssen. Ich half ihm aus dem Dilemma, denn er wollte an-scheinend keinen Streit vom Zaun brechen. Sie dürfte da etwas im Schilde geführt haben. Was sich auch später herausstellte.

„Als Spritzer (Schorle) schmeckt der Wein hervorragend. Leider pur nicht so gut."

Sie sah mich etwas verdutzt an, gab mir aber Recht. Sie müsse wohl den falschen Wein erwischt haben, so auf die Schnelle und ohne Brille. Das nahm ich ihr aber nicht ab und lächelte in mich hinein. Während Robert anfing, einer jeden einige Fragen zu stellen, schrieb seine Mutter auf einem Block etwas auf, ohne Brille! Dann nahm sie auch das Mineralwasser und goss sich Wasser in den Wein. So, als wäre es das Selbstverständlichste auf der Welt. Robert wollte von einer jeden wissen, was sie beruflich machte und was sie in Zukunft noch vorhatte. Andrea fing an. Sie war das Küken in der Runde und könnte meine Tochter sein, denn mein Ältester war 23!! Andrea war etwas kleiner als ich, hatte schwarze, glatte Haare. Sie war Kellnerin und wollte sich noch was dazuverdienen, um in den Urlaub fahren zu können. Im Sommer an den Strand, im Winter Skifahren. Und nebenbei noch so die Welt ansehen. Dann erzählte sie von ihrer Arbeit als Kellnerin in der Saison, was sie so erlebt hatte, und zog auch etwas über die letzte Arbeitsstelle her. Kinder wollte sie nicht haben. Vielleicht später irgendwann mal, verbesserte sie sich, sie wolle das Leben noch genießen. Aus dem Augenwinkel behielt ich immer Roberts Mutter im Blick, denn sie saß mir schräg gegenüber. Schließlich war mir klar, dass die Mutter bei der Partnerwahl ihres Sohnes auch ein Wörtchen mitzureden hatte. Bei diesem kessen Spruch von Andrea sah die Mutter schon sehr böse drein. Denn so was wollen die Eltern nicht hören, überhaupt wenn ihr Kind schon etwas älter ist und nicht mehr so viel Zeit hat, um noch Jahre zu verschwenden. Ich glaube, damit hat Andrea sich keinen Gefallen getan.

Anita war in etwa so groß wie ich, hatte dunkle Haare mit Naturlocken. Sie war 33 und Friseurin. Sie wolle auch noch keine Kinder, verkündete sie, denn sie wolle sich zunächst noch selbstständig machen. Außerdem müsse sie ja auch erst noch den richtigen Mann finden, um überhaupt ans Kinderkriegen denken zu können. Derzeit war sie noch angestellt und auf der Suche nach einer Location zum Eröffnen eines eigenen Salons. Wieso sie sich beworben hätte? Na ja, weil sie sich mal das Landleben ansehen wollte. Als sie mit ihren Ausführungen fertig war, sah jeder mich an. Ich war so in Gedanken, dass ich es erst bemerkte, als alles still war.

„Oh, ich bin schon dran? Ich dachte, sie wollte noch was hinzufügen. Darum habe ich nicht reagiert."

Dabei hatte ich nebenbei immer noch seine Mutter im Auge behalten. Ihr hatte ganz offensichtlich nicht alles gefallen, was sie gehört hatte. Es würde ihr sicher auch nicht alles gefallen, was ich gleich erzählen würde.

„Ich bin seit fast drei Jahren Witwe, habe drei Kinder, mit je drei Jahren Altersunterschied. Ich hatte schon einige Jobs, mal Bessere, mal schlechtere. Derzeit arbeite ich als Reinigungskraft in einem Hotel und mache nebenbei Kurse, um mich privat weiterzubilden. Ich habe mich auch schon mit einem Zweitjob selbstständig gemacht, was langsam ganz gut anläuft. Dadurch kam ich heute leider auch zu spät, weil ich dafür einen Kurs machte, der länger dauerte als geplant und dann noch ein Stau auf der Autobahn war. Meine zwei Großen haben schon ausgelernt und sind selbstständig, nur Junior ist noch zu Hause. Die Kinderplanung habe ich mit meinem verstorbenen Mann also schon abgeschlossen. Aber man weiß ja nie, was noch auf einen zukommt, und sollte ich doch noch mal schwanger werden, werde ich es sicher nicht abtreiben. Nur wenn es für Mutter und Kind eine große Gefahr ist. So, noch irgendwelche Fragen?"

Momentan war es still, dann kam von Andrea die Frage:

„Und wie willst du Kinder bekommen, wenn du sicher schon im Wechsel bist?"

Auf diese oder eine ähnliche Frage hatte ich gerade noch gewartet – als Anspielung auf mein Alter!

„Bei mir läuft noch alles normal und ganz regelmäßig. Als ich 40 war, fragte ich meinen Frauenarzt, wann denn der Wechsel eintritt oder ob ich schon mittendrin wäre, da meinte er nur: ‚Das kann noch dauern und die meisten Frauen kommen mit Anfang 50 in den Wechsel.' Ich sah ihn verblüfft an und fragte, ob ich das jetzt noch zehn Jahre durchhalten müsste? Ich dachte, es wäre bald vorbei und ich hätte meine Ruhe. Er meinte nur, heutzutage kämen die Frauen später in den Wechsel als früher." Die drei Damen sahen mich alle verblüfft an. Auch seine Mutter. Die meldete sich dann zu Wort:

„Ich war mit 40 schon voll im Wechsel und nichts mehr mit Kindern. Aber noch eine Frage: Was machst du denn für Kurse?"

„Kurse als Energetikerin. Das jetzt zu erklären, würde den Rahmen sprengen."

Sie gab sich momentan zufrieden damit, denn sie wollte ja noch was anderes erfahren.

„Und wieso hast du dich eigentlich beworben?"

„Erstens wollen alle meine Bekannten und Verwandten mich verkuppeln, aber leider war bisher nie der Richtige dabei oder ich bin zu anspruchsvoll. Zweitens ist diese Form der Suche mal etwas anderes. Drittens habe ich mich bei drei Männern beworben und bei Robert nur, weil er der freundlichste und netteste war und auf dem Foto so schön gelächelt hat."

Jetzt wurde er doch verlegen.

„Und er auch der Einzige war, der mich ausgesucht hat."

Alle sahen mich verwundert an.

„Ja, so ist es leider."

Jetzt war Robert an der Reihe zu erzählen, wieso er sich bei der Agentur beworben hatte.

„Ja, wieso bewirbt man sich? Vermutlich weil man eine Frau sucht und die sollte dann auch Bescheid wissen, dass das Leben kein Honigschlecken ist bei diesem Mann. Meine Mutter hat mich zwar für verrückt erklärt, aber dann doch zugestimmt. Ich werde euch in den nächsten Tagen zeigen, wie es so im Allgemeinen auf einem Bauernhof zugeht. Und ich hoffe, ihr macht auch fleißig mit."

Die beiden Damen grinsten in sich hinein. Ich dachte mir meinen Teil, denn ich wusste, was es heißt, auf einem Bauernhof zu arbeiten, denn ich bin auf einem aufgewachsen. Das verschwieg ich aber wohlweislich, sonst gäbe es vielleicht noch böses Blut. Bei mir machte sich schon die Müdigkeit bemerkbar, da ich schon seit 5 Uhr früh auf den Beinen und es jetzt schon halb 10 Uhr abends war. Das sagte ich dann auch. Ich bat Robert, mir mein Zimmer zu zeigen. Die beiden anderen blieben noch in der Küche mit Roberts Mutter und tranken den Wein noch aus. Robert brachte mich in den Stock hinauf, zeigte mir Zimmer und Bad, wünschte mir eine gute Nacht und ging dann wieder hinunter. Ich duschte mich und ging ins Bett. Irgendwann hörte ich dann die beiden anderen mit Robert raufkommen, der ihnen dann noch sagte, dass um 6 Uhr ‚Arbeitsbeginn' wäre. Sie kicherten nur, dann hörte ich sie noch im Bad und die Zimmertür zuschlagen. Dann war endlich Ruhe.

Robert:

Als ich sie das erste Mal sah, hier in natura, gefiel sie mir noch besser als auf dem Video und dem Foto, das sie mir noch geschickt hatte. Dass gleich die Funken sprühten, hätte ich nicht gedacht. Aber ich wusste es schon immer, wenn ich der Richtigen begegne, muss es ‚funken'!

Den anderen hörte ich in der Küche gar nicht richtig zu. Ich wartete nur noch auf sie. Dass sie älter war, störte mich nicht. Dass sie Kinder hatte, erst recht nicht. Dass sie noch Kinder bekommen könne und nicht abtreiben würde, sollte sich noch was einstellen, freute mich besonders. Dass es Mutter missfiel, weil sie älter war, störte mich auch nicht. Ich ließ alles auf mich zukommen. Schade, dass sie schon so müde war. Ich hätte gerne noch mit ihr geredet. Aber ich könnte sie ja morgen ganz lieb wecken! Bei dem Gedanken wurde mir ganz warm ums Herz und in meinem Bauch flatterten Schmetterlinge …

Ich wachte schon sehr früh auf. Zuerst fand ich mich gar nicht zurecht. Dann kam langsam die Erinnerung wieder. Ich lag in einem fremden Bett und dachte mir: ‚Wie blöd von mir zu hoffen, dass ich hier einen Mann finden könnte!‘

Robert ist ja sehr nett, und als ich ihn sah, hüpfte schon mein Herz ein wenig. Im Video sah er auch gut aus, aber in natura sieht er 100-mal besser aus. Und irgendwie erinnerte er mich auch ein wenig an meinen verstorbenen Mann, nicht nur des Namens wegen. Ich konnte nicht mehr schlafen und stand auf. Es war erst kurz nach 5 Uhr. Ich musste auf den Gang hinaus, damit ich auf den Balkon gelangen konnte. Ich öffnete leise die Tür. Die Luft war herrlich! Ein Gemisch aus Erde, Pflanzen, Blumenduft, Rinder- und Schweinedung. Einfach gesagt: Landluft!!

Ich liebe diesen Geruch. Er erinnert mich an früher, an meine Kindheit. Meine Eltern hatten einen Bauernhof. Später zahlte er sich nicht mehr aus und vergrößern wollten meine Eltern nicht, dadurch gaben sie alles auf. Aber vieles ist mir noch in Erinnerung, besonders wenn ich bestimmte Düfte wieder rieche! Während ich so dastand und die Luft genoss, wurde unter mir die Haustür geöffnet. Heraus kamen Robert und seine Mutter.

„Mutter! Ich habe es dir schon paarmal gesagt: Walter hat Vorahnungen, aber nur für andere, für sich ahnt er nichts voraus oder kaum etwas und er hat mir schon als junger Mann gesagt, wenn ich die Richtige finde, findet er sie auch. Und er hat mir auch gesagt, dass ich auf dem richtigen Weg bin. Es war zwar aus einer blöden Laune heraus, dass ich gesagt habe, ich bewerbe mich bei der Agentur, aber er sagte, ja, das ist der richtige Weg, und ich höre auf ihn, denn damals als Vater starb, hatte er auch Recht. Na, glaubst du, ich wäre so früh schon zu Hause gewesen, wenn er mich vorher nicht schon gewarnt hätte, und als Regina in den Wehen lag und keiner zu Hause war, der ihr hätte helfen können. Damals sagte ich dir, dass es Zufall war, aber dem war nicht ganz so. Walter hat mich vorher immer angerufen, dass etwas zu Hause nicht stimmt und dass ich so rasch wie möglich zu Hause sein sollte. Und es hatte auch gestimmt und er hat mich schon vor einigen blöden Situationen bewahrt, sodass nicht viel passiert ist. So wie damals, als ich mir „nur" den Fuß gebrochen hatte. So vertraue ich ihm auch jetzt. ER sagte mir auch, dass die Frau, die ich finden werde, drei Gemeinsamkeiten mit dir hat. Die erste konnte er mir sagen, die anderen waren verschwommen."

„Und was wäre die erste Gemeinsamkeit?", fragte sie etwas spöttisch.

„Der Name fängt und hört mit den gleichen Buchstaben auf wie du! Frau Antonia! Noch gar nicht aufgefallen, dass sie alle mit A anfangen und aufhören? Walter hat mir bei der Auswahl geholfen. So, jetzt weißt du es, und ich will jetzt keine Widerrede mehr hören. Ich ziehe mich noch fertig an und du kannst für uns allen schon mal Kaffee kochen, dann werde ich meine Damen wecken."

Ich hörte die Tür aufgehen und seine Schritte und dann auch die seiner Mutter und dann die Tür ins Schloss fallen. Gut, dass ich mich nicht gemeldet habe. Wollte schon ‚Guten Morgen' runterrufen. So war ich ungewollt Zeuge des Gesprächs geworden. Das gab mir auch zu denken. Ich ging hinein, holte meine Waschutensilien und meine Kleidung, ging ins Bad und zog mich schon an. Ich hörte dann Robert raufkommen und zu den Damen ins Zimmer gehen, um sie zu wecken. Was sie sagten, hörte ich leider nicht. Als ich rauskam, war er gerade in meinem Zimmer und dürfte mich gerade suchen. Ich stand in der Tür und rief:

„Guten Morgen!"

Er drehte sich überrascht und erschrocken um und sah mich etwas perplex an.

„Du bist schon auf? Und angezogen bist du auch schon?"

„Ja, ich konnte nicht mehr schlafen und eine Frühaufsteherin bin ich dazu auch noch."

„Ja, dann ist ja gut. Ich dachte, du wärst schon abgehauen?!"

„Und meine Kleidung und alles hierlassen?"

Ich lächelte ihn verschmitzt an. Er war so verlegen geworden. Das stand ihm gut.

„Na gut, dann kannst du ja schon runter kommen und frühstücken, wenn du willst. Mutter kocht gerade Kaffee."

Ich stellte meine Kulturtasche auf die Kommode, nahm meine Weste und ging gleich mit nach unten. Er frühstückte kaum etwas, und da ich in der Früh auch nichts runterbrachte, trank ich nur Kaffee so wie er. Er dachte, er müsse mir erklären, wieso er nur Kaffee trinkt und er dann lieber später gut frühstückt. Oben hörten wir die beiden Damen rumoren, wer denn zuerst das Bad benutzen dürfe.

„Da es mit den beiden anderen sicher noch etwas dauern wird, gehen wir schon mal in den Stall, denn so viel Zeit habe ich nicht, bis sie fertig sind. Mutter, sie sollen dir dann helfen beim Frühstück machen, Hühner und Hasen füttern."

Gesagt getan. Ich schloss mich ihm an. Wir gingen in den Stall. Die Kühe waren über Nacht draußen gewesen und warteten schon vor der Hintertür, dass sie reindurften zum Melken. Die Kühe fanden alle ihren Platz, während wir ihnen das Grünfutter gaben, das er gestern am Abend noch geholt hatte. Es waren 10 Kühe, wobei eine so aussah, als würde sie bald platzen. Die war schon mehr als dick. Ich schätzte, dass sie bald kalben würde oder eher schon überfällig war? Das Euter war schon ziemlich groß und ich schätzte, dass es nicht mehr lange dauern würde, bis sie kalbt. Wir begannen dann, die Kühe mit der Melkanlage zu melken. Ich stellte mich ein wenig dumm an, obwohl ich es nach der ersten Kuh schon hätte alleine machen können. Es ging dann aber alles sehr gut. Wir gaben ihnen nebenbei noch Grünfutter, damit sie ruhig stehen blieben. Dann durften sie wieder raus. Bis auf die eine Kuh. Die führte er dann zu einer größeren Box und stellte sie dort hinein. Daneben waren kleinere Boxen für die Kälbchen. Er erklärte mir, dass sie bald kalben würde und sie deshalb nicht mehr rausdürfe. Denn sie hatte schon bei den ersten beiden Geburten Probleme und sie müsse unter Beobachtung bleiben. Also hatte meine Ahnung gestimmt. Ich sah mich um und fragte ihn dann:

„So einen großen Stall für zehn Kühe?"

„Nein, die Kälber sind auf einer anderen Weide und kommen erst wieder im Herbst in den Stall. Die wechseln nur die Weide zum Grasen. Das müssen wir heute auch unter anderem machen."

Wir räumten noch den Stall auf, denn die Kühe hatten einigen Mist hinterlassen. Er wusch die Melkanlage durch, dann gingen wir hinein. Es war mittlerweile schon bald 8 Uhr. Er meinte:

„So, jetzt haben wir uns ein Frühstück verdient!"

Seine Mutter sahen wir mit den anderen beiden Damen beim Hühner- und Hasenstall. Wir gingen hinein in die Küche. Da roch es gut nach Kaffee, frischem Gebäck und Marmelade. Wir setzten uns hin, und Robert schenkte zuerst mir, dann sich selbst Kaffee ein. Wir genossen das Frühstück zu zweit. Wir redeten oder besser gesagt kamen wir nicht viel zum Reden, da wir immer den Mund voll hatten. Nur wenn einer was brauchte, wie Butter, Marmelade oder Brot. Mit meinen Gedanken war ich aber nicht immer hier, die kreisten um das Gespräch in der Früh. Nur konnte ich ihn nicht darauf ansprechen, denn dann wüsste er ja, dass ich es mitgehört hatte. Als wir schon fast fertig waren, kam seine Mutter rein.

„Na, wie war's?", fragte sie Robert.

„Das Frühstück war gut wie immer."

Robert zog sie damit auf, er wusste genau, was und wie sie es gemeint hatte.

„Nein, ich meinte im Stall!", kam es etwas unwirsch zurück.

„Ach, das meinst du. Sehr gut. Es ging fast genauso gut wie mit dir!"

WOW das war ja ein Lob, schoss es mir durch den Kopf. Seine Mutter sah von ihm zu mir und dann wieder zurück.

„Ich hatte keine Probleme und du?", war nun seine Gegenfrage. Sie wollte gerade antworten, als die beiden hereinkamen und sich gegenseitig beschuldigten, wer denn nun das Wasser von den Hühnern aus Versehen ausgeschüttet habe. Andrea kam gleich spitz und meinte:

„Ja, das haben wir schon gerne, aufstehen, frühstücken und noch nichts gearbeitet haben."

Bevor ich aber noch etwas erwidern konnte, meinte dann auch schon Robert:

„Dann wärst du doch früher aufgestanden und hättest mir im Stall geholfen! So hat mir Anja geholfen."

Dann war es still. Andrea traute sich nichts mehr zu sagen, Anita lachte in sich hinein und seine Mutter musste sich umdrehen, damit man ihr Lachen nicht sehen konnte. Denn gerade Andrea bräuchte sich nicht aufzuregen, denn wie ich dann später hörte, war sie die Letzte, die runterkam in Pantöffelchen, fein geschminkt, in Röckchen und Top. Seine Mutter hat sie gleich wieder hochgeschickt, dass sie sich umzieht. Sie kam dann in einem anderen Top und wenigstens in Jeans. Vermutlich waren es ihre guten, nach dem, wie sie sich aufführte, nur weil ein paar Tropfen Wasser auf die Hose gekommen waren. Vom Wasser, das sie selber ausgeschüttet hatte.

Roberts Mutter fragte dann:

„Habt ihr wenigstens wieder Wasser in die Schüssel gegeben?"

„Nein, ich nicht!", war Andreas Antwort. Anita sagte:

„Ja, ich habe wieder Wasser in die Schüssel gegeben und sie auch ausgewaschen, weil sie (und damit zeigte sie auf Andrea) sie weggestoßen hatte und dadurch die Schüssel schmutzig geworden war. Ob heute die Hühner Eier legen werden, weiß ich nicht, da sie sich so erschreckt haben."

„Die kauft man sowieso im Geschäft, da sind sie besser und werden auch kontrolliert", tönte Andrea beleidigt.

Wir sahen uns nur gegenseitig an und keiner wusste so recht, was er sagen oder tun sollte, bei so viel Naivität. Seine Mutter sah Robert mit hochgezogenen Brauen an. Was so viel heißen sollte: ‚Was willst du mit der?'

Da wir mit dem Frühstück fertig waren, standen wir auf und trugen unser Geschirr zum Abwasch. Da stand noch ein Rest von gestern.

„Was machen wir jetzt?", fragte Andrea, die wohl dachte, dass jetzt Feierabend wäre.

„Weil ich müsste mich vorher noch umziehen. So kann ich nicht rausgehen."

„Für das, was wir jetzt machen, brauchst du dich nicht umzuziehen. Wir treiben die Kälber auf eine andere Weide."

„Aber ich kann da so nicht rausgehen, ich bin total nass!"

Wir sahen alle auf ihre Hose und sahen gerade mal ein paar Tropfen und nichts von nass. Sie beharrte darauf und ging nach oben, um sich umzuziehen. Okay, dachte ich mir, bis die wieder runterkommt, könnte ich seiner Mutter abwaschen helfen. Ich fing an die

Abwasch auszuräumen und Wasser reinzulassen. Seine Mutter sah mir zuerst zu, dann fragte sie:

„Was hast du denn vor?"

„Das Geschirr abwaschen?"

„Wir sind zwar auf dem Land, aber nicht hinter dem Mond."

Sie zog neben mir die Tür auf, in dem sich der Geschirrspüler versteckte.

„Oh", konnte ich nur sagen und sah sie verlegen an. Während wir das Geschirr einräumten, fragte sie:

„Hast du wirklich gedacht, dass wir so was nicht haben?"

„Ich habe gar nichts gedacht, nur dass ich Ihnen noch helfen könnte, bis Andrea fertig ist."

„Und dass es so was wie einen Geschirrspüler gibt?"

„Nein, tut mir leid. An das denke ich nie, da ich zu Hause keinen habe."

Jetzt war es an ihr, überrascht zu sein.

„Keinen Geschirrspüler?", meldete sich auch Anita zu Wort.

„Nein, ich hatte nie einen. Ich wollte auch nie einen. Mein Geschirrspüler sind meine zwei Hände."

Ich hob sie in die Luft und drehte sie hin und her. Alle sahen mich sehr überrascht an. Seine Mutter schüttelte nur den Kopf.

„Ohne Geschirrspüler würde ich nie mehr sein wollen."

„Und ich kenne es nicht anders. So verschieden sind die Menschen."

Jetzt wunderte sich seine Mutter noch mehr, jemand ohne Geschirrspüler in dieser Zeit?! Mittlerweile waren wir mit dem Einräumen fertig und auch Andrea kam wieder runter. Mit einer kurzen Hose, einer sehr kurzen Hose. Sogenannten ‚Hotpants'. Nicht mal Anita war so blöde, sie hatte auch eine Jeans an und ein alltagtaugliches Leibchen. Ihre Hose war auch nass geworden, sogar nasser als Andreas, doch hatte sie kein Wort darüber verloren. Sogar das Leibchen hatte sie gewechselt. Es sagte dazu keiner ein Wort und wir gingen geschlossen nach draußen. Wir mussten ein Stück gehen, um zur Weide der Jungkälber zu kommen. Wir waren nicht mehr weit davon entfernt, als Andrea schon zu jammern anfing. Denn die Schuhe waren ja auch nicht das Wahre für dieses Gelände. Ballerinas! Wir hatten alle Turnschuhe an. Andrea dachte wohl, sie ist hier auf einer Modenschau oder so was ähnliches. Da das Gelände hier ziemlich steil war, ließ er Andrea beim Gatter und wir gingen hinein, um die Kälber zusammenzutreiben und sie sollte aufpassen, dass alle beim Rausgehen nach rechts abbiegen Richtung neuer Weide. Aber das erste Kalb, das rauskam, fing gleich an, an ihr zu schnuppern und wollte sie ablecken. Da machte sie einen lauten Schrei und das Kalb samt den anderen erschreckte sich und alle liefen geradeaus. Prima, jetzt hatten wir die doppelte Arbeit. Jetzt mussten wir hinter ihnen herlaufen und sie in die richtige Richtung treiben. Das dauerte natürlich alles länger als geplant. Mit ihren Ballerinas fiel Andrea natürlich dann auch noch einige Male hin auf dem noch nassen Gras. Sie wurde nass und grün an ihren ach so schönen Beinen. Wir konnten nicht anders und mussten lachen, zeigten es ihr aber nicht immer, denn sie war ja jetzt schon aufgebracht genug. Den ganzen Nachhauseweg konnte sie nur jammern und schimpfen. Natürlich musste sie sich dann erst duschen und herrichten. Aber so viel Zeit hatte Robert nicht, um auf sie zu warten, bis sie fertig war. Denn das Wetter würde umschlagen und er musste das Heu trocken reinbringen. So fuhren nur wir drei mit Traktor und Ladewagen zur Wiese. Wir mussten immer drei Maden auf eine zusammenrechen, damit Robert sie mit dem Ladewagen aufnehmen konnte. Ich sah kurz zu, wie er es Anita zeigte und fing dann auch an zu rechen. Es ging dann ganz flott von der Hand. Anita machte es auch ziemlich gut und ich konnte es bald auch wieder. Denn was man einmal gelernt hat, vergisst man nicht. Man braucht nur etwas Zeit, dann geht es schon wieder. Robert konnte bald mit dem Traktor hinter uns herfahren und das Heu mit dem Ladewagen aufnehmen. Wir hatten es auch bald geschafft und Robert lobte uns. Aber jetzt kam ein kleines Problemchen. Es konnte nur eine mit dem Traktor mitfahren. Vorher sind wir auf dem Ladewagen mitgefahren. Ich schulterte die Rechen und sagte, ich ginge zu Fuß nach Hause. Das wollte aber keiner. So erklärte sich Anita auch bereit, zu Fuß zu gehen. Denn sie meinte, das wäre unfair, wenn sie fahren dürfte und ich müsste zu Fuß gehen. Es war aber auch nicht so, dass es gleich regnen würde. So trabten Anita und ich durch die ‚Wildnis‘ und Robert fuhr etwas langsamer als vorher. Er hätte aber trotzdem schneller fahren können, trotz der Fuhre Heu. Wir konnten aber etwas, das er nicht konnte! Querfeldein gehen. Anita war auch dafür. Mit ihr konnte man auch gut reden. Wir redeten über dies und das, soweit wir während des Gehens reden konnten. Denn zeitweise ging auch uns die Puste aus. Robert musste auf der Straße bleiben und so kamen wir fast gleichzeitig auf dem Hof an. Es war zwar schon Mittag, Robert wollte aber noch Grünfutter für die Kühe holen, denn später würde es sicher nichts mehr werden, denn es zogen dunkle Regenwolken auf. Andrea murrte zwar, dass wir nicht gleich essen gingen. Seine Mutter war aber auch dafür und stellte das Essen warm. Andrea hatte sich wieder in Schale geworfen. Mit Rock und einem anderen Top. Sie war zwar nicht sehr begeistert, fuhr aber trotzdem mit. Da wir aber nicht alle auf den Traktor passten und auf der Rückfahrt nicht alle auf die Kippmulde konnten, und es zu Fuß zu weit war, fuhr ich mit dem Auto hinter ihm her. Anita stieg bei mir ein und Andrea quetschte sich auf den Traktor. Was sie dann später bereute, da es keinen richtigen Sitz auf dem Traktor gibt, nur einen Notsitz. Und der Traktor auch nicht so gefedert ist wie ein Auto. Und zu den blauen Flecken von vorher bekam sie noch einige vom Traktor hinzu.

Kaum waren wir bei ihnen angekommen, jammerte und maulte sie schon wieder herum. Anita und ich sahen uns nur an und jeder dachte sich dasselbe: Die bleibt nicht lange!

„Wieso hast du keine Angestellten, die das alles für dich machen? Du als Bauer und Chef musst doch nicht alles selber machen!"

Robert sah sie überrascht an.

„Wenn du dafür die Kosten übernimmst, kannst du jemanden anstellen."

„Früher hatte man ja auch Knechte und Mägde, die die Arbeit machten."

„Ja, aber da musste man alles händisch machen und jetzt hat man dafür Geräte und braucht dafür, das Geld, was man früher für Knechte und Mägde ausgegeben hat."

Damit stieg er auf den Traktor und fuhr dreimal mit dem Traktor und Mähwerk hin und her. Beim dritten Mal sollten wir wieder wie beim Heu das Gras auf eine Mahd werfen, damit er es mit der Gabel aufnehmen und auf die Kippmulde werfen konnte. Während ich das Gras so rüber warf, fiel mir etwas auf. Ich sah nach und war ganz überrascht. Ich fand ein vierblättriges Kleeblatt. Das gab es ja doch nicht! Ich steckte es mir rasch ins Haar (die Haare hatte ich ja aufgesteckt) damit ich es nicht verlor und später in ein Buch legen konnte zum Pressen. Ein vierblättriges Kleeblatt durfte man nicht suchen, das musste man finden. Und ich hatte eines gefunden! Als Robert zurückkam, fragte er, ob jemand mit dem Traktor fahren würde, während er das Gras mit der Gabel auf die Kippmulde schmeißt. Andrea weigerte sich, da wieder hinaufzusteigen, Anita traute sich nicht, so stieg ich hinauf, und bevor Robert mir zeigen konnte, wie und was ich machen sollte, fuhr ich schon mit dem langsamen Gang an. Er sah mich überrascht an, doch ich bedeutete ihm, dass er sich beeilen sollte, das Gras raufzuschmeißen. Er beeilte sich dann auch und die beiden anderen durften hinterherrechen. Soviel bekam ich auf dem Traktor auch noch mit, dass Andrea jammerte, weil sie sich erst einen Span eingezogen hatte und dann ihr ein Nagel abgebrochen war. Wir wurden dann aber noch rechtzeitig fertig, bevor es anfing zu regnen. Gabel und Rechen wurden auf das Gras gedrückt und ab ging es zum Hof. Andrea wollte mit meinem Wagen fahren, denn hinten wollte sie nicht sitzen und vorne saß schon Anita. Doch da es mein Wagen war, hatte sie keine Chance. Ich sagte ihr:

„Wärst du mit deinem Wagen gefahren, statt mit dem Traktor mit, könntest du fahren."

So musste sie sich dort hinsetzen, wo noch Platz war. Sie hatte die Chance, selber zu fahren und wir wären mitgefahren, aber sie wollte ja unbedingt mit Robert auf dem Traktor mitfahren. Missmutig setzte sie sich hinten hin. Wir kamen gerade noch rechtzeitig auf dem Hof an, bevor es zu schütten anfing.

„So, jetzt können wir in Ruhe essen", meinte Robert.

Jetzt verspürte ich auch schon Hunger. Wir wuschen uns die Hände und Roberts Mutter stellte inzwischen das Essen auf den Tisch. Ich legte noch rasch mein Kleeblatt in ein Buch zum Pressen und ging dann auch hinunter. Es gab eine Gemüsesuppe, Spinat mit Kartoffeln und Spiegelei. Und wer maulte wieder, weil es kein Fleisch gab? Andrea! Wir hörten nicht auf sie und ließen es uns schmecken, denn wir hatten schon großen Hunger. Mittlerweile ging ein ordentliches Gewitter nieder. Wir saßen Gott sei Dank im Trockenen. Und momentan mussten wir nicht raus. Nach dem Essen gab es noch einen Apfelkuchen und Kaffee dazu. Er wäre zwar erst für später gewesen, aber derzeit war draußen nichts zu machen, und so durften wir ihn gleich essen. Es wurde dann auch schon spät, bis wir vom Mittagessen aufstanden. Es war da schon nach 15 Uhr. Wir hatten es ja nicht eilig. Jetzt durfte jede was für sich machen. Ob schlafen, rasten oder sonst was. Andrea probierte natürlich, Robert um den Finger zu wickeln, denn die Frage ob sie ihm was helfen könnte, war rein rhetorisch, um mit ihm allein sein zu können. Er musste leider in den Stall, aber es regnete noch ziemlich stark, und da wollte Andrea nicht mitgehen. Sie hätte ja nass oder schmutzig werden können. So ging er alleine. Ich verzog mich kurz in mein Zimmer und wollte etwas schlafen, aber ich war zu aufgewühlt dazu. Ich ging dann auf den Balkon, um frische Luft zu schnappen. Von dort hatte man eine schöne Aussicht, auch wenn es derzeit noch etwas regnete. Aber die Luft war so herrlich, dass ich die Zeit nicht im stickigen Zimmer verbringen wollte. Denn die Wärme der letzten Tage war noch darin. Draußen war es etwas abgekühlt. Ich sah gerade Robert über den Hof zum Kuhstall laufen, um dort nach der trächtigen Kuh zu sehen. Seine Mutter war zwar am Vormittag und auch am Mittag nachsehen gewesen, aber es ließ ihm als Bauer doch keine Ruhe, und so sah selbst noch mal nach. Gedankenverloren fing ich an, an den Blumen zu zupfen, die verwelkten Blüten und Blätter zu entfernen. Ein Kübel stand dafür auch in der Nähe. Bis mich eine Stimme aus meinen Gedanken riss.

„Was machst du da?"

Ich erschrak und fuhr herum. Roberts Mutter stand in der Tür und sah mich argwöhnisch und überrascht an.

„Ich zupfe nur die verwelkten Blüten und Blätter weg. Ist leider eine Angewohnheit von mir. Mache das zu Hause bei meinen Blumen auch. Ich habe Blumen gerne. Oder darf ich das nicht?"

„Doch, doch. Ich dachte nur zuerst, du rupfst mir alles aus. Aber wie ich sehe, machst du das sehr schön."

Und sie fing auch an, bei den Blumen herumzuzupfen. Auf einmal flog ein Tierchen an mir vorbei. Es war ein Marienkäfer. Ich hielt die Hand auf, weil er gar so müde flog, und wirklich setzte er sich auf meine Hand.

„Das bringt Glück, wenn sich ein Marienkäfer freiwillig auf einen setzt", sagte Roberts Mutter.

Ich gab ihn ganz vorsichtig auf ein Blatt. Dann setzten wir uns auf die Stühle, die hier um ein kleines Tischchen standen.

„Ich sitze gern hier. Ich komme leider nicht oft dazu. Zu den Blumen komme ich meistens erst abends. Gießen tu ich sie meisten gleich in der Früh. Heute hatte ich nicht mal dafür Zeit. Aber dafür hat sie der Regen schon gegossen. Du liebst auch Blumen?"

„Ja, mein Mann hat immer geschimpft, wenn ich wieder einen neuen Blumenstock nach Hause gebracht habe. Das ganze Wohnzimmer und die Küche waren schon voll. Der Vorraum musste auch herhalten. Aber zeitweise merkte ich, dass es ihm auch gefiel, wenn die Blumen blühten."

„Dann haben wir ja etwas Gemeinsames!"

Dann wurde sie rasch still. Ich denke, sie hat an das Gespräch mit ihrem Sohn in der Früh gedacht, das mit den drei Gemeinsamkeiten. Ich fragte nicht nach, ließ sie ihren Gedanken nachhängen.

„Du bist ja auch Witwe. Wie ist dein Mann gestorben? Ich wollte gestern nicht gleich so taktlos sein und danach fragen, aber jetzt sind wir alleine. Wenn du davon erzählen willst!"

„Er war gerade auf der Heimfahrt, es war ein wilder Sturm, der einen Baum entwurzelte. Leider konnte er nicht mehr rechtzeitig ausweichen und ein Bremsmanöver nützte auch nichts. Der Baum hat ihn samt dem Auto erschlagen."

Bei dem Gedanken daran schnürte es mir wieder die Kehle zu. Wieder war es still, und jeder hing wieder seinen Gedanken nach.

„Mein Mann wurde direkt von einem umfallenden Baum erschlagen. Er war im Wald, es war Winter, er machte Brennholz. Doch er kam nicht mehr alleine nach Hause. Das war vor 9 Jahren, bald vor 10 Jahren."

Wieder eine Gemeinsamkeit, die wir hatten: Witwe, deren Mann von einem Baum erschlagen wurde. Und somit waren es drei Gemeinsamkeiten. Ich merkte es in ihrer Stimme, dass es ihr immer noch wehtat. Auch ich dachte an meinen verstorbenen Mann und das es bei mir drei Jahre werden. Ich war noch in Gedanken, als sie aufstand und zur Tür ging. Dort drehte sie sich um und sagte:

„Du darfst mich duzen. Ich heiße Antonia."

Drehte sich um und ging. Was das jetzt hieß, fiel mir erst kurze Zeit später ein. Mir wurde heiß und kalt zugleich. Sollte das jetzt heißen … ICH brachte es nicht fertig, den Gedanken zu Ende zu denken. Ich wollte nicht oder hatte ich Angst davor? Die drei Gemeinsamkeiten: das Duzen, der Marienkäfer, ach nein, ich hatte heute ja auch noch ein vierblättriges Kleeblatt gefunden. Hieß das dann doppeltes Glück? Sollte ich die glückliche Frau des Bauern sein? Wollte ich das? Ich war ja nicht direkt auf der Suche (so wie beim Kleeblatt). Er war zwar sehr nett, doch kannte ich ihn ja nicht mal einen Tag. Ach, nicht jetzt den Kopf zerbrechen darüber, alles auf sich zukommen lassen. Zuerst dürfte sie nicht viel von mir gehalten haben, weil ich älter als die beiden andern war und auch älter als ihr Sohn. Wer weiß, wie er sich dann wirklich entscheidet. Da gab es ja noch Andrea, obwohl ich glaube, von der ist nicht mal ER begeistert, aber Anita gab es ja auch noch. Über dieser ganzen Grübelei muss ich dann wohl an der frischen Luft eingeschlafen sein, jedenfalls riss mich ein Tumult aus meinen Träumen. Von oben bekam ich leider nichts mit, worum es ging, darum ging ich hinunter. Roberts Mutter, Antonia, wie ich jetzt sagen durfte, lief mit einem Kübel heißem Wasser zum Stall. Robert versuchte den Tierarzt zu erreichen.

„Was ist denn los?", fragte ich.

„Rosa kalbt!", war seine kurze und nervöse Antwort.

„Das ist doch was ganz Normales und Natürliches, oder nicht?"

„Nein bei Rosa nicht, sie ist die Lieblingskuh meiner Mutter, bei der ersten Geburt starb leider das Kalb, weil der Tierarzt zu spät kam und beim zweiten ging fast die Kuh drauf, weil sie so ein großes Kalb hatte. Und jetzt befürchtet Mutter, dass es wieder so ist, weil sie wieder einen großen, wenn nicht noch größeren Bauch hat."

Er war schon wieder auf dem Weg zum Stall.

„Soll ich mitkommen?", fragte ich.

Er drehte sich um und sagte: „Wenn du willst ja, aber ich habe keine Zeit für dich."

Ich lief ihm gleich hinterher, denn es regnete noch. Seine Mutter kam gerade vom Stall zurück.

„Hast du den Tierarzt erreicht?"

„Nein, probiere du es weiter!"

Und schon waren wir im Stall. Und wie auf Kommando fing es wieder an zu schütten. Seine Mutter kam auch noch rechtzeitig ins Haus. Andrea und Anita wollten auch mitkommen, doch bis sie in die Stiefel gekommen waren, die ihnen Antonia rasch gab, schüttete es wie aus Eimern. So waren wir alleine im Stall. Robert ging zur Kuh, um zu sehen, wie weit es schon war. Er versuchte, beruhigend auf die Kuh einzureden. Man merkte es ihr an, dass es ihr nicht gut ging. Sie lief unruhig die ganze Zeit hin und her. Der Schweif war auch schon hochgezogen. Während Robert vorne die Kuh zu beruhigen versuchte, indem er sie streichelte, merkte ich, dass sich hinten was tat.

„Robert, du stehst am falschen Ende! Hinten tut sich schon was!"

Ich sah schon die Spitze eines Fußes. Zuerst wollte er mir noch eine blöde Antwort geben, aber mein Blick ließ ihn nichts weiter sagen. Als er zum hinteren Ende kam, sah er es auch.

„Verdammte Scheiße und keiner da, der mir helfen kann!", begann er zu fluchen.

„Ich bin ja noch da und so schwierig kann es ja nicht sein."

Da keine Zeit mehr war, jemanden zu holen, musste er notgedrungen mit mir vorliebnehmen. Ob es ihm passte oder nicht.

„Dann musst du mir helfen, ob du willst oder nicht und bitte mach nur das, was ich dir sage."

Er holte die Stricke, band sie um die Beine des Kälbchens und wir zogen vorsichtig daran, um der Mutter bei der Geburt zu helfen. Es machte sofort platsch und das Kälbchen war schon da. Ein ganz ein braunes, kleines. Antonia hatte schon genug Stroh hinter die Mutter gelegt, dass das Kälbchen weich fiel. Wir schrubbten es sofort mit Stroh ab und befreiten es so vom Fruchtwasser und der Haut. Für diesen Riesenbauch war das Kälbchen aber ziemlich klein, dachte ich mir und sah nach der Mutter. Die ging immer noch unruhig hin und her und der Bauch war auch noch groß. Unsere Kuh hatte auch mal einen riesigen Bauch und dann waren es Zwillinge und die Kälbchen waren auch kleiner als sonst, so wie dieses hier. Wenn nicht dieses hier sogar noch um eine Spur kleiner war.

„Robert, da stimmt was nicht", sagte ich zu ihm.

„Das Kälbchen ist ziemlich klein für diesen Bauch und die Mutter ist auch noch unruhig. Du musst nachsehen, ob es noch ein Kälbchen gibt."

Robert sah von mir zum Kälbchen und zu deren Mutter.

„Ich hab das noch nie gemacht!"

„Aber du bist der Bauer!"

Mir tat die Kuh leid, die immer unruhiger wurde. Da Robert keine Anstalten machte, etwas zu tun, nahm ich die Stricke vom Kälbchen, tauchte sie und meine Hände in das heiße Wasser, was sehr brannte und ging zur Kuh.

„Machst du es?", fragte ich Robert noch mal und dachte an die Situationen, bei denen ich schon bei der Geburt von Kälbchen dabei gewesen war, und erinnerte mich, was sie da immer gemacht hatten. So überwand ich mich und steckte vorsichtig den Arm mit dem Strick in die Kuh.

„Du kannst doch nicht einfach …", entgegnete er mir.

„Wenn du es nicht tust, dann muss ich es tun!"

Ich tastete mich vorsichtig vor und bald spürte ich auch etwas. Ich wurde aber nicht ganz schlau draus, fand aber einen Fuß, um den ich den Strick band.

„Anziehen! Robert, anziehen bitte!", sagte ich noch mal, als er nicht gleich reagierte. Dann wurde er wach, legte das eine Kälbchen auf die Seite und zog vorsichtig am Strick. Ich spürte, wie sich die Schlinge zuzog und ich dann das andere Bein erwischte. Ich spürte, wie sich das Kälbchen hob und alsbald herauskam. Leider mit einem Schwall Fruchtwasser und da ich nahe an der Kuh stand, bekam ich einen gehörigen Teil ab. Aber das ist wie bei der Geburt eines Menschenkindes, während man die Schmerzen hat, könnte man die halbe Welt verfluchen, ist es dann da, weiß man nichts mehr von den Schmerzen. Ich spürte es nur warm und ignorierte es, denn jetzt war das Kälbchen wichtig. Auch dieses schrubbten wir wieder ab. Es war ein braunweißes Kälbchen mit sogenannten Brillen um die Augen. Beide lachten wir uns an.

„Das hätte ich erstens nicht gedacht, das es zwei sein könnten und zweitens ich hätte mir nie und nimmer getraut reinzugreifen."

„Ja, das haben wir Mütter so gemein", sagte ich und sah zu der Kuh hin. Die war aber immer noch unruhig und sah so aus, als würde sie noch mal pressen wollen. Aus einem Instinkt heraus, griff ich mir die Stricke, tauchte sie und meine Hände wieder in das heiße Wasser, was diesmal nicht mehr so brannte, und steckte meine Hand wieder in die Kuh.

„Was hast du denn jetzt vor?"

„Vertrauen ist gut, Kontrolle ist besser!"

Und ich glaubte nicht, was ich spürte, also hatte ich vorher doch keine Halluzination, da war noch ein Kopf und ich musste die Füße finden, was ziemlich schwierig war, da das Kälbchen ziemlich tief lag.

„Komm, Rosa, hilf mir ein wenig", sagte ich zur Kuh und als hätte sie meine Bitte gehört, wurde das Kälbchen hochgedrückt. So konnte ich an ein Bein den Strick binden.

„Zieh an!", rief ich Robert zu, der wie erstarrt zusah.

„Robert!"

Erst jetzt kam Bewegung in ihn. Er nahm den Strick und zog wieder vorsichtig daran. Ich zog meine Hand raus, damit ich mit dem zweiten Strick das zweite Bein erwischte, was sich als etwas schwieriger herausstellte. Aber ich schaffte es dann doch. Dann zogen wir mit vereinten Kräften an den Stricken. Es dauerte etwas länger als bei den anderen Kälbchen, aber wir schafften es. Flutsch und mit einem Schwall Fruchtwasser kam auch das dritte Kälbchen ans Tageslicht. Robert stand wie erstarrt da und sah auf das neue Kälbchen, das in die Mitte gefallen war. Das erste hatten wir auf die rechte Seite gelegt und das andere auf die linke, also hatte das dritte Kälbchen Platz in der Mitte. Ich fing schon an es zu schrubben.

„Robert, da stimmt was nicht!"

Es rührte sich nicht wie die beiden anderen Kälbchen. Auch Robert kam jetzt in Bewegung und beide schrubbten wir wie die Wilden und er befreite noch die Nase von der Haut und es half. Das Kälbchen machte einen Riesen Schnaufer und es atmete. Ich sah zu Rosa, die uns jetzt viel ruhiger beobachtete, was wir mit ihren Kälbchen machten.

„Ich denke, jetzt wäre die Mutter dran, ihre Kälbchen zu begrüßen", meinte Robert.

Rosa leckte sofort ihre Kälbchen ab. Robert machte noch ihre Kette länger, damit sie und die drei Kälbchen vorne Platz hatten.

Wie auf Kommando hörte es draußen auf zu regnen. Wir waren so mit dem Kalben beschäftigt, dass wir gar nichts mehr mitbekommen hatten. Wir standen hinten und betrachteten das Bild vor uns. Robert drehte sich zu mir, sah mich an und sagte:

„Danke! Ohne dich hätte ich das nicht geschafft."

Er beugte sich zu mir und wollte mir gerade einen Kuss geben, als es schon wieder blitzte, aber nicht von draußen, sondern zwischen uns. Wir dürften so aufgeladen gewesen sein, dass es bei uns schon wieder gefunkt hatte. Er wollte einen zweiten Versuch starten, da stürmte Antonia herein.

„Der Tierarzt kommt mit etwas Verspätung. Wegen des Regens kann er leider nicht schnell fahren. Wie geht es Rosa?"

„Prima! Wie es einer Mutter nach einer Geburt halt so geht."

„Nach der Geburt?", fragte sie ungläubig.

„Na, sieh her!"

Und Robert und ich gaben den Blick auf Rosa und ihre Kälbchen frei.

„Und betrunken bist du sicher nicht, auch wenn du alles dreimal siehst!"

Antonia stand da und rührte sich nicht von der Stelle. Als wäre die Zeit stehen geblieben. Ich dachte schon, sie würde uns umfallen oder wie ein Stein zu Boden fallen. Doch endlich kam Bewegung in sie.

„Das sind ja drei!", sagte sie mit brüchiger hoher Stimme.

„Und was sind sie?", konnte sie dann normal weiterfragen.

„Ein Stierkalb und zwei Kälbchen, der braune, der erste, ist der Stier", erklärte Robert.

„Ein kleiner Maxl", sagte ich.

„Nein, eigentlich muss er mit „C" anfangen. Ist ja die dritte Geburt und nach dem Alphabet ist das das C wie Cäsar."

„Und die mit den Augenringen?"

„Cecilie", sagte Antonia.

„Die sieht aus wie damals unsere alte Cecilie."

„Na dann heißt die dritte Cenzi."

„Zenzi schreibt man doch mit ‚Z'", kam jetzt Leben in Antonia.

„Nein, Christzenzia nicht!", war meine Antwort. „Abkürzung Cenzi mit C."

Robert und Antonia sahen sich an und fingen an zu lachen. In dem Moment kam der Tierarzt mit Andrea und Anita im Schlepptau. Er war ein Mittfünfziger, sah dafür aber noch gut aus. Hatte noch kein graues Härchen. Er hatte seinen Kittel an und seine Tasche dabei.

„Was gibt es da zu lachen?"

„Na weilst schon wieder mal zu spät bist, Franzl!", gab ihm Antonia zur Antwort.

Mir fiel es nicht gleich auf, aber ich kam dann später noch auf das nette, schmeichelnde ‚Franzl', und was es damit auf sich hatte. Jetzt dachte ich mir noch nicht viel dabei.

„Wir haben schon einen Tierarzt!", ergänzte Robert und legte stolz seinen Arm um meine Schultern. Und Rosa muhte wie aufs Stichwort.

„Na, dann kann ich ja wieder gehen."

Er tat beleidigt, ging dann aber doch weiter. Als er zur Kuh kam, verstummte auch sein Lachen.

„Bin ich besoffen? Ich sehe drei Kälbchen."

„Solange du nicht drei Kühe dazu siehst, macht es nichts!", lachte Robert und klopfte ihm auf die Schulter.

„So, darauf stoßen wir jetzt an, ich hole den Schnaps."

„Nein, Mutter, wir stoßen später an, denn jetzt müssen wir die Kühe melken und die Kälbchen auch noch trinken lassen."

Denn wie auf Kommando meldeten sich draußen schon die Kühe. Statt den Schnaps zu holen, ließ sie die Kühe rein. Eine jede ging wieder an ihren Platz. Andrea sah mich von oben bis unten an.

„Wie siehst du denn aus?"

Erst jetzt betrachtete ich mich.

„Wie man eben nach einer Geburt aussieht, von oben bis unten nass!", und ich lachte.

Andrea wollte aber vorher noch ein Foto von ihr und Anita mit den Kälbchen machen.

„Du kannst dich nicht dazustellen, so wie du aussiehst", meinte sie spöttisch.

Sie stellte sich hinter der Kuh auf, hielt Anita fest im Arm. Wir rieten ihr ab, denn wir sahen die Kuh und wollten sie weglocken. Doch sie beharrte drauf. Wem nicht zu helfen, dem nicht zu raten. So zückte ich den Fotoapparat, den sie mir in die Hand gedrückt hatte, und machte gerade das Foto, als sich der Schwanz der Kuh hob und die Kuh pisste. Da Andrea näher an der Kuh stand, bekam sie das meiste ab. Anita kam noch glimpflich davon. Doch da Andrea sich so erschreckte und wegsprang, rutschte sie auch noch aus und fiel hin. Leider kam auch Anita ins Straucheln, weil Andrea sich immer noch an ihr festhielt. Ich fotografierte fröhlich weiter. Als sie aufstand, kam geradewegs eine Kuh auf sie zu, die in ihre Box wollte. Die fing gleich an, an ihr zu schnüffeln. Jetzt sprang Andrea erst recht hysterisch im Stall herum. Bis Anita sie schnappte und nach draußen bugsierte. Wir sahen uns an und fingen lauthals an zu lachen. Die Kühe sahen uns verwundert an und dachten sich sicher ihren Teil. Robert erzählte noch rasch in Kurzfassung, wie es bei der Geburt war. Bei Antonia dürfte ich damit eine Sprosse auf der Sympathieleiter weitergekommen sein. Denn sie sah mich bewundernd an, nicht nur sie, auch der Tierarzt Franzl.

„Eigentlich müsstest du auf dem Foto sein, du warst schließlich der Geburtshelfer", sagte Robert. Antonia begann dann die Kühe zu füttern, während Robert das Melken übernahm. Ich half währenddessen dem Tierarzt, die Kälbchen zu untersuchen.

„Ich weiß, dass Robert eine Frau sucht, aber von einer Tierärztin weiß ich nichts", erzählte er mir.

„Nein, ich bin keine Tierärztin. Ich hatte nur etwas Glück."

„Nein, so viel Glück kann man nicht haben, man muss sich schon ein wenig auskennen, um das zu machen."

„Reicht es, wenn ich sage, ich habe es im Fernsehen schon gesehen, wie man so was macht?", fragte ich ihn leise, damit die anderen von unserem Gespräch nichts mitbekamen.

Er sah mich eine Weile durchdringend an.

„Wenn du mir verrätst, woher du die Kenntnisse hast, verrate ich dir auch was. Besser gesagt, du solltest mir bei einer Sache helfen. Denn ich wünsche den beiden nichts Besseres als eine Schwiegertochter, die sich wenigstens etwas mit der Landwirtschaft auskennt und sich auch nicht davor scheut, sich die Hände bzw. den Körper bei der Arbeit schmutzig zu machen."

Ich sah ihm in die Augen, um zu schauen, ob ich ihm vertrauen könnte. Aber er sah mich so lieb und nett an, dass ich mir getraute es ihm zu sagen.

„Wir hatten früher auch einen Bauernhof und ich war öfter bei einer Geburt dabei. Eine Kuh hatte sogar zweimal Zwillinge. Darum kenn ich mich ein wenig aus."

„Ich dachte mir schon so was Ähnliches. Ich werde nichts verraten, wenn du mir hilfst ..."

Er machte eine Pause, um zu sehen, ob er mir vertrauen könne.

„... dass ich bei Antonia, wie sagt ihr Jungen noch mal, ... landen kann?"

Ach daher wehte der Wind! Ja zusammenpassen würden sie. Er dürfte in ihrem Alter sein, wenn auch ein paar Jährchen jünger. Vielleicht traute er sich darum nicht, sie direkt anzusprechen. Ich drehte mich um und sah nach Antonia, wo sie gerade war. Als sie sah, dass ich zu ihr schaute, drehte sie sich rasch um.

„Ach, daher weht der Wind, Franzl?", sagte ich dann zu ,Franzl' in etwa dem Ton, in dem sie den Namen ausgesprochen hatte. Er sah mich etwas verdutzt an, weil ich das ,Franzl' so betonte.

„So hat sie ja zu dir gesagt, ,Franzl'. Ich glaube, sie mag dich auch, weil sonst hätte sie es anders gesagt und außerdem sieht sie ständig zu uns herüber. Ich glaube, sie traut sich auch nichts zu sagen, weil du ein bisschen jünger bist als sie. Oder irre ich mich da?"

„Nein, du irrst dich nicht, ich bin fünf Jahre jünger. Und wenn ich mich nicht irre, bist du älter als Robert."

„Ja, leider acht Jahre!"

Wir lachten. Da kamen gerade Robert und Antonia zu uns.

„Was habt ihr zu lachen?", fragte Antonia etwas argwöhnisch.

Jetzt hieß es diplomatisch vorgehen. Was wir gerade beredet hatten, konnten wir nicht sagen.

„Ja, weil Cenzi sich immer auf meine Füße legt und nicht aufstehen mag."

Und wie aufs Wort fiel sie gerade wieder um, weil sie es noch nicht schaffte aufzustehen.

„Ja, und weil wir drei Mütter hier haben, Cesar für die Mutterkuh, für Cenzi bin ich anscheinend die Mutter und Cecilie ist deine Tochter."

Alle sahen mich an und ein jeder lachte. Und Antonia war damit auch zufrieden. Dann machte Antonia weiter und wir begannen die Kälbchen zu füttern, indem wir sie zum Euter der Kuh führten.

Cenzi war von der Geburt noch so mitgenommen und noch etwas schwach, das sie gar nicht erst aufstand. Da aber das Euter so groß war und soweit runterhing, konnte sie auch im Liegen trinken. Es war so schön, ihnen zuzusehen, wie sie beim Trinken mit ihren Schwänzchen freudig wedelten und die Bäuchlein immer voller wurden. Als wir fertig waren, die Kälbchen versorgt und in ihrem Stall, auch die Mutterkuh hatte was gefressen, konnten auch wir uns duschen gehen. Antonia sah Robert an und meinte:

„Die beiden Damen werden sicher wieder das Bad oben belegen. Anja darf sich in meinem Bad duschen."

Das sollte was heißen, denn von Anfang an hieß es, das untere Bad wäre tabu und nur für Antonia und Robert da. Antonia wollte noch im Stall bleiben, bis die Nachgeburt da wäre. ‚Franzl' wollte sich gerade verabschieden, weil mit den Kälbchen und der Kuh alles in Ordnung wäre, da kam mir ein Gedanke. Ich sollte ihm ja helfen.

„Wieso? Du hast doch gesagt, du müsstest auch eine Nachtschicht einschieben, weil du dir unbedingt die Nachgeburt von den Drillingen ansehen müsstest."

Dabei zwinkerte ich ihm verschwörerisch zu. Die anderen sahen es Gott sei Dank nicht. Er verstand mich sofort.

„Ja, natürlich bleibe ich noch, so was sieht man nicht alle Tage. Und es ist ja immer gut, wenn ein Mann zugegen ist."

„Ja, das wäre nicht schlecht!", meinte auch Antonia. Und sah von einem zum anderen. Ahnte sie etwas?

„Da ja Robert mit den Damen die Kälbchen feiern gehen will. Hat er mir vorher gesagt", schob sie noch nach!

Aha davon wusste ich ja noch gar nichts. Robert anscheinend auch nicht so recht, denn seine Antwort kam ein paar Sekunden zu spät.

„Jaja, hab ich ihr vorhin gesagt."

Da wurde wohl ein Komplott ums andere geschmiedet. Was käme denn da noch? So schnappte ich mir den Fotoapparat, den hätte ich bald vergessen, und drückte Franzl die Daumen. Wir verabschiedeten uns noch und gingen ins Haus zurück. Vor dem Haus zog ich mir die Turnschuhe aus. Die stanken wirklich und nicht nur die. Und tatsächlich, im oberen Stockwerk hörte man Andrea rumoren und lamentieren. Die beiden waren immer noch nicht fertig.

„Soll ich dir was von deinem Zimmer bringen?", fragte Robert mich, bevor er mir die Tür zum Bad aufhielt.

„Ja, das wäre sehr nett. Meine Kulturtasche, die steht auf der Kommode, das Badetuch ist auf dem Heizkörper und der Bademantel liegt auf meinem Bett. Bitte."

Als ich gerade drinnen war und anfing mich auszuziehen, fiel mir ein, ich bräuchte auch noch meine Hausschuhe. Nachrufen wollte ich nicht, so durfte er dann noch mal raufgehen. Ich war schon unter der Dusche, als er mir meine Sachen brachte. Er hielt mir meine Kulturtasche in die Dusche rein und blieb diskret hinter der Tür stehen, damit ich mir das Haarshampoo und das Duschgel rausnehmen konnte. Sehen konnte er eh nicht viel, da das Glas schon angelaufen war. Dann bat ich ihn, alles auf die Waschmaschine zu legen. Anschließend verschwand er nochmals und holte mir wirklich ohne Widerrede meine Hausschuhe. Er musste den Damen sowieso noch sagen, dass wir ausgehen. Gerade waren beide im Badezimmer und Andrea nochmals unter der Dusche. Weil sie noch so ‚stank'. Ich hörte dann die Tür und drehte mich nicht um, da ich dachte, es wäre Robert. Ich bedankte mich dafür, dass er so nett war und nochmals raufgegangen wäre, um meine Schuhe zu holen. Ich hörte dann noch Geräusche, aber da ich mir gerade die Haare wusch und Schaum im Ohr hatte, dachte ich mir nichts dabei. Ich habe mir gleich zweimal Haare und Körper eingeseift, damit der ‚Duft' auch wirklich verschwand. Denn fast zwei Stunden mit Fruchtwasser rumzulaufen, macht einen auch nicht attraktiver. Als ich gerade aus der Dusche kam und anfing mich abzutrocknen, kam Robert mit meinen Schuhen herein. Ich sah ihn überrascht an.

„Ich dachte, die hättest du mir schon gebracht?", sagte ich und sah mich im Bad um.

„Meine Kleidung ist weg!", rief ich, und drehte mich auf der Suche danach nach links und rechts.

„Wo ist sie?", fragte ich ihn und wie auf Kommando fing die Waschmaschine an sich zu drehen. Ich bückte mich und sah hinein. Da drinnen drehte sich meine Wäsche sowie meine Schuhe und der Mantel von Antonia. Also musste vorhin Antonia da gewesen sein und nicht Robert, der mir ja gerade erst die Schuhe gebracht hatte.

Robert war mehr als überrascht, wenn nicht sogar geschockt und es war ihm etwas peinlich, denn er lief rot an.

„Ich habe es den Damen gesagt, dass wir ausgehen. Brauchst dich aber nicht zu beeilen, denn Andrea flippt jetzt noch mehr aus. Das heißt, sie braucht noch länger."

Ich sagte: „Danke", nahm ihm die Schuhe ab und er ging. Erst als ich die Schuhe abstellte und das Badetuch nach vorn rutschte, ich hielt es nur mit einer Hand, wurde mir bewusst, warum er so komisch dagestanden hatte. Als ich verzweifelt meine Wäsche suchte, sah er mich etwas von hinten und das nackt. Und ich muss wie eine abgeschleckte Kuh ausgesehen haben mit den nassen Haaren. War er jetzt geschockt? Überrascht? Oder dachte er, ich würde ihn verführen wollen? Jetzt war es auch schon zu spät. Ich trocknete mich fertig ab, schlüpfte in die Schuhe, zog den Bademantel an und nahm den Fotoapparat und meine Kulturtasche und ging in mein Zimmer. Die beiden waren immer noch am Streiten, wer was machen durfte. Ich ging in mein Zimmer zog mich an und föhnte mir die Haare. Da noch Zeit war, startete ich den Laptop, um die Fotos vom Fotoapparat runterzuladen. Was ich dann zu Gesicht bekam, überraschte mich. Da waren die beiden Kontrahentinnen drauf, bzw. mehr Andrea, und ein paar Fotos von Anita in verführerischer Position in Dessous. Diesmal konnte ich Andrea eins auswischen. Ich lud die Fotos runter und löschte die ‚Erotikfotos' und die Fotos vom Stall, steckte die Chipkarte wieder in den Fotoapparat. Sie wollte wohl damit erreichen, dass Robert sich die Fotos von den Kälbchen und wie zufällig auch die anderen ansah.

Ach, wie peinlich wäre das geworden.

Aber die Fotos von den beiden wären peinlicher. Ich nahm mir noch die Weste, die zum Top passte, tupfte mir etwas Parfüm auf Hals und Handgelenk, zog meine Halbschuhe an und ging hinunter. Den Fotoapparat nahm ich mit und stellte ihn in der Küche ab. Mit dem Schutz für die Linse. Die hatte ich noch im Stall gefunden und mitgenommen. Antonia war gerade dabei, einige Brote fürs Abendessen vorzubereiten. Auch sie hatte sich umgezogen.

„Danke fürs Wäschewaschen, wäre aber nicht nötig gewesen. Ich hätte sie oben im Bad per Hand auch waschen können."

„Nein, das passt schon, das ist das Mindeste, was ich tun konnte. Für deine Hilfe im Stall."

Robert kam dann auch gleich, frisch geduscht und in einer Wolke von Aftershave. Wow, das nahm einem glatt die Luft, nicht dass es zu stark gewesen wäre, nein, es war ein guter Duft. Am liebsten wäre ich dem Duft gefolgt. Auch bis ans Ende der Welt!

„Und tut sich schon was im Stall?", war seine erste Frage.

Seine Mutter sah ihn etwas verwirrt an, bis sie sich besann.

„Nein, noch nichts!", stotterte sie ein wenig herum. „Ich habe euch nur rasch fürs Abendbrot was gemacht und für Franzl auch", sprachs, nahm den vorbereiteten Teller und verschwand. Robert sah ihr etwas verstört nach.

„Ist da was, was ich wissen sollte?", fragte er mehr für sich als an mich gerichtet.

„Weiß nicht?", tat ich ahnungslos und zuckte mit den Achseln, das er aber nicht sehen konnte, weil er immer noch seiner Mutter nachsah!

„Wäre es so schlimm, wenn da was wäre?", fragte ich zurück.

„Nein, ich hätte am allerwenigsten was dagegen. Ich würde mich freuen, wenn sie und Franzl …"

Er betonte das Franzl auch ein wenig, „… zusammenkommen würden. Sie würden sehr gut zusammenpassen. Auch wenn er um eine Spur jünger ist als sie."

Wir kamen nicht mehr dazu weiterzureden, denn da kamen endlich Andrea und Anita. Andrea in einem kurzen, schwarzen Minirock und einem silbernen Top und schwarze High Heels. Anita in einer dunklen, fast neuen Jeans und einem langärmeligen, leichten roten Pullover und auch schwarze Halbschuhe. Ich hatte eine leichte schwarze Hose an, dazu ein violettes Top und eine dazu passende Weste. Andrea dachte wohl wirklich, sie sei in einer Modenschau und käme hier groß raus. Sie nahm sich gar nicht viel Zeit, um etwas zu essen. Im Gegensatz zu uns. Wir hatten großen Hunger. Jeder aß drei Schnitten und sie stocherte im Gemüse herum, das sie sich auf den Teller geladen hatte (Tomaten, Gurke und Paprika). Endlich war es so weit, wir räumten noch rasch auf und gingen zu Roberts Auto. Andrea setzte sich einfach auf den Beifahrersitz, als wäre es das Selbstverständlichste auf der Welt.

Robert:

Der Gedanke, sie zu wecken, beflügelte mich am Morgen. Doch als ich in ihrem Zimmer war, war sie nicht da. Ich hatte schon die Befürchtung, dass sie ein Traum gewesen war. Oder sie wäre schon wieder abgefahren. Da sagte hinter mir jemand: „Guten Morgen". Nein, sie war kein Traum. Sie war Realität. Ich hätte am liebsten einen Luftsprung machen können. Tat es dann nicht. Dass sie schon wach war und eine ‚Frühaufsteherin' ist wie ich, freute mich besonders. Auch dass sie nicht viel Frühstück brauchte und ich nicht auf sie warten musste. Im Stall machte sie alles, als wäre es das Selbstverständlichste oder kam es mir nur so vor, weil ich es mir wünschte? Oder sie bemühte sich? Appetit hatte sie auch und stocherte nicht im Essen herum. Anita langte auch zu und Andrea? Wieso wir diese Frau ausgesucht hatten, wusste ich jetzt selber nicht mehr. Aber auf sie achtete ich gar nicht mehr. Ich hatte fast immer nur Augen für Anja. Aber stets mit dem Gedanken: Ist sie die Richtige oder doch jemand anders? Aber immer wenn ich an sie dachte oder sie ansah, schlug mein Herz etwas schneller. War das Liebe? Bei der Feldarbeit stellte sie sich auch nicht dumm an. Und was war das heute im Stall? Ich traute meinen Augen nicht! Als wäre es das Selbstverständlichste auf der Welt, half sie den Kälbchen bei der Geburt! Sogar Mutter war überrascht und bewunderte sie. Als sie dann im Bad dann so ungezwungen und auch überrascht dastand, … wurde mir heiß und ich wusste nichts zu sagen. Mann, muss ich blöd dreingeschaut haben. Sie kann aber auch anziehen, was sie mag. Sie sieht immer gut aus. Und jetzt darf ich mit ihr ausgehen und vielleicht kommen wir auch zum Tanzen, was Langsames, dass ich sie eng an mich ziehen kann …

Währenddessen im Stall:

Antonia brachte Franzl die Brote. Die Kuh hatte die Nachgeburt schon ausgestoßen. Das wollte sie nicht unbedingt sagen, denn dann würde er fragen: Was machst du dann noch im Stall? Aber sie wollte ungestört sein und noch was mit Franz abklären. Sie stellte den Teller auf einen Hocker und setzte sich zu Franz auf die Bank. Die Kuh sah sie an, als würde sie auch auf etwas warten.

„Also ich wollte, dass du noch da bleibst, weil ich dich was fragen wollte", begann sie und machte eine kleine Pause.

„Du weißt, dass mein Mann schon einige Jahre tot ist, und ich auch keinen anderen ins Auge gefasst habe. Aber seit Robert sich bei der Agentur beworben hat, und ich gesehen habe, dass auch ältere Menschen noch auf der Suche nach einem Partner sind, habe ich mir ein Herz gefasst und, und …" Sie kam ins Stocken. „ …als ich die Kälbchen da liegen sah, musste ich an das denken, was Walter zu mir sagte …!

Dann stockte sie wieder und wusste nicht weiter.

„Komm, rede nicht um den heißen Brei herum, sondern raus mit der Sprache!"

Jetzt wurde er auch neugierig, was Walter gesagt hatte, denn ihm hatte er auch was gesagt oder besser gesagt prophezeit. Er wollte ihr weiterhelfen, denn er konnte es sich schon ein wenig denken, dass er ihr doch nicht so gleichgültig war, wie er immer geglaubt hatte. Das dürfte ihre harte Schale sein und die drohte jetzt zu zerbrechen, was sie nicht unbedingt wollte. Sie druckste noch ein wenig herum. Dann sagte sie ihm, was Walter ihr gesagt hatte.

„Er hat gesagt: ‚Wenn drei Kälbchen auf einmal im Stall sind, wird sich meine neue Liebe offenbaren.' Ich dachte, er spinnt. Wann werden schon drei Kühe auf einmal kalben, aber dass dann MEINE Rosa drei Kälbchen auf einmal bekommt, hat mich dann doch sehr überrascht. Ich konnte dann gar nichts sagen, dachte nur noch an das, was Walter gesagt hatte."

Nach einer Pause sprach Franz weiter.

„Mir hat Walter auch was gesagt."

Sie sah ihn erstaunt und abwartend an.

„Er sagte: ‚Wenn ich glaube, dass ich besoffen bin, weil ich alles dreifach sehe, bin ich aber ganz nüchtern und dann wird sich meine Liebe mir erklären.'

Jetzt war es wieder an Antonia, etwas zu sagen, denn Franz wartete gespannt, was sie ihm noch sagen wollte. Sie sah ihn ganz verwirrt an, denn sie hatte nie ganz an das geglaubt, was Walter manchmal so von sich gegeben hatte. Sie tat das oft als Humbug oder Blödsinn ab. Sie gab nie auf so was, aber diesmal traf alles ein. Sie riss sich zusammen und redete weiter.

„Ich habe dir die kalte Schulter gezeigt, weil ich nicht daran geglaubt habe, dass es für alte Leute noch eine Liebe geben könnte. Doch diese Sache und auch Anja, die ja auch Witwe ist und nicht aufgibt und sagt, es gibt noch was zu erleben. Man kann auch selber die Initiative ergreifen und nicht immer darauf warten oder hoffen, dass sich alles von alleine ergibt. Da habe ich mir dann doch einen Ruck gegeben. So jetzt habe ich wirklich lange genug um den heißen Brei herumgeredet.“

Denn sie sah, dass er schon sehr gespannt war.

„Könntest du dir vorstellen, …“

Sie überlegte, wie sie es formulieren sollte.

„… mich gernzuhaben?“

Er sah sie an und musste es so nehmen, wie es war. Nichts von Liebe, aber das wäre ja auch nicht Antonia gewesen. Das war schon sehr viel, was sie gesagt hatte und der Rest würde auch noch kommen.

„Antonia, ich habe dich gern, mehr als nur gern, und das schon länger, aber du hast mir immer die kalte Schulter gezeigt. Ja, das stimmt. Darum traute ich mich auch nichts zu fragen oder zu tun. Aber da du jetzt den Stein ins Rollen gebracht hast …“

Sie sah ihn erwartungsvoll an. Er beugte sich zu ihr und gab ihr einen Kuss. Zuerst erschrak sie, doch dann erwiderte sie ihn. Als sie dann kurz voneinander ließen, sagte sie:

„Franzl, mein Franzl.“

Und in diesen Worten spiegelte sich die ganze Liebe wieder.

„Tonerl, mein Tonerl!“

„Nein, das will ich nicht hören!“, sagte sie in einem barschen Ton.

„Das wollte ich nicht mal von meinem verstorbenen Mann hören!“

„Toni?“

„Nein, das hört sich nach einem Mann an, oder willst du einen Mann? Bitte nur Antonia“, sagte sie in einem sanfteren Ton.

„Okay, meine kleine Antonia!“

Sie war ja auch etwas kleiner als er, also konnte sie dagegen nichts sagen. Sie sah ihm in die Augen und sagte, worauf er schon die ganze

Zeit gewartet hatte. Sie wollte es vorher nicht sagen, bevor sie sich nicht sicher war.

„Ich liebe Dich! Ich liebe dich schon länger, nur wollte ich es nicht wahrhaben."

Er sah sie liebevoll an.

„Ich dich auch!"

So genossen sie ihre Zweisamkeit. Sie beschlossen, es noch geheim zu halten, bis sich Robert entschieden hatte. Sie wollte ihm nicht dazwischenpfuschen oder vorgreifen. Ihm war es nur recht. So kuschelten sie sich eng aneinander. Nach einiger Zeit fragte sie, ob es sehr verwegen wäre, dass sie miteinander ins Haus gingen und er hier übernachten würde. Sie war ja noch vom alten Schlag und da machte man das nicht vor der Hochzeit. Außerdem hätten sie ja nichts mehr zu verlieren und sie müssten die Zeit nutzen, denn die Jüngsten waren sie auch nicht mehr. Und außerdem hatte er schon einige Schnapserl intus, zur Feier von den Kälbchen, und war nicht mehr ganz nüchtern, und sie wolle, dass ihm nichts passiert, weil sie ihn erst gefunden hätte. Er hatte am allerwenigsten dagegen. So gingen sie ins Haus, er durfte sogar in ihrem Zimmer schlafen. Bevor sie aber noch im Haus verschwanden, fiel ihm ein, dass sein Auto ja noch vor dem Haus parkte. Das stellte er hinters Haus, damit niemand was merken sollte.

Die Feier

Wir mussten ein schönes Stück fahren, um ins nächste Lokal zu kommen. Dort erwartete uns schon Roberts Freund, das wussten wir aber nicht. Als wir schon fast an der Tür waren, fiel mir auf, dass ich meine Weste im Auto liegen gelassen hatte. Robert wollte sie mir holen, doch das wehrte ich ab. Denn Andrea zerrte schon ganz nervös an ihm, sie wollte endlich Party machen. Ob sie das hier auf dem Land konnte, so wie sie es aus der Stadt gewohnt war? Robert gab mir den Schlüssel und ich lief zurück zum Auto. Dadurch kam ich natürlich wie schon am gestrigen Tag später zur Vorstellung. Roberts Freund hieß Walter, war genauso alt wie er und auch ziemlich der gleiche Typ. Als ich reinkam, zog gerade wieder Andrea an ihm, dass sie endlich weitergingen. So waren Walter und ich alleine im Vorraum.

„Hallo, ich bin der Walter, Roberts Freund, und soll auf dich warten, damit du dich nicht verläufst in unserem großen Lokal."

Ich reichte ihm meine Hand und sagte: „Hallo, ich bin die Anja."

Weiter kam ich nicht, denn dann versank ich in seinen grünen Augen und kam Augenblicke später erst zu mir.

Die Suche nach der Braut wurde geteilt,
Doch das Schicksal hält noch was bereit,
Die Erste ist ein Flop, die Zweite ist Hop, die Dritte ist Top.
Die eine wird eine Braut,
die andere hat sich schon getraut,
Die Braut, die sich traut, sind keine Kinder erlaubt,
Das Schicksal ist nie nett, immer nur frech mit Pech,
Wenn du diesen Spruch hörst wieder,
Hat sich das Schicksalsbuch für dich geöffnet wieder,
Die diesen Spruch hat unbewusst in ihr,
hat auch deine Zukunft in ihr,
Durch einen Blitz gefestigt, durch einen Kuss erlöst,
Der Richtige hat das Händchen dafür.

Verflixt, war ich schon wieder am Auto? Denn ich hatte schon wieder einen elektrischen Schlag auf die Hand bekommen. Walter sah mich verwirrt an und ließ nur widerwillig meine Hand los. Er hat nicht mal bemerkt, dass Funken flogen. Er sah mich unverwandt an. Er löste sich aus seiner Erstarrung und fragte: „Einen Begrüßungskuss bekomme ich schon, oder?"

„Nein, lieber nicht, weil sonst verbrennst du dich noch an mir."

„Wieso?"

„Na, weil ich schon wieder elektrisch aufgeladen bin, wahrscheinlich vom Auto. Passiert mir öfter und heute … nein, sagen wir in den letzten 24 Stunden schon das dritte Mal."

Jetzt wurde auch er wach und unruhig zugleich.

„Und wen hat es die letzten beiden Male erwischt?"

„Robert, den Unglücksraben!"

Danach nahm er mich rasch am Arm und führte mich zu den anderen. Das Lokal war ziemlich voll. Eine Band stand auf einem Podium in einer Ecke im Raum. Dürfte ein Tanzabend sein. Was dann auch Robert erklärte.

„Wir haben heute einen guten Abend erwischt, ansonsten tut sich nicht viel an einem Freitag. Nur die üblichen Wochenendgäste."

Als wir endlich alle am Tisch saßen, stand ein Redner auf dem Podium. Er bat um Ruhe, begrüßte alle im Raum und gab bekannt, dass Robert sich drei Damen eingeladen hatte wie bei der Serie ‚Bauer sucht Frau' und ihm zu Ehren würde jetzt die Band ein Lied spielen und er solle mit seinen ‚Damen' zur Tanzfläche kommen. Es würde sich sicher noch jemand finden, der mit den anderen tanzen würde, denn mit drei würde er sicher nicht auf einmal tanzen können.

Da ich neben Walter saß und neben Robert Anita, gingen wir auch so zur Tanzfläche. Um Andrea scharten sich die Jungs schon mittlerweile. Auf sie waren sie schon seit ihrem Eintritt aufmerksam geworden. Walter zupfte zwar nervös an Roberts Ärmel, aber als der Sprecher uns aufforderte tanzen zu gehen, war es ihm nicht ganz recht. Es sah so aus, als würde er unbedingt mit Robert was besprechen wollen. Sie spielten dann ‚Eine weiße Hochzeitskutsche', ‚Weiße Rosen aus Athen' und noch so ein Hochzeitslied. Während des ersten Liedes fingen auch schon die anderen Männer an abzuklatschen. Jeder wollte mal eine Runde mit einer oder mehreren Frauen von Robert drehen. Das war eine Sensation hier, wo sonst nichts los war. Das nutzte Walter aus, um Robert auf die Seite zu nehmen und ihn zum Vorraum rauszuziehen. Er wollte zwar nicht, aber Walter sah ihn so eindringlich an, dass er dann doch mitging.

Draußen im Vorraum:

„Habe ich dir nicht gesagt, du sollst mir die Damen so vorstellen, wie sie angekommen sind!?"

„Ach herrje, das habe ich vergessen, bei uns zu Hause war heute so viel los, an das habe ich nicht mehr gedacht."

Robert überlegte kurz. „Aber warte mal, nein, habe ich doch."

„Nein, denn Anja war ja die Erste, die angekommen ist …"

„Nein, nein. Anja war die Letzte!"

Jetzt sah Walter etwas überrascht aus.

„Nein, das war so; es war geplant, dass Anja gegen 17 Uhr eintrifft. Aber dem war nicht so. Sie hatte sich wegen eines Kurses und eines Staus auf der Autobahn verspätet. So kam Andrea als Erste und früher an. Anita kam zur verabredeten Zeit und Anja mit Verspätung."

Jetzt musste Walter in seinem Kopf alles neu ordnen.

„Was ist? Hast du wieder was vorhergesehen?"

„Nein, im Moment nicht", sagte er langsam.

„Nur das, was ich dir schon vor dem Treffen sagte. Das, wenn du deine Braut finden wirst, hast du dein Glück, und dann finde ich auch meins."

„Aber da ist noch was, ich kenne dich mittlerweile schon gut genug, um zu wissen, dass da noch etwas ist."

Er sah ihn an und musste leider Farbe bekennen.

„Du weißt, dass ich für mich nichts vorhersehe, so gehe ich selber zu einer Hellseherin. Und die hat mir einen Spruch gesagt, und wer diesen Spruch sagt, kann etwas über meine Zukunft voraussagen. Zuerst dachte ich, Anita wäre es, weil ja bei dir die Zahl 3 wichtig ist, aber leider hat mir jetzt Anja unbewusst den Spruch aufgesagt.

Ich wollte sie zwar küssen, sie ließ mich aber nicht. Denn mit einem Kuss würde die Blockade gelöst, die der Blitz oder der elektrische Funke gespeichert hat."

„Ach, hat's dich auch erwischt?", fragte er etwas schadenfroh.

„Ja, aber nicht so stark wie dich anscheinend!", grinste er zurück.

„Woher weißt du?"

„Na, Anja hat es mir erzählt, als bei uns die Funken geflogen sind. Dass es bei euch schon zweimal gefunkt hat", sagte er grinsend.

„Und was hat es jetzt mit der 3 auf sich? Mit meiner Mutter hat sie drei Gemeinsamkeiten."

„Meine Hellseherin hat mir noch was für dich mitgegeben."

„Was denn? Her damit!", sagte er schon ungeduldig.

„Warte mal, ich muss erst überlegen, wie der Spruch beginnt!"

„Schon wieder ein Spruch? Du hast es aber in letzter Zeit mit den Sprüchen!"

„Kann nichts dafür, vielleicht ist eine Dichterin an der Hellseherin verloren gegangen oder eine von deinen drei Mädels ist eine."

„Nein, Andrea ist Kellnerin, Anita Friseurin und Anja Reinigungskraft und etwas mit Energie, was sie nebenberuflich macht."

Walter überlegte.

„Du meinst wohl Energetikerin. Ja, hat auch was mit Energie zu tun, aber anders!"

„Na, was ist jetzt mit dem Spruch, ich sollte schon reingehen!"

„Moment!"

Mit 3 fängt das Glück an,
Die Glücksbringer kommen bald alsdann,
3 Mal die 3, dann kommt das Glück herbei.

Den Rest erzählte er lieber noch nicht. Dass das Gedicht noch weitergeht. Es wird schon die Zeit kommen. Hat ihm auch seine Hellseherin geraten.

„Und was war heute und gestern schon alles mit der 3?"

„Drei Kälbchen! Fällt mir gleich ein."

Jetzt war wieder Walter dran, verwirrt zu sein.

„Ja, Rosa war ja zum Kalben und hat Drillinge bekommen."

Zuerst sah Walter ihn etwas verwirrt und überrascht an, aber dann fing er lauthals zu lachen an.

„Was hast du jetzt?"

„Ach nein, das geht dich nichts an. Ich habe nur jemand anderem etwas vorausgesagt. Und das dürfte jetzt eintreffen."

„Wem denn?"

„Nein, das sage ich dir nicht. Ich erzähle anderen ja auch nicht was von dir! Aber bevor du reingehst, musst du mir noch was versprechen."

„Rasch! Was denn?"

„Du musst heute noch Anja küssen und sie in deinen Armen halten!"

„Bist du blöd! Ich kann sie doch nicht schon am ersten Tag vor allen küssen!"

„Nein, ich werde dir helfen, dass du früher, vor Mitternacht, mit ihr abhauen kannst. Denn sonst bleibt meine Zukunft, von der ich auch was wissen will, im Verborgenen. Und du musst dann immer aufpassen, was sie sagt und erzählt. Denn es wird nicht alles auf einmal rauskommen, sondern immer nur scheibchenweise. BITTE?!?!"

Er sah ihn ganz lieb bittend an. Denn Robert wollte nicht so recht.

„Ich kann es doch schlecht machen, sie zu küssen! Wenn sie alle für dich da sind. Soll ich sie heute nach Hause bringen? Das sieht glaube ich blöde aus, oder?"

Und da er ihm schon so oft geholfen hatte, würde er auch versuchen ihm zu helfen. Ob das auch so klappen würde, wie er es sich vorstellte?

Sie kamen dann rein und Robert schaffte es noch, mit mir den letzten Tanz zu Ende zu tanzen. Bei Andrea brauchte er es nicht mehr zu probieren. Die war umringt von den Jungs. Walter schaffte es auch noch, mit Anita zu tanzen. Dann setzten wir uns wieder auf unseren Tisch. Nur Andrea war an der Bar und ließ sich von den Jungs umschwärmen wie die Motten das Licht. Robert versuchte mit Anita ein Gespräch zu führen. Wie es ihr derzeit gefiele, was sie noch so erwarte usw. Walter versuchte mich etwas auszuhorchen. Was er nicht wusste, dass ich wusste, dass er Vor-

ahnungen hat. Jetzt war ich neugierig, ob er etwas bei mir gesehen hatte bei der Begrüßung, denn da war er so komisch. Nur
wie fragen, wenn man davon eigentlich nichts weiß? Zuerst ließ
ich ihn mich aushorchen. Ich erzählte ihm auch dasselbe, was ich
gestern schon den anderen erzählt hatte. Dass ich DREI Kinder
habe, mit je DREI Jahren Altersunterschied und dass ich bald
DREI Jahre Witwe sei. Dabei fing er immer mehr an zu grinsen.
Ich konnte es mir schon denken, die DREI kam ziemlich oft
vor, wegen der DREI Gemeinsamkeiten. Aber ich wusste leider
nicht den Rest. Was ich beruflich so mache. Da hakte er dann
nach, was ich so als Energetikerin mache. Ich erzählte ihm dann
so einiges. Und fragte ihn auch, ob er an so was glaube oder sich
vorstellen könne, mal zu jemand Derartigem zu gehen. Er meinte:
„Ja schon, denn für solche Sachen bin ich offen."

Aber er erzählte nichts von seiner Hellseherei. Ich wurde schon
ganz nervös. Ich legte beim Reden wie ganz nebenbei meine Hand
auf seine. Irgendwas dürfte ihn dann doch irritiert haben oder hat
er was gesehen? Weil er auf einmal seine Hand rasch wegnahm. Er
sah mich unverwandt an, als würde er durch mich hindurchsehen.

„Funken, Glücksbringer, Drei!", kam nur aus ihm heraus. Ich
sah ihn nur an und wusste nicht, was das zu bedeuten hatte. Robert
durchschaute die Sache, legte seine Hand auf Walters Schulter und
sagte ganz sanft:

„Walter? Wir sind da!"

Dann drehte sich Walter zu Robert um, als würde er aus weiter
Ferne zurückkommen. Robert hatte das Letzte mitbekommen und
reagierte rasch. Walter sah Robert an.

„Was ist denn?"

„Du warst kurz nicht da!", sagte er langsam und holte ihn damit
in die Realität zurück. Er wusste, er musste jetzt schnell reagieren,
bevor jemand noch was mitbekäme. Er zog ihn rasch zur Seite.

„Hallo Walter, aufwachen!"

Er musste ihn rasch zurückholen, bevor er noch weiter in Trance
fiel, das passierte ihm hin und wieder. Dann musste er ihm was Kaltes
geben. Die Kellnerin lief gerade mit einem kalten Bier in der Flasche
vorbei. Er borgte es sich rasch aus und drückte es ihm an die Stirn.

Sofort war Walter wach und Robert konnte das Bier der Kellnerin zurückgeben, die dann weitergehen konnte.

„Was war?", fragte er gleich, als er wieder zurück war.

„Du hast Anja was gesagt, als sie ihre Hand zufällig auf deine legte."

„Doch nicht, ich liebe dich?", fragte er noch etwas verwirrt.

„Nein, nein, aber Funken, Glücksbringer und Drei. Von dem hast du mir aber erzählt in dem Gedicht. Was hat das mit Anja zu tun?"

„Na das wird schon seine Richtigkeit haben", sagte er noch etwas verwirrt.

„Ach ja, und wenn du sie später küsst, musst du dich erden und sie mit beiden Händen festhalten."

Robert sah ihn jetzt etwas verwirrt an, denn das hatte mit dem jetzt nichts zu tun. Walter bemerkte, dass er ihn verwirrt ansah.

„Habe ich schon wieder was gesagt?"

„Ja, von erden und festhalten!"

„Na, dann musst du das machen, wenn ich es gesagt habe", sagte er etwas barsch. Jetzt dürfte Walter wieder ganz hier sein. Und die Gefahr, dass heute noch was passiert, ist gebannt. Denn er hat nur eine Vision am Tag. Also könnte er es nicht mal professionell machen. Sie kehrten wieder an unseren Tisch zurück.

„Was war denn?", fragte ich neugierig. Mal sehen, ob sie was erzählen würden.

„Nichts, Walter hat manchmal nur seine spinnenden Minuten", erklärte Robert und sah ihn etwas streng an. Walter sah ihn entschuldigend an, konnte aber nichts dagegen tun oder sagen. Andrea war mittlerweile der Mittelpunkt hier, was ihr sehr gefiel. Wir redeten noch über einige Dinge, aber nicht über das, was mich brennend interessierte. Ich konnte aber auch nicht fragen. So gegen 23 Uhr gab Walter Robert ein Zeichen. Robert tat so, als wäre er müde. Da sich bei mir auch schon die Müdigkeit bemerkbar machte, nahm ich das Angebot von Robert an und fuhr mit. Anita wollte, zur Freude der beiden, noch bleiben. Walter bot sich an, die beiden Damen später nach Hause zu fahren. Er hoffte, dass sich Andrea bis 24 Uhr von ihren Verehrern verabschieden könne. So blieb Walter mit Anita zurück, was dieser anscheinend sehr gefiel. Denn sie strahlte auf einmal über das ganze Gesicht. Wir gingen zum Auto und währenddessen zog ich mir meine Weste an. Es war durch den Regen etwas kühl geworden. Der hatte jetzt aber Gott sei Dank aufgehört. Robert hielt mir ganz gentlemanlike die Tür auf.

„Damit du nicht wieder Funken sprühst!"

Funken! Da war das Wort schon wieder, was hatte es mit den Funken nur auf sich? Ja, die haben schon bei der Begrüßung und im Stall gesprüht und dann noch bei Walter. Dann fuhren wir los. Jeder hing seinen Gedanken nach. Was die beiden zu bereden gehabt haben? Ich sah mal verstohlen zu ihm. Er sah stur in die Dunkelheit und konzentrierte sich aufs Fahren. So hing ich weiter meinen Gedanken nach, denn fragen konnte ich ihn nicht, was ich gerade brennend wissen wollte. Dass er auch gerade versuchte, ein Gesprächsthema zu finden, konnte ich ja nicht ahnen. In meine Gedanken hinein fragte er mich.

„Ich hoffe, du hast noch kein Heimweh oder Sehnsucht nach deinen Kindern?"

Dabei legte er seine Hand wie zum Trost auf meine. Das konnte ja wirklich nicht sein! Und schon wieder funkte es bei uns. Er spürte es auch und ich zog sofort meine Hand weg und rieb sie.

„Das kann ja jetzt nicht wahr sein!", rief ich aus.

„Halt bitte an, ich muss mich erden!"

Er war so geschockt oder erschreckt, dass er fast ins Schleudern kam.

„Ja, gleich, aber nicht hier auf der Straße. Vorne ist ein Seitenweg, da kann ich hineinfahren."

ER weniger erschrocken, weil er anhalten sollte, sondern weil das Wort ‚erden' gefallen war. Er tat mir wirklich den Gefallen und fuhr auf den Seitenweg und hielt hinter der nächsten Biegung an. Ich stieg sofort aus. Dabei merkte ich nicht mal, dass ich keinen elektrischen Schlag vom Auto bekam, dass also das Auto nicht die schuld war, so wie ich immer dachte. Ich lief vors Auto, damit ich Licht hatte und ging in die Hocke, legte die Hände auf das nasse Gras auf dem Boden und atmete tief durch, um beim Ausatmen die überschüssige Energie in den Boden ableiten zu können. Robert sah mir eine Weile zu, dann wurde er nervös, weil ich ganz ruhig wurde. Nicht dass ich ihm hier in der Hocke umfallen würde. Er kam näher und nahm mich bei den Armen und zog mich sanft hoch.

„Komm, steh bitte auf. Es ist zu kühl, um hier auf dem Boden zu bleiben."

Wir sahen uns dann tief in die Augen, fast die gleichen grünen Augen wie Walter und er nutzte dann das gleich aus, was ihm Walter geraten hatte. Er küsste mich und es fing an, an den Armen zu kribbeln ...

Ihr werdet auf drei Hochzeiten auf einmal tanzen,
nur eine Braut ist weis und hat keine Kinder,
Die andere bekommt noch Kinder,
die dritte ist mit diesen Kindern glücklich.

Ich sah ihm direkt in die Augen. Es kribbelte immer noch in den Armen, aber nicht mehr so stark.

„War was, weil du mich so ansiehst?"

Ich hatte den Kuss ganz vergessen.

„Nein, du siehst nur so schön aus in dem Scheinwerferlicht", antwortete er rasch und leise, um die Situation zu retten.

Ich wurde etwas verlegen. Er hielt mich immer noch an den Armen. So etwas hatte mir schon lange kein Mann mehr gesagt, außer er wollte was Bestimmtes. Er wird doch nicht schon was wollen, als ‚Probe'? Er ließ mich langsam los und nachdem ich mir meine Hände angesehen hatte, die ganz nass und voll Gras und etwas Erde waren, brachte er mir ein Tuch. Nachdem ich mir die Hände an dem Tuch etwas abgewischt hatte, setzten wir uns wieder ins Auto. Ich, ohne zu wissen, was inzwischen geschehen war. Wir sahen beide in die vom Licht des Autos erhellte Nacht hinaus. Keiner sagte etwas, jeder hing seinen Gedanken nach. Ich versuchte zu rekonstruieren, was gerade vorgefallen war. Er überlegte auch, was gerade geschehen war, denn er hatte ja nicht vor, mich gleich zu küssen, aber nach dem, was Walter sagte, geschah es einfach. Nach ein paar Minuten setzten wir die Fahrt fort. An seine Frage dachte ich nicht mehr und er anscheinend auch nicht. Dass die Frage seinen Zweck erfüllt hatte, wusste ich ja nicht. Wir kamen auf dem Hof an, der im Dunkeln lag. Robert wunderte sich, denn, wenn er weg war, ließ seine Mutter immer das Hoflicht brennen, damit er sich im Dunkeln nicht stoßen konnte. Er schloss die Tür auf und wir gingen hinein und er schaltete das Licht an, damit sich Walter und die Damen zurecht finden konnten. Wir sagten Gute Nacht und ein jeder ging in sein Zimmer. Ich putzte mir noch die Zähne und ging dann schlafen. Es war schon Mitternacht vorbei, bevor ich einschlief. Ich hörte nicht mehr, wie Robert auf den Balkon ging und telefonierte.

Das Telefonat:

Als er hörte, dass es oben ruhig war, wartete er noch etwas und schlich sich dann auf den Balkon. Er versuchte Walter zu erreichen. Der wollte ja unbedingt wissen, was vorgefallen war und Robert wollte auch antworten. Doch er konnte nicht viel mit ihm reden, da es im Hintergrund sehr laut war und schreien hätte auch nichts genützt. Walter meinte, er käme bald mit den Damen nach Hause, sie müssten noch Andrea von den Männern losreißen. Dass es dann aber doch später wurde, ärgerte beide, denn da schlief Robert leider schon. Er wollte zwar noch wach bleiben, aber da er ja auch schon früh aufgestanden war, übermannte ihn dann die Müdigkeit. So bekam er gar nicht mehr mit, wie sie Andrea nach Hause brachten, die unbedingt wieder zurückwollte. Beide mussten sie im Zaum halten, damit sie nicht tobte und alle im Haus aufweckte. So musste Walter unverrichteter Dinge wieder fahren. Doch es brannte ihm auf den Nägeln, zu erfahren, was passiert war. Denn das beeinflusste schließlich auch sein Leben. Er überlegte, wie das mit dem Gedicht gedacht war. War es mehr auf ihn gemünzt oder auf Robert? Weil ER ging ja zur Hellseherin oder war es doch mehr auf Robert bezogen, da er ja eine Braut suchte und Walter eher zweitrangig war, weil er ja dadurch auch seine fand?

Die Erste ist ein Flop, die Zweite ist Hop, die Dritte ist Top.
Wie war das jetzt gemeint? Nach der Reihenfolge, wie sie sie gefunden haben? Zuerst Anita, dann Andrea und dann Anja? Oder wie sie kommen sollten? Oder wie sie wirklich kamen? Walter kannte sich nicht aus vor lauter Grübeln. Ihm schwirrte schon der Kopf. Also

ließ er das Grübeln erst mal sein und wartete auf den nächsten Tag. Obwohl ihm Anita nicht mehr aus dem Kopf ging. Andrea konnte man getrost vergessen, und Anja? Anja mit ihren blauen Augen im Gegensatz zu den anderen mit ihren dunklen Augen. Sie hob sich auch mit ihren Haaren von den anderen ab. Ihre Haare waren eine Mischung aus blond und braunrötlich. Je nachdem, wie das Licht auf sie fiel. Ja, Anja war ein eigener Typ. Ihr Alter spielte eigentlich keine Rolle, obwohl sie älter war als die anderen, aber ein total netter Typ war. Aber nicht seiner. Obwohl sie diejenige war, die eigentlich etwas übersinnlich war und auf das ansprach, was die Hellseherin sagte. Sein Typ war … Anita. Mit diesen Gedanken kam er nach Hause und schlief auch bald ein. In dieser Nacht träumte er nur wirres Zeug.

Robert:

Was war das heute bloß? Das konnte ja nicht sein! Einen Tanz und nicht mal den durfte er mit ihr zu Ende tanzen! Und Walter, was der wieder für einen Aufstand gemacht hatte. Und dann hätte er sich bald selber verraten, dass er Vorahnungen hat. Und dann das auf der Heimfahrt! Walter mit seinen Gedichten! Aber was sollten die alle bedeuten? Nicht mal Walter konnte es ihm sagen! Oder behielt er mehr für sich, damit er nicht beeinflusst wurde? Drei! Immer wieder kam die Drei! Und was war das mit der Hochzeit? Gab es eine? Nein, sogar drei! Walter, ich und …? Wer noch, wenn Andrea ausschied? Es gab so viel zum Nachdenken und Bereden, aber Walter hatte momentan ja keine Zeit. Und Anja? Anja schlief sicher schon im Bett mit den rosa Blüten auf der Bettwäsche …

Tag 3 – Die Entscheidung

In der Früh wachte ich, vom Wecker geweckt, um halb 6 Uhr wie gerädert auf. Ich war zwar am Abend sofort eingeschlafen, musste auch gut geschlafen haben, denn ich hatte die beiden anderen nicht heimkommen gehört. Aber ich war trotzdem müde. Vage konnte ich mich erinnern, dass ich Blödsinn geträumt hatte, aber ich brachte nichts mehr zusammen. Es war alles so durcheinander, so wirr. So stieg ich aus dem Bett und hoffte, dass mich kaltes Wasser wieder munter machen würde. Es half dann auch teilweise. Als ich gerade rauskam, klopfte Robert an die Tür von Andrea und Anita.

„Guten Morgen!", sagte ich.

„Guten Morgen! Du bist schon wach?"

„Ja, wenn man es so sagen kann."

„Mit dir habe ich kein Glück, dich mal zu wecken."

„Wieso? Hast ja eh genug zu tun mit den anderen", antwortete ich und grinste. „Oder soll ich mich wieder ins Bett legen, damit du mich auch wecken kannst?", fragte ich schelmisch.

Währenddessen hatte er noch ein paarmal bei den anderen Damen angeklopft. Jetzt öffnete er die Tür und sah hinein. Nachdem er das Licht eingeschaltet hatte, blinzelte Anita verschlafen. Sie war auch noch müde, stand dann aber doch zur Freude von Robert auf. Andrea brauchten wir gar nicht erst zu wecken, denn nach dem, was Anita erzählte, hätte sie gar nicht nach Hause gewollt und Walter hatte Mühe, sie bis ein Uhr aus dem Lokal rauszubringen.

„Der Arme!"

„Na, er kann wenigstens etwas länger schlafen aber wir müssen früh raus", sagte Robert.

„Bis ihr fertig seid, wartet unten schon das Frühstück. Mutter war heute schon früh wach, konnte wohl auch nicht schlafen."

„Wer weiß!", rutschte es mir ungewollt raus. Wieso eigentlich?, fragte ich mich. Nur weil die beiden gestern noch im Stall waren? Ich war froh, dass Robert nicht nachhakte. (Der hatte allerdings die

Anweisung von Walter, solche Kommentare nicht zu kommentieren, sondern nur zu merken!) Blödsinn, sagte ich zu mir. Ich ging in mein Zimmer, zog mich an und ging dann hinunter. Anita hörte ich noch im Bad. Der Kaffee duftete mir schon im Gang entgegen. Robert saß schon am Tisch und trank Kaffee und aß ausnahmsweise ein belegtes Brot. Ich gesellte mich zu ihm und nahm mir auch Kaffee, mehr brachte ich im Moment noch nicht runter.

„Guten Morgen, gut geschlafen?", fragte mich eine gut gelaunte Antonia.

„Guten Morgen, Antonia, du dürftest besser und länger geschlafen haben als wir."

Robert sah überrascht von einer zur anderen.

„Habe ich was verpasst?"

„Nein", sagte Antonia lang gezogen.

„Was solltest DU verpasst haben? Wir haben nur was ‚Gemeinsam', deshalb darf sie mich beim Vornamen nennen und duzen!"

Und das ‚Gemeinsam' betonte sie auch noch. Ich tat so, als würde mir das nicht auffallen.

„Ach nein, ich habe erst so gegen halb 12 Uhr das Licht ausgemacht."

„So lange wart ihr noch im Stall?", fragte Robert überrascht.

„Äh, … nein, wir haben dann noch in der Küche was getrunken", war ihre etwas ausweichende Antwort.

Robert bemerkte es nicht oder wollte es nicht bemerken, dass da was nicht stimmte. Dann kam Anita, und damit hatte sich das dann erübrigt. Sie brauchte auch nur Kaffee zum Wachwerden. Wir bedankten uns für das Frühstück, doch essen konnten wir noch nichts. Wir versprachen, später etwas zu essen. So gingen wir in den Stall und fütterten die Kühe, die schon wieder brav gewartet hatten. Robert zeigte Anita, wie die Melkanlage funktionierte und auch wie sie gehandhabt wurde, während Antonia und ich die Kälbchen zu der Kuh ließen. Die warteten schon ganz ungeduldig und wären beim Rauslassen bald in die falsche Richtung gelaufen, weil sie es so eilig hatten. Wir drückten sie sozusagen in Richtung Rosa. Wir waren dann auch so ziemlich gleich fertig mit dem Füttern, und nachdem die restlichen Kühe draußen waren, misteten wir aus. Dann brachten wir noch frisches Stroh in den Stall. Da noch Zeit war, holten wir auch gleich frisches Grünfutter, so wie gestern. Aber diesmal fand ich kein vierblättriges Kleeblatt, man durfte ja auch nicht danach suchen, sondern man musste es finden. Als wir auf dem Hof ankamen, war es schon bald halb 9 Uhr. Jetzt hatten wir Hunger. Während wir uns wuschen, machte Antonia uns gleich wieder Kaffee. Robert versuchte Andrea zu wecken, was fehlschlug.

Sie meinte nur verschlafen: „Vor 3 Uhr nachmittags stehe ich an einem Samstag nie auf, wenn ich freitags weg war."

Da Robert sie schon längst abgeschrieben hatte, machte es ihm auch nichts mehr aus, dass sie liegen blieb. Jetzt langten wir aber kräftig zu. Im Nu war das Frühstück aufgegessen. Antonia freute sich.

„Das macht groß und stark", meinte sie.

Wir lachten, denn wir würden ja nicht mehr wachsen und ob wir davon stärker wurden? Anita fragte dann, was denn heute noch auf dem Plan stünde.

„Eigentlich habe ich mir von der Arbeit her nicht viel vorgenommen, denn einen Tag brauche ich, um euch näher kennenzulernen. Und jetzt sogar nicht mal mehr einen Tag, denn mit Andrea brauche ich kein Vier-Augen-Gespräch zu führen, denn so eine Frau kann ich auf dem Hof nicht gebrauchen, so wie sie sich aufführt."

Niemand widersprach. Anita hing ihren Gedanken nach so wie ich, und sogar Antonia war ruhig.

„Ich wollte die Gespräche in der Reihenfolge führen, so wie ihr angekommen seid und da Andrea ja noch schläft und ich mit ihr nicht mehr zu reden brauche, werde ich gleich mit Anita anfangen."

Anita zuckte zusammen, als sie ihren Namen hörte. War sie so weit weg gewesen? Aber dazu sollte es nicht gleich kommen. Es klopfte an der Tür und hereinkam Franz, der Tierarzt. In seiner Hand hatte er seine Jacke und in der war etwas.

„Seht her, was ich gerade gefunden habe."

Er öffnete die Jacke und legte alles auf den Tisch. Es waren Pilze, herrlich duftende Pilze, frisch aus dem Wald. Als die kleineren weg waren, kam ein großer zum Vorschein.

„Bist du verrückt!", sagte ich und nahm ihn vorsichtig auf.

Der war riesig!! Man konnte ihn fast als Hut oder Regenschirm benutzen. Ich hielt ihn über den Kopf.

„Steht er mir?"

Ich stand vom Tisch auf und fing an zu singen …

„I am singing in the rain …"

Alle fingen an zu lachen!

„Stimmt ja, oder? Könnte man fast als Regenschirm benutzen", sagte ich und drehte mich noch eine Runde. Dann legte ich ihn vorsichtig wieder hin.

„Ja, jetzt weiß ich auch, was ich heute fürs Mittagessen koche!"

„Schwammerlsoße oder gebacken?", fragte Anita.

„Bei den frischen Pilzen, gebacken mit Kartoffelsalat und einer Cremesuppe. Mal sehen, was der Garten hergibt."

„Lecker!", kam es fast wie aus einem Munde von uns allen vier!! Sogar Franz lief das Wasser im Mund zusammen.

„Natürlich darfst du auch kommen", sagte sie zu Franz. „Du hast uns ja das leckere Essen gebracht. Sagen wir so um 12 Uhr?"

„Ja, wenn mir nicht irgendein Viech einen Strich durch die Rechnung macht, komme ich gerne pünktlich."

Alles lachte, denn das konnte man ja nie voraussehen, was kommt, bei Tieren auch nicht.

„So, dann mach ich mich vom Acker und fahre zu eurem Nachbarn, dem Toni, denn seine Zuchtsau sollte demnächst werfen. Tschau, bis später!", sprachs drehte sich um und verschwand.

„So, aber jetzt gehen wir es an!", meinte dann Robert zu Anita. Die erschrak wieder, weil es so prompt kam. Sie hatte gar nicht mehr daran gedacht. So gingen die beiden hinaus.

„Und ich werde dir jetzt beim Kochen helfen", sagte ich zu Antonia.

Ich half ihr beim Schälen der Kartoffeln, die Pilze putzte sie fein säuberlich! Inzwischen stellte ich das Geschirr vom Frühstück in die Spülmaschine. Dann schälte ich die Zwiebel und schnitt sie klein für die Suppe und den Salat. Dazwischen fragte sie mich etwas aus, über meine Kinder, über meinen Beruf. Wir merkten gar nicht, wie die Zeit verging. Und auch nicht, dass die beiden noch nicht zurück waren. Wir haben die erste Zucchini aus ihrem Garten zu einer guten Cremesuppe verarbeitet. Die Pilze waren paniert und herausgebacken. Wir waren fertig … Und??? Keiner da! Ich bot mich an, nach den beiden Verschollenen zu suchen. Als ich gerade durch die Tür gehen wollte, lief ich einem Mann buchstäblich in die Arme. „Hoppla, hoppla, nicht so schnell mit den ungestümen Rössern!" Es war keiner von uns darauf gefasst, dass auf der anderen Seite von der Tür jemand stehen würde. Ich glaube, ich stieß vor Schreck einen Schrei aus, denn Antonia kam gleich angerannt.

„Toni, du kannst doch nicht so einfach eine meiner zukünftigen Schwiegertöchter erschrecken."

„Ach ja, habe ich ja schon gehört, dass dein Sohn ein Dreimäderlhaus zu sich eingeladen hat. Und eine davon habe ich jetzt schon kennengelernt. Ganz nah auch noch."

Ich wurde etwas rot. Mittlerweile hatten wir uns vom Schreck erholt und Antonia stellte uns vor.

„Anja, das ist der Nachbar, zu dem der Franzl, der Tierarzt, heute vormittags wollte, der mit der Zuchtsau. Und, hast schon deine Ferkel?"

„Nein, leider, die Sau wollte nicht so wie wir, und der Franzl musste wieder weg und hat momentan keine Zeit, soll dich von ihm schön grüßen und ihr sollt euch die Pilze ohne ihn schmecken lassen, er weiß nicht, wann er vom Hasler Bauern wiederkommt. Darum bin ich da und wollte fragen, ob mir der Robert helfen könnte. Wo ist er denn?"

„Ja, wenn wir das wüssten, wir waren gerade selber auf der Suche nach ihm", sagte ihm Antonia. Und wie auf Kommando kamen die beiden um die Ecke geschlendert.

„Hallo Toni! Was gibt es denn? Muss ich dir bei den Ferkeln zählen helfen, kannst das nicht mehr alleine?"

„Oh, das kann ich schon noch, aber ich wollte, dass mir deine Mädels in die Arme fallen. Was die eine schon gemacht hat."

Robert sah etwas verwirrt aus und Antonia erklärte es ihm. Dann stellte er auch noch Anita vor, und wie es kommen musste, stolperte sie über die Stufe und fiel ihm auch noch in die Arme. Alles lachte, nur Anita war es etwas peinlich.

„Was willst denn sonst noch hier, außer meine Damen aufzufangen?", fragte Robert und grinste dabei.

„Würdest du mir bitte bei der Zuchtsau helfen, die ist kurz vor'm Werfen und ich bräuchte Hilfe dabei."

„War nicht der Franzl vormittags schon bei dir?"

„Ja schon, aber der musste dann zum Hasler Bauern und weiß nicht, ob er es noch rechtzeitig schafft wiederzukommen."

„Kann ich noch was essen?"

„Wäre mir recht, du würdest gleich mitkommen!"

„Na gut, dann komme ich gleich mit. Ihr könnt ja schon mal essen."

„Ich würde aber gerne mitgehen, wenn es euch recht ist", sagte ich.

„Willst nicht was essen? Könnte etwas länger dauern."

„Nein, ich habe vorhin ein paar Kartoffeln beim Schälen gegessen, das halte ich schon aus."

„Na dann komm mit, Mädel", sagte der Toni und wir gingen auch schon los.

Ich hörte noch Antonia sagen:

„Na dann lassen wir beide es uns gut schmecken."

Es ging gleich querfeldein über die Wiese. Es war ja nicht so weit. Toni schritt ziemlich flott aus. Ich schätzte ihn so auf 60 oder 65?? Für sein Alter war er mehr als gut unterwegs und sah auch noch ziemlich gut aus. Die Haare waren kaum grau, der Schnauzer war auch noch ziemlich dunkel und kurz gehalten. Dass er schon älter war, sah man an seinen Falten, aber wie alt er wirklich war, konnte ich schlecht sagen. Wir kamen dann auch bald auf seinem Hof an und steuerten gleich den Schweinestall an. Dort hörte man schon das Grunzen der Sau und auch etwas quieken. Die Sau hatte schon angefangen zu werfen, die ersten beiden Schweinchen waren mittlerweile schon da. Beim dritten tat sie sich schon schwer. Die Männer halfen ihr gleich, dass es leichter wurde. So kam dann ein Schweinchen nach dem anderen zum Vorschein. Das 13. war etwas klein und sehr schwach. Er traute es sich nicht zu den anderen zu geben. Er drückte es mir in den Arm und meinte:

„Das kannst du bald entsorgen. Das ist zu schwach zum Überleben."

So was wollte ich aber nicht hören. Während dann noch eines kam und sie die anderen dann vorsichtig zur Muttersau ließen, damit sie zu den Zitzen konnten, um zu trinken, streichelte ich das kleine Schweinchen und redete ihm gut zu. Ich versuchte, durch das Streicheln ihm von mir Energie zu geben und seine Energie aufzubauen. Toni sagte gerade:

„Eine blöde Zahl haben wir jetzt auch noch! Abergläubisch bin ich zwar nicht, aber es ist doch blöd."

Und wie auf Kommando fing das Schweinchen an zu quieken und zu strampeln und wollte nicht mehr gehalten werden.

„Wieso? Du hast doch 14 Ferkel."

Dann ließ ich das Ferkelchen in den Stall. Es sprang so gut wie es konnte in dem mit Stroh ausgelegten Stall zu den anderen Ferkeln, an die Zitzen. Toni und Robert sahen sich verwundert an.

„Das gibt es ja gar nicht!", sagte Toni.

Das war ja schon zu schwach, um zu leben. Wie hast du das geschafft?"

„Ich hab ihm gut zugeredet", antwortete ich ihm und grinste. Er sah mich und dann das Ferkel an und kratzte sich am Kopf.

„Na gut, dann haben wir 14 Ferkel, ist mir auch lieber. Hoffentlich bleibt das dann auch so. Und wir gehen uns jetzt die Hände waschen und dann trinken wir einen Schnaps auf die Gesundheit der Ferkel!"

„Vorm Essen möchte ich lieber keinen Alkohol trinken!", sagte Robert.

„Nix da, ihr kommt jetzt mit und wir trinken auf das gute Gelingen bei der Sau und bei euch!"

Er ließ keine weiteren Argumente zu und wir mussten mitgehen. Während wir uns im Bad die Hände wuschen und er in der Küche, richtete er schon alles her.

„Na, dann Prost auf unsere 14 Schweinchen, auf das sie alle wachsen und gedeihen."

Und Schwups war der Schnaps unten. Bei ihm, wir tranken langsamer, aber das ließ er gar nicht erst zu. Wir mussten auch austrinken, denn auf einem Bein steht man schlecht und schon hatte er wieder nachgeschenkt.

„Prost! Auf dein oder euer Glück! Weiß ja nicht, für wen du dich entscheidest."

Und schon wieder war das Glas leer. Wir tranken auch rasch aus und verabschiedeten uns ebenso rasch, damit ihm nicht noch einfiel, auf etwas zu trinken, damit wir dann gar nicht wegkommen.

Mittlerweile war es schon 14 Uhr vorbei. Wir gingen wieder querfeldein zu Roberts Hof.

„Der mag überhaupt gar nichts trinken, oder?", fragte ich.

„Nein, überhaupt gar nichts, nur wenn ein Anlass da ist, würde er am liebsten nur trinken."

„Wie alt ist er eigentlich?"

Robert blieb stehen und sah mich an.

„Wie alt würdet du ihn denn schätzen?"

„Zwischen 60 und 65?"

Er fing an zu lachen.

„Ja, er sieht noch verdammt gut aus für sein Alter."

Er wartete noch dann sagte er: „Er wird heuer 75!"

Jetzt sah ich ihn mit großen Augen an.

„Und er macht das alles alleine?"

„Nein, sein Enkel hilft ihm dabei. Vielleicht übernimmt er mal den Hof. Sein Sohn und seine Schwiegertochter sind vor ein paar Jahren bei einem Autounfall gestorben. Georg, der Enkel, war zufällig nicht dabei. Er hätte aber mitfahren wollen, ihm kam aber was dazwischen, was anscheinend sein Glück war. Toni liebt seinen Enkel über alles, er hat nur noch ihn. So bewirtschaftet er fast alleine den Hof. Am Wochenende kommt Georg immer heim und hilft, wo er kann."

Ich konnte nur meine Bewunderung ausdrücken. Nach so einem Tiefschlag im Leben und dann noch so rüstig im Alter.

„Bewundernswert! Ob wir in dem Alter auch noch so gut beieinander sind?"

Robert sah mich an und musste lachen.

„Das weiß ich leider auch nicht. Aber bewundernswert ist er allemal. Und … er trinkt noch so manchen jungen Kerl unter den Tisch!"

„Das kann ich mir bildlich vorstellen!"

Inzwischen waren wir wieder auf dem Hof angekommen. Antonia hatte uns das Essen warm gestellt und wir aßen mit viel Appetit.

„Schweinchen auf die Welt helfen macht hungrig!", sagte ich.

Anita hatte Antonia beim Aufräumen geholfen. Und so nebenbei bekamen wir dann noch mit, dass auch Anita zu Antonia ‚Du' sagte und dass der ‚Franzl' doch dann noch zum Essen da war. Das wurde mit so einer Selbstverständlichkeit erzählt, als wäre es das Normalste auf der Welt und würde tagtäglich passieren. Robert sah genauso überrascht drein wie ich. Es sagte aber keiner etwas, jeder dachte sich seinen Teil. Wir hörten dann oben im Bad Andrea rumoren. Das war das Stichwort für Robert. Nachdem er gegessen hatte, ging er rauf und verabschiedete Andrea. Sie machte zwar einen Aufstand deswegen, aber es brachte ihr nichts. Wir hörten sie dann packen! Ja sie war so laut dabei, dass wir es bis in die Küche hörten. Robert kam dann auch schon runter und wedelte mit der Hand, so als hätte er sich verbrannt. Die Finger bei Andrea verbrannt. Die war fuchsteufelswild, als sie runterkam. Sie hatte sich nicht mal richtig Zeit genommen sich herzurichten. Sie schnaubte wütend.

„Wo ist mein Fotoapparat!?"

Ich deutete auf die Arbeitsfläche hinter Robert. Der Fotoapparat stand immer noch dort. Sie schnappte ihn sich und verschwand. Es war ganz ruhig in der Küche. Robert fand zuerst das Wort.

„So, jetzt können wir in Ruhe weitermachen. Das hat mir schon seit heute Morgen im Magen gelegen.

„Beim Essen hat man das nicht gesehen!", rutschte es mir heraus.

Er grinste nur. „So, dann kann ich ja jetzt in Ruhe mit Anja reden und wie vorgehabt zur oberen Weide mit ihr gehen."

„Jetzt willst noch raufgehen? Warum fährst du nicht?", fragte ihn Antonia.

„Weil ich dann mehr Zeit habe, mit Anja zu reden. Und wenn ich fahre, muss ich mich mehr aufs Fahren konzentrieren. Du weißt, dass die Strecke nicht ohne ist."

Da hatte er recht und Antonia musste sich geschlagen geben.

„Jetzt ist es 15 Uhr vorbei, zwei Stunden Aufstieg, der Abstieg geht schneller, die Kälber umtreiben, da sollten wir bis spätestens 20 Uhr hier sein und bis 21 Uhr ist es hell", rechnete Robert.

„Gehst du über die Klammbrücke?"

„Ja sicher! Ist ja der kürzeste Weg. Packst du uns dann bitte eine Jause ein? Und wir holen uns noch was zum Anziehen, denn oben wird es frisch werden, bis wir wieder runterkommen."

„Okay, mach ich! Aber passt bitte auf, besonders bei der Brücke, du weißt, die ist bei dem Wetter gefährlicher als sonst. Und mein

Fuß kribbelt auch, so als würde noch ein Gewitter kommen", sagte Antonia.

Auf einmal stürmte Andrea herein. An die hatte keiner mehr gedacht oder gar mit ihr gerechnet.

„Wer hat meine Fotos gelöscht?"

„Was für Fotos?", fragte ich, denn ich hatte mich schneller gefangen als die anderen. Anita war bei den Worten etwas unruhig geworden.

„Die ich …"

Sie brach ab, denn sonst hätte sie sich selber verraten.

„Die vom Stall!", korrigierte sie sich selber.

„Waren keine drauf, dann tut es mir leid. Dann habe ich wohl vergessen, die Kappe runterzunehmen oder es war keine Chipkarte drin."

Ich wusste aber, dass ich die Kappe abgenommen und die Chipkarte wieder reingegeben hatte, nachdem ich alle Fotos darauf gelöscht hatte. Die anderen brauchte sie nicht und die vom Stall hätte sie sowieso gelöscht. Ich tat ganz ahnungslos. Dann schimpfte sie noch rum und verschwand. Diesmal gingen wir alle raus, um uns zu vergewissern, dass sie auch wirklich abfuhr. Sie stieg ins Auto und fuhr mit einem Kavaliersstart weg.

„Gott sei Dank!", sagte Robert.

Er drehte sich um und sagte dann zu mir gewandt: „Los geht es, Mädel!"

‚Mädel' sagte er zu mir! Ich könnte eher zu ihm Jungchen sagen!

„Nimm dir noch einen Pullover und eine Jacke mit und los geht es."

Er stürmte an uns vorbei in sein Zimmer. Dort angekommen, nahm er rasch sein Handy, denn das klingelte schon sehr laut. Es war Walter, der schon ein paarmal angerufen und ihn nie erreicht hatte.

„Hey, was gibt es? Ich habe nicht viel Zeit, muss zur oberen Weide gehen mit Anja."

„Ich wollte nur wissen, ob es gestern noch was gegeben hat. Du weißt schon was."

Robert berichtete rasch, damit er bald wegkam.

„Ja, ich habe sie nur kurz an die Hand genommen, schon hatte es wieder gefunkt, dann musste ich anhalten, damit sie aussteigen konnte und sich erden. Nach einer Weile habe ich sie hochgezogen, weil ich befürchtete, dass sie so hocken bleibt. Und irgendetwas hatte mich bewogen sie zu küssen. Dachte gar nicht mehr an das, was du gesagt hattest. Dann sagte sie wie in Trance:

„Ihr werdet auf drei Hochzeiten auf einmal tanzen,
nur eine Braut ist weis und hat keine Kinder,
Die andere bekommt noch Kinder,
die dritte ist mit diesen Kindern glücklich.“

Kannst du dir einen Reim darauf machen? Sie hat gar nichts mitbekommen, wunderte sich nur, dass ich sie im Arm hielt. Wir sind dann stumm nach Hause gefahren. Weiter war gestern nichts. Nur hin und wieder rutscht ihr was Komisches oder Spitzes raus.“

„Was denn zum Beispiel?“, hakte Walter nach.

„Ich habe jetzt leider keine Zeit mehr, um dir das lange zu erklären. Wir können das dann am Abend abklären, wenn ich wieder da bin von der Alm. Also tschüss.“

Er wartete gar nicht erst ab, bis sich Walter auch verabschiedet hatte, nahm seine Sachen und ging. Das Handy konnte er sowieso nicht mitnehmen, da oben kein Empfang war.

Antonia stand hinter uns und ging in die Küche, um uns eine Jause zu machen. Sie machte dann auch noch rasch eine Kanne Kaffee. Wie gut das war, erfuhren wir später. Anita hielt mich noch kurz zurück.

„Danke!“

„Wofür?“

„Dass du die Fotos gelöscht hast. Ich hab dich gestern nach der Sache zufällig am Computer sitzen sehen.“

Ich zwinkerte ihr zu.

„Ich habe nur die Fotos von den Kälbchen runterkopiert. Was mit den anderen Fotos passiert war, weiß ich nicht.“

Sie sah mich trotzdem dankbar an. Jetzt wurde es auch Zeit für mich, mich herzurichten. Ich holte mir meinen Rucksack, packte noch frische Socken ein, sollte ich schwitzen oder nass werden, dass ich was Frisches hatte zum Wechseln, einen Pullover und meine Windjacke band ich mir um die Hüften. So kam ich dann unten an. Antonia packte gerade das Essen ein. Robert maulte zwar über den

Kaffee, nahm ihn dann aber doch mit. Antonia fing dann wieder mit dem Wetter an.

„Mutter! Wenn es bei dir kribbelt, kommt das Wetter hierher und nicht auf die Alm. Die liegt auf der anderen Seite. Außer, es würde von Osten kommen und die Gewitter kommen meist von Norden. Also tschüss, wir müssen los."

Er gab ihr noch einen Kuss auf die Stirn und los ging's.

„Und am Abend gehen wir dann alle aus!", rief er noch zurück.

Das mit dem Ausgehen wurde dann doch noch anders.

Robert:

Während des Aufstieges hatte ich Zeit, den Tag Revue passieren zu lassen. Anja war schon wieder wach, noch bevor ich sie wecken konnte. Die Arbeit im Stall ging ganz flott von der Hand. Anja und seine Mutter fütterten die Kälbchen. Es war so schön anzusehen, wie sie lieb mit ihnen umging. Ging sie mit ihren Kindern auch so um? Dass sie dann auch sofort mithalf, das Heu einzufahren, war auch toll. Auch von Anita. Beim Grünfutterholen, suchte ich nach einem vierblättrigen Kleeblatt, das sollte doch Glück bringen. Aber ich fand keines, so oft ich auch hinsah. Mutter sagte immer:

Kleeblätter muss man finden und nicht suchen, denn das Glück kannst du auch nicht suchen, sondern es findet dich! Und dann beim Nachbarn! Wie sie sich um das Schweinchen gesorgt hatte und dann ganz glücklich aussah, als es, so rasch seine Beinchen es trugen, zur Mutter rannte. Und der Aufstieg dürfte ihr auch kaum was ausmachen. Bis jetzt hatte sie noch nicht einmal um eine Pause gebeten. Wenn ich da an meine anderen Freundinnen dachte, die ich hatte … dann ist sie bewundernswert. Nicht mal aus der Puste war sie. Sie atmete immer ziemlich gleichmäßig. Mal sehen, wie sie sich bis zur Alm schlägt.

Auf der Alm

Wir wanderten zügig dahin. Robert sagte dann noch:
„Wenn es dir zu viel wird oder ich zu schnell bin, dann sag es, dann machen wir eine Rast. Verlieren will ich dich hier am Berg nicht." Er lachte.
„Nein, es geht schon. Und wenn du mir zu schnell wirst, sag ich es dir schon, keine Angst." Bewusst verschwieg ich ihm, dass ich jeden Tag drei Kilometer walke. Es war zwar was anderes, als auf einen Berg zu steigen, aber Kondition hatte ich dadurch schon. Das sagte er dann auch später, als wir schon fast den halben Weg hatten.
„So, dann kommt jetzt das schwerste Stück. Die Klammbrücke!"
Aber davor machten wir noch eine kleine Rast. Er sagte zwar nichts, aber er brauchte anscheinend auch eine kleine Pause. Wir tranken etwas aus den Wasserflaschen, die uns Antonia eingepackt hatte und bewunderten die Aussicht. Er meinte:
„Jetzt sieht man noch was, wenn wir aber über die Brücke drüber sind, dauert es eine Weile, bis wir wieder schöne Aussicht haben."
„Es ist so auch schön. Durch den Wald zu gehen, den Tannenduft zu riechen, über die blühende Wiese zu gehen …"
Robert sah mich überrascht an.
„Das bin ich nicht gewohnt, dass eine Frau aus der Stadt das Land so lobt. Meistens ist es umgekehrt."
„Meine Stadt ist zwar eine Stadt, aber nicht riesig und man braucht nicht lange und man ist schon draußen. Ich gehe öfter … spazieren."
„Schön, schön. Na dann ‚spazieren' wir weiter."
Er packte die Flaschen wieder weg und ging voraus. Es dauerte nicht lange und ich hörte schon den Bach, der durch die Klamm führte. Klamm war gut, das war eine riesige Kluft! Robert ging vorsichtig vor, um zu sehen ob alles okay ist. Ich stand nur da, sah die Brücke an, die mehr ein breiter Steg war und den Bach zu meinen Füßen. Es ging sicher zehn Meter in die Tiefe und in ca. 15 Meter Entfernung kam das Wasser vom Berg runter. Auf einmal wurde alles

etwas langsamer, mir wurde so komisch. Nicht weil ich Höhenangst hatte, es kam von innen heraus. Ich sah Robert, wie er vorsichtig über den Steg ging, jedes Brett vorsichtig betretend, als ob ich es schon mal gesehen hätte. Konnte ja nicht sein!

Déjà-vu?, fuhr es mir durch den Kopf, genauso wie der Stich oberhalb der linken Schläfe. Robert war inzwischen drüben angekommen. Er rief mir zu, dass ich auch langsam rübergehen soll. Es war alles noch so weit weg. Ich machte vorsichtig einen Schritt, dann den nächsten. Ganz langsam wurde um mich alles wieder normal, alles in Echtzeit. Doch bevor ich noch in der Mitte war, stockten meine Beine. Die Höhenangst hatte mich wieder. Ich konnte nicht weitergehen. Mein Blick ging immer wieder in die Tiefe.

„Was ist denn? Das hast du schön gemacht. Geh langsam weiter", rief mir Robert zu. Doch meine Beine bewegten sich nicht.

„Anja!", rief er ganz laut. Ich sah ihn an. Er muss meine Angst in meinen Augen gesehen haben.

„Hast du vielleicht Höhenangst?"

Ich wollte „Ja" sagen, aber konnte nicht mal das. Ich konnte gerade noch nicken. Ich sah wieder in die Tiefe und meine Knie begannen zu zittern.

„Anja! Sieh MICH an! Nicht runtersehen! Sieh her zu mir!"

Robert kam langsam und vorsichtig auf mich zu. Mit der einen Hand hielt er sich am Geländer fest die andere hielt er mir entgegen. Ich sah ihn an, sah in seine Augen, in der sich Sorge und Angst spiegelten. Als er bei mir war, nahm er vorsichtig eine Hand von mir vom Geländer. Er ging rückwärts und zog mich vorsichtig mit. Ich ging wie auf Kommando oder unter Trance mit ihm mit. Drüben angekommen und wieder richtigen Boden unter den Füßen, kam ich langsam wieder zu mir. Ich konnte nur

„Danke" sagen.

Mehr brachte ich nicht raus. Wir gingen ein Stück weg und setzten uns auf einen umgefallenen Baum. Ich atmete einige Male durch. Robert sah mich immer noch besorgt an.

„Schön, langsam bekommst wieder Farbe ins Gesicht."

Ich lächelte ihn zaghaft an. Er packte wieder die Wasserflaschen aus und wir tranken etwas. Langsam kam ich wieder zur Ruhe. Was vorhin geschehen war, wusste ich selber nicht. Ich hatte zwar Höhenangst, aber so durcheinander war ich deswegen noch nie. Wir setzten dann unseren Weg fort und Robert sah sich öfter als vorhin nach mir um. Bald kamen wir an einer Hütte vorbei. Er meinte dann spaßeshalber.

„Wenn du nicht mehr weiterkannst, könnten wir ja hier übernachten?!"

Ich sah ihn an und wusste momentan nicht, meint er es ernst oder machte er Spaß?

„Wenn du lieber auf einer harten Matratze schlafen willst, statt in einem weichen Federbett, dann kannst du ja hierbleiben", konterte ich.

Er lachte und sagte:

„Nein, ich schlafe auch lieber in meinem Bett! Aber mit dir wäre es mir egal, wo ich schlafe", rutschte ihm dann noch heraus.

Er drehte sich sofort wieder um und ging weiter. Meine Röte sah er dadurch nicht. So gingen wir weiter und kamen bald auf die Alm, wo die großen Kälber weideten. Als sie uns erblickten, kamen sie schon zum Gatter, denn die Weide sah wirklich schon sehr abgegrast aus. Eine war die ,Leitkuh', der band er einen Strick um den Hals und die anderen gingen dann brav hinterher. Ich brauchte nur aufzupassen, dass keine hinten blieb oder woanders hinwollte. Die trieb ich mit einem Stecken, der beim Gatter war und den er mir gab, weiter. Es ging ein Stück bergab und Richtung Westen. Dort wartete eine frische Weide für die Kälber.

„Im Herbst werden sie wieder runtergebracht, und dann als Zucht Kuh verkauft oder zum Schlachter gebracht. Und nächstes Jahr kommen dann die anderen Kälber auf diese Weide. Und unten tummeln sich dann andere Kälbchen."

So viele Kälbchen bekommen eure Kühe ja gar nicht und Drillinge werden ja nicht alle bekommen, oder?", fragte ich ihn schelmisch.

Er lachte.

„Nein, die kaufen wir dann zu und füttern sie auf."

Er sah gerade hinter mir auf den Bergkamm, der im Osten lag, und bekam ein ernstes Gesicht.

„Was ist, weil du auf einmal so ernst bist?"

„Ich glaube, jetzt wird aus Spaß wirklich Ernst", nahm er meine Worte auf.

„Die Wolken da oben sehen nicht gut aus und die kommen auch rasch näher. Ich glaube, jetzt dürfen wir beide in der Hütte übernachten. Mutter hatte doch recht, dass sich was zusammenbraut. Jetzt müssen wir nur versuchen, trocken bis zur Hütte zu kommen." Ich sah mir die Wolken auch an, konnte aber nichts Gefährliches daran finden. Aber wie schnell sich hier das Wetter ändert, sollte ich bald erfahren.

„Am besten ist, wir ziehen schon mal unsere Wetterjacken an."

Ich tat, wie er sagte, doch dachte ich nicht daran, dass wir nass werden könnten. Wir mussten leider wieder fast bis zur anderen Alm rauf, denn es führte kein anderer Weg zur Hütte. Von dort konnten wir dann erst den Abstieg zur Hütte nehmen. Bis wir dort waren, kamen wirklich die Wolken bedrohlich näher. Es ging dann rascher als erwartet. Wir versuchten so schnell wie möglich auf dem ausgetretenen Weg weiterzukommen. Einen kurzen Moment dürfte ich nicht aufgepasst haben und machte es platsch!

„Autsch", rutschte es mir raus, als ich ausgerutscht war.

Robert drehte sich sofort um.

„Hast du dich verletzt?"

„Nein, nur mein Ego!"

Ich stand schon wieder auf und versuchte meine Hose abzuputzen. Was leider nicht gelang. Nasse Grasflecken bleiben. Kann sein, dass er als Erinnerung sich verewigt, bis ich die Hose waschen kann. Ich sah Robert an, weil er immer noch vor mir stand.

„Was ist? Ich dachte, wir müssen uns beeilen, um in die Hütte zu kommen."

Er schüttelte nur den Kopf, drehte sich um und setzte den Weg fort, aber etwas langsamer als vorhin. Normal geht es bergab schneller als bergauf. Aber bei diesem Weg leider nicht. Er schlängelte sich schon ziemlich hin und her auf dem steilen Hang. Sogar Robert wäre beinah ausgerutscht. Er sah mich nur entschuldigend an, ich sagte nichts, lächelte aber. Es kam dann noch Wind auf und man merkte, er trieb schon die ersten Regentropfen vor sich her. Ich zog meine Kapuze über, genauso wie Robert. Das war gut so, denn eine Minute später fing es dann auch schon leicht zu regnen an. Der Himmel wurde dunkel und die Sonne schickte von der anderen Seite noch ein paar

Sonnenstrahlen zum Gruß. Endlich kamen wir an der Hütte an. Robert suchte den Schlüssel und fand ihn dann auch bald. Keine Sekunde zu spät, denn als er die Tür schloss, fing es an zu schütten. „Puh! Eine Minute später und wir wären klitschnass gewesen." Ich sah mich in der Hütte um. Sie war einfach eingerichtet, wie solche Berghütten eben sind. Rechts neben der Tür stand ein Tisch mit vier Sesseln, Vis à vis an der Wand eine gemauerte Feuerstelle. Herd konnte man schlecht dazu sagen. Rechts davon eine große Kiste und links eine kleine und eine große Kommode. Robert war im rechten Nebenzimmer verschwunden und ich hörte ihn rumoren. Links war noch eine Tür. Ich sah hinein, es standen ein einfaches größeres Bett (kein Doppelbett nur etwas größer als ein normales) und ein Schrank da, ein kleiner Tisch und ein Sessel. Auf einmal ratterte es im anderen Zimmer und das Licht ging an. Das war mir noch gar nicht aufgefallen, dass es eine Lampe gab und dazu noch elektrisch. Ich dachte, hier gäbe es nur Petroleumlampen. In der Kammer nebenan dürfte sich ein Stromaggregat befinden, das Robert gestartet hatte.

„So jetzt haben wir auch Licht und müssen nicht im Dunkeln sitzen."

„Und ich freute mich schon auf eine Petroleumlampe wie zu Urgroßmutters Zeiten."

„Damit kann ich dir leider nicht dienen, die sind wegen der Brandgefahr abgeschafft worden. Nur muss ich demnächst wieder Benzin raufbringen, weil kaum noch was da ist. So, und jetzt mache ich uns ein Feuer, das uns wärmt, denn es kann ziemlich kalt werden in der Nacht, auch hier in der Hütte."

Gesagt getan. Er stellte seinen Rucksack auf dem Tisch ab und begab sich zur Feuerstelle. Aus der Kiste rechts zog er Papier, dünne Holzstücke und Anzünder heraus. Damit machte er ein Feuer und legte dann Holz nach, das er auch aus der Kiste nahm. Jetzt wusste ich zumindest, was in der Kiste war.

„So und jetzt haben wir uns was zu essen verdient. Mal sehen, was uns Mutter Gutes eingepackt hat."

Daran hatte ich gar nicht mehr gedacht, ich verspürte auch keinen Hunger. Aber als er auspackte und die Brote auf den Tisch legte, rührte sich durch den Duft auch mein Magen. Ich sah auf die Uhr und es war schon halb 7 Uhr vorbei.

„Hast du dein Handy mit? Sollten wir nicht zuerst deine Mutter anfunken, dass sie sich keine Sorgen macht, wenn wir nicht heimkommen?"

„Nein, habe ich nicht, da hier weit und breit kein Empfang ist. Aber du hast recht, wir sollten sie anfunken. Ich kenne sie, sie wird mich wieder zusammenschimpfen, weil ich sie im Unklaren gelassen habe."

„Und wie? Mit Rauchzeichen?", fragte ich ihn ironisch.

Er stand auf und sagte:

„Nein, mit dem da."

Er ging zur großen Kommode, öffnete sie und zum Vorschein kam ein Funkgerät. Er schaltete es ein, drehte an ein paar Knöpfen, nahm den Sprechfunk und fing an zu reden.

„Hallo, hier ist die Grainerstation, hört mich wer?"

Es krachte und knisterte in der Anlage. Er sagte es noch einmal und wartete wieder ab. Als er zum dritten Mal es wieder sagen wollte, meldete sich, etwas unklar, aber doch, eine Stimme.

„Hallo, hier Bauer Hof, hören dich ganz deutlich, warten schon eine halbe Stunde auf Nachricht von euch", kam eine abgehetzte Stimme aus dem Lautsprecher. Der Stimme nach könnte es Walter sein.

„Sag Mutter, wir schaffen es heute nicht mehr runter, sie hatte recht, uns hat der Regen erwischt, sind aber noch trocken hier angekommen."

„Achtung, ‚Feind' hört mit. Wir sind alle hier versammelt und warten schon seit einer halben Stunde auf Nachricht von euch."

Robert lachte und auch ich musste lächeln. ‚Feind hört mit!' – das war gut.

„Ach ja, wenn du schon auf meinem Hof Funker bist, könntest du bitte Mutter und Anita bei der Arbeit im Stall helfen? Und Anita am Abend vielleicht Gesellschaft leisten, damit sie nicht so alleine ist?"

„Na ja, ich werde mal sehen, was ich tun kann. Ob sie mit mir zufrieden ist, weiß ich natürlich nicht, aber ich werde dich hier so gut es geht vertreten und mein Bestes geben in allen Dingen. Over und out."

„Wünsche euch noch viel Spaß. Over und out."

Dann legte er auf und drehte wieder ab.

„Zufrieden? Mamichen?"

Anscheinend wollte er mich damit aufziehen, weil ich ja selber eine Mutter bin.

„Ja, Söhnchen!", antwortete ich ihm keck.

„So und jetzt stärken wir uns und jetzt habe ich auch genügend Zeit, um mit dir in Ruhe zu reden, bis jetzt war ja nichts."

Ja es stimmte, beim Aufstieg hatten wir kaum Zeit gehabt, viel zu reden und dann trieben wir die Kälber auf die andere Alm und dann mussten wir uns beeilen, damit wir nicht nass wurden.

„Ach, das war eine gute Idee von Mutter, uns eine Kanne Kaffee mitzugeben."

Die zog er nämlich gerade aus dem Rucksack. Rasch legte er noch etwas Holz nach. Schön langsam spürte man auch schon, dass es warm wurde. Während wir in Ruhe aßen und Kaffee tranken, fing er an, mich zu betrachten.

„Ehrlich gesagt, …"

Er machte eine kleine Pause.

„Ja, was?"

„Muss ich mich ständig über dich wundern."

„Wieso?"

Jetzt war ich auch neugierig geworden.

„Im Gegensatz zu den anderen beiden bist du bewundernswert. Dir braucht man nicht viel zu sagen oder zu erklären, dir geht alles gleich so einfach von der Hand."

„Na ja, ich bin ja auch älter als die beiden anderen. Habe dadurch schon mehr Erfahrung.

Hoppla, verrätst du dich jetzt nicht damit?, dachte ich mir.

Aber eigentlich ist es ohnehin schon egal, morgen ist ja der Tag der Entscheidung und dann sollte er auch alles erfahren.

„Beim Ausrutschen auch?", fragte er diesmal schelmisch.

„Sicher! Ich weiß schon, wie man elegant fällt, dass es nicht so blöd aussieht", erwiderte ich augenzwinkernd.

Beide fingen wir an zu lachen. Damit dürfte das Eis gebrochen sein, das irgendwie immer noch zwischen uns stand.

„Nein, jetzt im Ernst. Ich wollte vorher nichts sagen, sondern alles auf mich zukommen lassen. Aber es fiel mir schon am ersten Tag auf. Du konntest das Heu sofort richtig rechen, du fuhrst mit dem Traktor, als wäre es das Selbstverständlichste auf der Welt. Und das mit den Kälbchen! Das war der Oberhammer! Und das Schweinchen nicht zu vergessen!! Und den Berg bist du ohne Probleme raufgekommen. Und das von einer Frau aus der Stadt. Außer das mit der Brücke. Was verbirgst du noch vor mir?"

Jetzt musste ich lachen. Ja, jetzt war ich dran, alles zu erzählen, zu gestehen.

„Mea culpa! Ich bekenne! Ich komme zwar aus einer Stadt, bin aber erst mit meinem Mann dorthin gezogen. Wegen der Arbeit und der Kinder, ich bin übrigens gelernte Köchin und wegen der Arbeitszeiten gehe ich nur zusammenräumen. Ich bin auf einem kleinen Bauernhof aufgewachsen, den meine Eltern bewirtschaftet haben. Da musste ich oft helfen, Heu zusammenrechen, Stroh und Heuballen schlichten, mit dem Traktor auf dem Feld fahren, während meine Mutter Gras auf die Kippmulde warf, so wie du. Apropos Traktor, den Führerschein habe ich auch."

Da verschluckte er sich fast am Kaffee, den er gerade trinken wollte. Er sah mich aus einer Mischung von Überraschung und Bewunderung an. Ich sah in meinen Kaffeebecher, bevor ich die nächste Bombe platzen ließ.

„Kühe kann ich auch melken ...", wartete kurz und sprach weiter:

„...mit der Hand aber!"

Jetzt verschluckte er sich wirklich, er hätte fast den Kaffee rausgeprustet und musste husten. Nachdem er sich wieder beruhigt hatte, fragte er dann mit einer Mischung aus Bewunderung und Sprachlosigkeit.

„Was gibt es noch, was ich wissen sollte, bevor ich mich am Essen verschlucke?"

Wir waren mittlerweile schon ziemlich fertig damit. Antonia hatte für jeden drei Brote gerichtet. Zwei hatten wir jetzt gegessen.

„Mmhh", sagte ich langgezogen, bevor ich weitersprach.

„Mal sehen, was gibt es noch zu erzählen. Dadurch habe ich keine Angst vor Kühen, außer vor großen Stieren. Na, das mit den Kälbchen war für mich auch eine Herausforderung. Bis jetzt hatte ich immer nur zugesehen und eventuell beim Ziehen mit dem Strick geholfen. Aber ich habe es schon oft bei uns gesehen. Wir hatten eine Kuh, die hatte zweimal Zwillinge bekommen, und da habe ich mich dann schlau gemacht, was der Tierarzt da machte, ihn ausgefragt. Der hat es mir erklärt, ich habe es mir gemerkt und jetzt hat es was gebracht. Schweine hatten wir auch. Also wieso soll ich vor denen Angst haben? Und die Ferkel sind ja allerliebst. Dazu gab es Hühner, Gänse und Hasen. Zum Berg: Ich walke fast jeden Tag etwa 3 km, manchmal auch mehr, ich denke, da bekommt man schon etwas Kondition. Ja, ich habe Höhenangst. Mein Haus sieht fast wie eine Blumenhandlung aus. Mein Mann hat oft mit mir gemeckert, wenn ich schon wieder eine Blume oder Pflanze anschleppte."

Hoppla! Wieso erzähle ich das jetzt? Das wollte ich eigentlich nicht sagen. Aber wenn ich schon am Beichten bin, wäre ja eine Gemeinsamkeit mit Antonia. Egal jetzt.

„Noch was offen, was ich nicht erwähnt habe?"

Er sah mich zuerst noch verwundert und zeitweise mit offenem Mund an. Während er aufstand, wieder Holz nachlegte, die Tür zum Schlafzimmer öffnete, denn es war jetzt schon ziemlich warm im Raum, überlegte er.

„Ich wiederhole: Du bist auf einem Bauernhof aufgewachsen, du kannst und kennst alles, was man da so machen muss?"

Ich nickte.

„Ja."

„Du hast außer dem Autoführerschein noch den Traktor Führerschein. Du ‚spazierst' jeden Tag ein paar Kilometer, du hast im Haus einen Garten, du gehst arbeiten, hast sogar Köchin gelernt und noch drei Kinder, wenn ich mich nicht irre, oder, und du machst noch Kurse?"

„Ja genau."

Er setzte sich hin und sah mich an. Ich hielt dem Blick stand und wartete. Man sah ihm an, dass er das erst alles verarbeiten musste, was er gerade erfahren hatte.

„Da hast du mich schon ein wenig gelinkt, oder?"

„Ein wenig." Und zeigte mit dem Daumen und Zeigefinger einen Zentimeter.

„Na, na, das stimmt jetzt nicht!" Und er zeigte mit seinen Händen einen guten halben Meter.

„So viel!"

„Nein!"

Ich stand auf und drückte seine Hände zusammen auf etwa zehn Zentimeter.

„Das würdest du gerne haben wollen!"

Er versuchte, die Hände wieder auseinanderzudrücken. Ich hielt dagegen und wir sahen uns nur in die Augen. Auf einmal ließ er los und ich verlor das Gleichgewicht. Darauf war ich nicht gefasst und fiel ihm so unfreiwillig um den Hals.

„Hoppla! Nicht so stürmisch!"

Ich glaube, das hatte er absichtlich gemacht. Ich wollte mich wieder aufrichten und mich in meinen Sessel setzen, aber er hielt mich zurück.

„Kannst dich ruhig auf meinen Schoß setzen, ich beiße nicht. Dann habe ich dich ganz nah bei mir und kann dich besser betrachten."

Ich ließ mich langsam auf ihm nieder.

„Und ich kann erforschen, ob du mir nicht irgendeinen Bären aufbindest. Denn der Bär, den du mir erzählt hast, klang sehr ehrlich und echt."

Seine Stimme bekam einen tiefen Klang. Er sah mir dabei tief in die Augen. In seinen jetzt dunkelgrünen Augen versank ich fast. Ich weiß nicht, wie lange wir so dagesessen haben.

An einem Tag wirst du auf 3 Hochzeiten tanzen,
Die Kinder sind schon da,
Doch es kommen noch welche dazu,
Das Schicksalsbuch ist noch nicht geschlossen.

„Was hast du gerade gesagt?"

Ich sah ihn an und wusste nicht, wovon er sprach.

„Ich habe gar nichts gesagt", gab ich ihm verwirrt zur Antwort.

Ich stand auf und er hielt mich nicht mehr zurück. Der Zauber war wie weggeblasen. Nur mein Kopfweh nicht. Das kam wieder zurück. Es hatte bei der Brücke angefangen und war, als wir hochgestiegen sind, verschwunden. Jetzt war es wieder da.

„Hey, was ist denn? Habe ich was Falsches gesagt?", fragte er besorgt.

„Nein, ich habe nur wieder Kopfschmerzen bekommen. Ich dachte, die wären verschwunden."

„Hast du öfter Kopfweh?"

„Nein, eher selten aber heute schon das zweite Mal."

„Wann hattest du das erste Mal?"

„Nach der Brücke, als ich das Déjà-vu hatte. Es war, als hätte ich das schon mal erlebt, war aber weder hier noch sonstwo auf so einer Brücke", erklärte ich ihm, was es damit auf sich hatte. Er sah mich nur an und wusste anscheinend selber nicht, was er tun oder sagen sollte. Das Notstromaggregat rettete uns aus dieser Situation. Während er noch Benzin nachfüllte, sah ich aus dem Fenster. Es war mittlerweile schon finster geworden und der Regen hatte auch aufgehört. Ich war so in Gedanken, dass ich gar nicht bemerkte, wie er wieder zurückkam. Meine Kopfschmerzen beschäftigten mich derzeit mehr und ich massierte einige Stellen des Kopfes, um Erleichterung zu finden. Dadurch erschrak ich, als er seine Hand auf meine Schulter legte.

„Wer wird denn so schreckhaft sein?", lachte er. „Ich denke, wir sollten schlafen gehen. Morgen habe wir einen schwereren Abstieg vor uns."

Ich sah auf meine Uhr. Wie schnell doch die Zeit vergeht, wenn es schön ist.

„Ich hole noch Wasser vom Brunnen und wärme es auf, damit wir uns etwas waschen können."

Er holte einen Kessel und damit von draußen Wasser. Er ließ die Tür offen, damit er etwas Licht hatte. Ich roch den Duft, der hereinkam. Es roch nach Regen, nach Gras … nach Heimat. Er war wieder da und sah mich prüfend an. Während er den Kessel über die Feuerstelle gab, behielt er mich immer im Blick.

„Du kannst im Bett schlafen, ich mache es mir mit einigen Decken hier draußen bequem. Er ging ins Zimmer, deckte das Bett auf, sodass es auch noch Wärme abbekam. Dann holte er aus dem Schrank einige

Decken und ein Kopfkissen und platzierte alles vorläufig auf dem Sessel, auf dem er gesessen hatte. Das Wasser war schnell warm und wir wuschen uns Gesicht und Hände. Ein Handtuch hatte er auch irgendwo gefunden. Es lag irgendetwas in der Luft, nur konnte ich nicht sagen was. Ich ging ins Zimmer, zog nur Hose, Pullover und Strümpfe aus, die Jacke hatte ich schon vorher ausgezogen. So legte ich mich ins Bett. Robert machte sich eine Bettstatt vor dem Herd, legte noch Holz nach und schaltete das Aggregat aus.

„Gute Nacht und träum was Schönes."

„Danke, du auch."

Ich konnte nicht schlafen. Das Kopfweh verschwand zwar allmählich, aber ich fühlte mich nicht ganz wohl. Irgendetwas störte mich. War es die Umgebung? War es das Bett? Ich wälzte mich hin und her, um eine Stellung zu finden, in der ich schlafen konnte. Mir war kalt, ich konnte mich nicht richtig wärmen.

„Kannst nicht schlafen?"

„Nein, habe ich dich gestört?"

„Nein, ich kann selber nicht schlafen."

„Auf dem Boden wird es nicht schön sein zu liegen, oder?"

„Es geht."

Dann war Ruhe. Doch schlafen konnte ich trotzdem nicht. Die Wolken hatten sich verzogen und der Mond schien hell herein. Einer Eingebung folgend, fragte ich Robert.

„Willst nicht auch ins Bett kommen? Es wäre groß genug für uns beide und wir sind zwei erwachsene Leute. Vielleicht können wir dann schlafen. Wenn du willst, nimm deine Decke mit und deck dich mit der zu."

Ich wartete auf eine Antwort und dachte schon, er schliefe bereits, weil er mir nicht geantwortet hatte.

„Wenn es dir nichts ausmacht? Mir wäre es schon recht. Der Boden ist ziemlich hart und ich bin auch ganz brav."

Ich grinste in mich hinein.

„Nein, mir macht es nichts aus, sonst hätte ich dir das Angebot erst gar nicht gemacht. Und außerdem ist mir kalt", rutschte es mir noch raus. Ich hörte ihn dann aufstehen, noch Holz nachlegen und ins Zimmer kommen. Ich rutschte dann noch etwas zur Außenkante des Bettes, damit er mehr Platz hatte. Im Mondschein sah ich ihm zu, wie er meine Decke mehr zu mir drückte und sich mit seiner zudeckte.

„Geht es so?"

„Ja danke, passt schon."

Wir lagen dann einfach da. Mir war immer noch kalt. Ich wusste nicht, ob er schon schläft.

„Robert?", fragte ich ganz leise.

„Ja", kam es auch ziemlich leise.

„Mir ist immer noch so kalt. Könntest du …"

„Dir ist immer noch kalt? Warum sagst du das nicht gleich?"

Er kroch zu mir unter die Decke, legte seine drüber und kuschelte sich an meinen Rücken. Die Hand legte er über die Decken und über mich.

„Besser so?"

„Ja, danke."

„Eine Frage hätte ich da noch?"

„Ja und welche?"

„Wie hieß dein verstorbener Mann?"

Mein Herz machte einen Hüpfer, vor Schreck oder Freude konnte ich nicht sagen.

„Robert, er hieß auch Robert."

Dann kehrte wirklich Ruhe ein. Irgendwann schliefen wir dann ein. Ich hatte einen wunderschönen Traum.

Robert:

Als ich so da in der Küche lag, wünschte ich mir, dass ich bei Anja im Bett schlafen könnte. Ich müsste ja nicht Haut an Haut schlafen, aber nur neben ihr liegen, ihren Atem hören …

Ich hörte, dass sie sich hin und her wälzte.

„Kannst du nicht schlafen?"

„Nein, habe ich dich gestört?"

„Nein, ich konnte selber nicht schlafen."

„Auf dem Boden wird es nicht schön sein zu liegen, oder?"

„Es geht."

Dann war Ruhe. Ich konnte trotzdem noch nicht schlafen. Sobald ich die Augen schloss, kreiste alles um mich herum.

„Willst nicht auch ins Bett kommen? Es wäre groß genug für uns beide und wir sind zwei erwachsene Leute. Vielleicht können wir dann schlafen. Wenn du willst, nimm deine Decke mit und deck dich mit der zu."

Ich dachte, ich träume! Hatte sie das jetzt wirklich gesagt? Wird mein Wunsch wahr? Ich zögerte noch, dann fragte ich:

„Wenn es dir nichts ausmacht? Mir wäre es schon recht. Der Boden ist ziemlich hart und ich bin auch ganz brav."

„Nein, mir macht es nichts aus, denn sonst hätte ich dir das Angebot erst gar nicht gemacht. Und außerdem ist mir kalt."

Ich stand dann auf, legte noch nach, nahm meine Bettwäsche und ging ins Zimmer. Sie rutschte noch mehr zur Seite, um mir Platz zu machen. Im Mondschein sah ich ihr Gesicht.

„Geht es so?"

„Ja danke, passt schon."

Nach einer Weile sagte sie dann:

„Robert?"

„Ja", antwortete ich auch so leise wie sie.

„Mir ist immer noch so kalt. Könntest du …"

„Dir ist immer noch so kalt? Warum sagst du das nicht gleich?"

Ich kroch zu ihr unter die Decke, legte meine drüber und kuschelte mich an sie. Die Hand legte ich über die Decken.

„Besser so?"

„Ja, danke."

Eine Frage brannte mir noch auf der Zunge.

„Eine Frage hätte ich da noch?"

„Ja und welche?"

„Wie hieß dein verstorbener Mann?"

Nach kurzem Zögern sagte sie:

„Robert, er hieß auch Robert."

War das nicht ein Zufall? Und ich dachte noch an den Aufstieg und als wir über die Brücke gingen. Ich hatte auf einmal Angst, sehr viel Angst gehabt. So viel Angst hatte ich noch nie um jemanden gehabt. Aber als sie dann bei mir war, war alles so schön. Ich hielt sie gerne in meinen Armen. Der Aufstieg ging problemlos weiter. Auch die Kälber auf die andere Weide zu bringen, war problemlos. Nur dann beim Runtergehen, als sie ausgerutscht war, hatte ich Angst, sie hätte sich verletzt. War aber nicht so. Und als sie noch damit scherzte, ‚wie elegant‘ sie fallen könne, dachte ich mir: Warum habe ich sie oder eine solche Frau noch nie gefunden? Und als sie mir dann alles erzählte und gestand, dass sie ‚ein wenig‘ geflunkert hatte, hätte ich sie sofort in die Arme nehmen und küssen können. Hätte ja auch fast geklappt, aber dann kam wieder so ein Spruch daher! Schon wieder mit drei und wieder mit Kindern! Ich hoffe, ich merke mir dann alles für Walter! Der muss mir morgen helfen, das Rätsel zu lösen. Auch wenn er sich vielleicht wehrt, aber diesmal kommt er mir nicht aus. Es geht um mein Glück und auch um seines. Also muss er mir alles sagen. Und damit schlief auch ich ein.

Zur selben Zeit drei Stunden früher:

Antonia musste ständig nachsehen, wie sich das Wetter entwickelte. Es sah nicht gut aus und das trug nicht unbedingt zu ihrer Beruhigung bei. Sie machte sogar Anita nervös. Gott sei Dank kam gegen halb 7 Uhr Walter vorbei, Anita war froh, nicht mehr alleine sein zu müssen mit Antonia.

„Wo ist denn Robert?“

„Der ist mit Anja auf die Graineralm gegangen!“, antwortete sie mürrisch.

„Wann?“

„Nach 15 Uhr“, antwortete Anita ihm, weil Antonia schon wieder ums Haus rannte, um zu sehen, ob Robert doch noch kommen würde. Sie hoffte dass er auf der halben Strecke umgekehrt wäre, wohl wissend, dass er erst auf der Alm wieder freie Sicht hätte.

„Ach ja“, sagte er nur, er konnte ja nicht sagen, dass er sich mit ihm vorhin noch unterhalten hatte.

„Ach, du liebe Zeit!“, sagte auch Walter, da er auch schon gesehen hatte, dass sich da hinten was zusammenbraute.

„Ich hab's ihm gesagt, er solle hierbleiben, aber hört er auf mich, wenn ich was sage? Nein! Er hat wieder mal seinen Sturkopf durchgesetzt wie sein Vater."

„Wo ist denn Anja?", fragte er die beiden Frauen.

„Mit! Die hat er mitgenommen, weil er alleine mit ihr reden wollte, das hätte er hier auch tun können. Was ist, wenn ihr was passiert? Oder Robert? Sie kennt sich hier ja gar nicht aus ...", sprach sie unbeirrt weiter. Sie steigerte sich ganz hinein in ihre Sorge.

„Könnt ihr sie nicht anfunken? Im Zeitalter des Handys?", fragte Anita, die auch schon sehr besorgt aussah.

„Erstens hat Robert sicher keines mit, da zweitens oben gar kein Empfang ist. Aber was hast du gerade gesagt?", starrte Walter sie an.

„Mit dem Handy anrufen?"

„Nein! Du hast gesagt funken, anfunken. Tante Toni, wo hat Robert sein Funkgerät?"

Nur er durfte ‚Tante Toni' sagen, obwohl er gar nicht verwandt war. Da sie und ihr Mann keine Geschwister hatten, gab es auch keine Neffen und Nichten. Und es hatte sich schon, als sie Kinder waren, so eingebürgert, dass er sie so nannte.

„Wahrscheinlich oben in seinem Zimmer."

Jetzt wurde auch Antonia wach. Genau das war es, denn auf der Grainerhütte gab es auch ein Funkgerät. Schon im Laufen gab er Anita noch einen Kuss als Dankeschön für die ‚funkende Idee'.

Walter lief rasch hinauf und man hörte ihn oben rumoren. Bald kam er mit dem Funkgerät in der Hand runter. Er stellte es auf den Tisch, steckte es in die Steckdose und suchte den Sender, der immer in dieser Situation benutzt wurde. Es rauschte zwar in der Leitung, aber es tat sich nichts. Walter sah auf seine Uhr und begann zu rechnen.

„Ihr sagtet, sie sind nach 15 Uhr aufgestiegen, das heißt, sie brauchen zwei Stunden für den Aufstieg, vielleicht auch länger mit Anja. Dann müssen sie die Kälber auf die andere Weide bringen und dann wieder zurückgehen zur Hütte. Dann sollten sie so gegen halb sieben Uhr dort sein."

Anita und Antonia sahen auch auf die Uhr. Es war kurz vor halb 7 Uhr. Sie saßen alle um den Tisch und starrten das Funkgerät an.

„Hoffentlich denkt er auch dran, sich zu melden, sonst sitzen wir die ganze Nacht davor."

Vor lauter Nervosität, die Frauen hatten ihn angesteckt, musste er ganz dringend auf Toilette.

„Komme sofort wieder", sagte er und verschwand. Es dauerte nicht lange und es rumorte in dem Funkgerät.

„Hallo, hier ist die Grainerstation, hört mich wer?"

„Walter!", riefen beide Frauen gleichzeitig, denn keine kannte sich mit dem Funkgerät aus. Walter beeilte sich zwar, aber kam doch erst nach dem zweiten „Hallo, hier ist die Grainerstation, hört mich wer?" zum Funkgerät.

„Aufs WC muss man gehen, dann tut sich was", sagte er noch, bevor er die Sprechanlage betätigte.

„Hallo hier, Bauer Hof, hören dich ganz deutlich."

„Sag bitte Mutter, wir schaffen es heute nicht mehr runter, sie hatte recht, uns hat der Regen erwischt, sind aber noch trocken hier angekommen."

„Achtung ‚Feind' hört mit. Wir sind alle hier versammelt und warten schon seit einer halben Stunde auf Nachricht von euch."

Stimmte zwar nicht genau, aber er wollte so tun, als würden sie schon ewig auf Nachricht warten.

„Ach ja, wenn du schon auf meinem Hof Funker bist, könntest du bitte Mutter und Anita bei der Arbeit im Stall helfen? Und Anita am Abend vielleicht Gesellschaft leisten, damit sie nicht so alleine ist?"

„Na ja, ich werde mal sehen, was ich tun kann, ob sie mit mir zufrieden ist, weiß ich nicht, aber ich werde dich hier so gut es geht vertreten und mein Bestes geben in allen Dingen. Over und Out."

„Wünsche euch noch viel Spaß. Over und Out."

Antonia war jetzt beruhigt und jetzt konnten sie in Ruhe in den Stall gehen und ihre Arbeit erledigen. Walter half wirklich so gut er konnte. Er war es ja nicht so gewohnt wie Robert, doch hatte er schon oft geholfen. Anita und er hatten sehr viel Spaß dabei. Antonia konnte oft nur den Kopf schütteln und lächeln. Danach richtete Antonia noch ein Abendbrot und sagte, sie sei müde und verschwand in ihrem Zimmer. Walter ging mit Anita noch etwas spazieren. Es war ihm nur recht und wie es den Anschein hatte auch ihr. So gegen halb 9 kamen sie wieder zurück. Antonia hatte ihm angeboten, hier zu schlafen, damit er nicht so früh rausmusste, um ihnen in der Früh wieder zu helfen, wie er es angeboten hatte. Sie setzten sich noch auf den Balkon und deckten sich mit einer Decke zu und sahen zum Himmel und beobachteten die Sterne. Auf einmal tauchte vor dem Haus ein Licht auf. Ein Auto kam auf den Hof gefahren und parkte hinter der Scheune, wo man es offensichtlich nicht sehen sollte. Die beiden waren ganz still und warteten ab, was passieren würde. Sie hörten eine leise Stimme, die Antonia zu gehören schien.

„Wo bleibst du denn so lange und was machst denn für einen Lärm?" Er dürfte in der Dunkelheit an etwas angestoßen sein.

„Du solltest doch leise sein. Ich habe dir ja vorhin am Telefon gesagt, Walter schläft hier in Roberts Zimmer, weil ja Robert oben am Berg ist. Und Anita ist ja auch noch da."

„Ja, ich bin doch schon leise und mach du jetzt keinen Lärm, sonst weckst du die beiden vielleicht noch auf."

Dann hörten sie die Tür zufallen und dann war es wieder still. Walter und Anita sahen sich in der Dämmerung an.

„Was war das denn jetzt?", fragte Walter.

„Da tun sich ja Welten auf. Der Tierarzt und Antonia!"

Anita hatte den Tierarzt nur kurz gesehen, darum konnte sie damit nicht viel anfangen. Nur Walter konnte sich einen Reim darauf machen. Ja, ja die drei Kälbchen! Das war der Tipp für beide gewesen! Jetzt wurde es auch Zeit für sie, schlafen zu gehen. Walter wollte zu Roberts Zimmer gehen, da hielt ihn Anita auf.

„Wenn schon Antonia in ihrem Zimmer Besuch hat, Anja und Robert irgendwo auf der Alm vielleicht in einem Raum schlafen, warum sollten wir nicht auch in einem Raum schlafen. Ich möchte heute Nacht nicht alleine sein."

Sie sah ihn bittend an, da konnte er nicht widerstehen. Wieso eigentlich nicht? Es muss ja nichts geschehen. Er will Robert nicht vorgreifen bei seiner Wahl. Zuerst müsste er sich entscheiden, dann kann er sich entscheiden, denn er merkte, Anita war ihm zugetan und er ihr auch. Nachdem sie noch rasch im Bad waren, gingen auch sie zu Bett und kuschelten, wie das andere Pärchen auf der Alm auch, nur wussten sie das nicht. Nur dass sie nicht sofort einschliefen, sondern noch lange redeten. Erst weit nach Mitternacht schliefen sie ein.

Der Abstieg

Ein Sonnenstrahl hatte sich in die Kammer verirrt, mich auf meiner Nase gekitzelt und mich geweckt. Ich hatte noch diesen schönen Traum im Gedächtnis. Ich stand auf und wollte das Fenster öffnen. Doch es klemmte, da hörte ich hinter mir Robert, der sich umdrehte. Ich erschrak kurz, ach ja, ich hatte ihn ja gebeten, im Bett zu schlafen. Ich nahm eine Decke vom Bett wickelte mich ein und ging zur Tür, machte sie leise auf und ging hinaus. Die Steine unter meinen Füßen waren noch nass und knirschten bei jedem Schritt. Ich schloss die Augen und genoss die frische Luft, hörte den Vögeln beim Singen zu und lauschte dem Wind, der sich in den Zweigen der Bäume verfing. So fand mich Robert.

„Nicht einmal heute kann ich dich wecken, du bist schon wieder vor mir wach", kam er lachend aus der Hütte.

„Zuerst dachte ich, es war alles nur ein Traum", sagte er leise an meinem Ohr.

„Doch es ist ein Traum! Sieh dir nur die Landschaft an, gibt es was Schöneres?"

„Ja, dich davor zu sehen."

Er nahm mich von hinten in den Arm und wir schauten uns gemeinsam die Landschaft an. Jetzt war sie wieder da, diese Vertrautheit. So wie gestern Abend, nur diesmal passierte nichts.

„Und hast du was Schönes geträumt?"

„Ja, aber das erzähle ich dir nicht!"

Er lachte nur und sagte: „Ich habe auch was Schönes geträumt und erzähle es dir auch nicht."

Dann kuschelte er sich noch etwas mehr an mich. Ich merkte auf einmal, dass Robert anfing zu zittern.

„Ist dir kalt?"

„Ja, ein wenig."

Ein wenig war deutlich untertrieben.

„Komm, lass uns reingehen und uns anziehen und etwas frühstücken, weil sonst muss ich mit einem Eiszapfen in der Hand den Berg runter gehen", sagte ich schelmisch. Er ging vor mir rein und lachte wegen des Eiszapfens. So konnte ich ihn ungehindert von hinten betrachten. Er hatte sein Hemd an und darunter lugte eine Shorts hervor. Jetzt musste ich auf einmal laut lachen. Auf der Hose waren lauter kleine Bud Simpsons aufgedruckt. So was von unerotisch, aber einen geilen Po hatte er. Er drehte sich um und fragte, was denn da so komisch sei.

„Entschuldige, aber deine Hose."

„Ach, du liebe Zeit, an die habe ich ja gar nicht gedacht. Die habe ich von einer ehemaligen Freundin mal bekommen. War ein Scherz zum Geburtstag. Zum Arbeiten sieht man sie ja unter der Jeans nicht und wieso wegschmeißen. Es war ja nicht voraussehbar, dass wir hier übernachten und du sie siehst, sonst hätte ich sie ja gar nicht erst angezogen."

Er zwinkerte mir zu und zog sich rasch an. Dann machte er wieder Feuer und wärmte den restlichen Kaffee von gestern auf, der noch in der Thermoskanne war. Ich zog mich auch an, lüftete das Bett und als ich das Kopfkissen aufschüttelte, sah ich nicht, dass ich damit das Hufeisen erwischte, das an der Wand hing, und warf es mir selber an den Kopf.

„AU!"

Robert lief sofort in die Kammer.

„Was ist passiert?"

Ich zeigte ihm das Hufeisen.

„Das habe ich mir leider an den Kopf geschmissen. Ich habe nicht gesehen, dass es an der Wand hing."

Ich hielt es mit der Öffnung nach oben hoch.

„Also hast du es sozusagen gefunden? Dann bringt es Glück und richtig hältst du es auch, dass du dein Glück nicht gleich wegschüttest. So, wir hängen es wieder auf und etwas schief, damit immer etwas Glück rauskann."

Damit nahm er mir das Hufeisen ab und hängte es wieder vorsichtig an die Wand. Dazu musste er nah an mich herankommen. Wir standen dann da und sahen uns in die Augen. Diese Vertrautheit war sofort wieder da, so als wäre es schon immer so gewesen.

Warum küsste er mich nicht? Warum nutze er diese Situation nicht aus?, schoss es mir durch den Kopf.

„Ich muss nach dem Kaffee sehen." Sprachs und ging aus der Kammer. Dann tranken wir den jetzt heißen Kaffee und aßen das letzte Brot dazu. Er schaltete das Funkgerät noch mal ein, doch diesmal meldete sich niemand. Es war zwar schon halb 8 und es sollte schon wer in der Küche sein. Doch da fiel ihm ein, dass ja heute Sonntag war und sie da immer etwas später anfangen, die Kühe zu füttern. Er schaltete das Funkgerät dann wieder aus, wir machten noch sauber und packten die Bettwäsche ein und nahmen den Kanister für das Benzin mit. Dann waren wir fertig und stapften los.

Da fiel ihm ein: „Falls du heute in die Kirche hättest wollen, das muss leider ausfallen, denn bis wir wieder unten sind, ist es sicher schon zu spät dafür."

„Wieso? Wir sind doch in Gottes größter Kirche", erwiderte ich und zeigte auf die Landschaft.

„Ja, da hast du recht."

So ging es langsam bergab auf dem noch nassen Weg. Wir gingen vorsichtig, damit keiner ausrutschte. Wir kamen dann trotzdem schnell wieder zur Brücke. Wir hörten das Wasser schon von Weitem rauschen. Der Regen hat das Bächlein, was es gestern noch war, zu einem reißenden Bach werden lassen. Bevor wir noch dort waren, blieb Robert stehen und drehte sich um.

„Beim Bach kann ich nicht mehr mit dir reden, weil es sicher zu laut ist. Deshalb sage ich es dir jetzt. Du bleibst stehen und ich gehe mal vorsichtig rüber, dann komme ich wieder zurück und hole dich. Okay?"

„Ja, okay."

So gingen wir zum Bach und Robert ging vorsichtig rüber. So wie gestern. Bevor er noch drüben war, schoss mir wieder ein Blitz durch die linke Schläfe und mein Kopf begann zu pochen. Déjà-vu!

Aber das war ja schon gestern, also konnte es kein Déjà-vu mehr sein, doch irgendetwas war trotzdem anders. Ich sah Robert die letzten Schritte über die Brücke gehen, den Rucksack ablegen und den Kanister abstellen. Dann sah er mich überrascht an. Was ich nicht bemerkt hatte, war, dass ich schon angefangen hatte, auf die Brücke zu gehen. Ich sah meine Hände, die sich am Geländer festhielten, mit jedem Schritt, den ich ging, weitergriffen. Ich hörte das

Wasser rauschen oder rauschten meine Ohren? Ich sah ständig auf das Wasser, auf die Bretter von der Brücke, sah nicht Robert, der mir etwas mit ernstem Gesicht zurief. Ich sah ein Paar, das wie wir über die Brücke wollte. Sah beide gemeinsam rübergehen. Der Bach führte wie jetzt Hochwasser. Hörte ein Knacken und Bersten. Dann war es dunkel. Dann sah ich, wie ich meinen Mann kennenlernte, sah unsere Hochzeit, sah hintereinander die Geburten unserer Kinder, den Tod, den Tod von meinem Mann, als wäre ich dabei gewesen. Ich war schon mitten auf der Brücke. Das Wasser rief unaufhaltsam mir zu: Komm, mach einen falschen Schritt, ich nehme dich mit!

Ich sah … eine Braut in Weiß, meine Kinder, mit Kindern? Sah mich in einem beigen Trachtenkleid, sah Roberts Mutter in einem dunkelblauen, schönen Kostüm, neben ihr Franzl, sah Kinder herumtollen und Walter und Robert in Anzügen. Ein letzter Schritt noch, dann war ich über der Brücke. Ich ließ das Geländer los, hob sie Robert entgegen, der mich anstarrte wie eine Erscheinung. Ein Rutscher, ich verlor den Halt unter meinen Füßen.

„Wasser, ich komme!"

Dann ein Ruck und ich lag an Roberts Brust. Ich kam aus meiner Trance zu mir, sah Robert an und begann zu weinen …

Robert:

Was war das jetzt? Gestern so ein Hasenfuß und heute ein verwirrter Profi? Sie schritt langsam darüber. Ganz vorsichtig Schritt für Schritt. So wie ich. Durch das Rauschen des Wassers hörte ich es nicht knacken. Ich spürte es öfter unter meinen Füßen und hoffte, es würde uns aushalten, wenn ich sie holen musste. Aber es könnte sein, dass die Brücke zwei Menschen nicht mehr aushielt. Sie war schon ziemlich alt und man ging nur selten noch darüber. Als sie bei mir war, versagten ihre Beine und ich fing sie auf. Dabei begann der Tag so schön. Ich dachte: Heute kannst du sie wecken und mit einer Feder kitzeln.

Aber weit gefehlt. Sie stand schon draußen im Sonnenlicht. Als ich mich zu ihr gekuschelt hatte, war es, als würden wir uns schon ewig kennen. Das war alles so vertraut. Als sie sich dann den Kopf am ‚Hufeisen' gestoßen hatte, lief es mir kalt über den Rücken. So oft war er schon hier in der Hütte gewesen, hatte auch schon des Öfteren hier übernachtet. Aber das Hufeisen war ihm noch gar nicht aufgefallen, geschweige denn, dass es einmal runtergefallen war! Sie zog das Glück magisch an. Die DREI Kälbchen, das 13. Schweinchen, das Hufeisen, gab es noch etwas? Das waren eigentlich alles Glücksbringer. Aber war da nicht was mit denen? Schön langsam beruhigte sie sich schon. Der Abstieg verlief auch so schön und dann das hier. Ich wollte wissen, was gerade geschehen war! Und Walter natürlich nicht in der Nähe! Ich könnte ihn …

Zur selben Zeit unten auf dem Hof:

„Walter, Walter!", riefen die beiden Frauen. Walter war frisch-fröhlich aus dem Bad gekommen, wo er sich etwas frisch gemacht hatte, nachdem er ihnen wieder geholfen hatte. Auf einmal blieb er wie angewurzelt stehen, wurde ganz weiß im Gesicht und sah ganz starr vor sich hin. Anita und Antonia konnten ihn gerade noch auf einen Stuhl setzen, bevor er ihnen umgefallen wäre. Keine der beiden Frauen wusste, was gerade passierte. Walter war nicht ansprechbar, starrte vor sich hin und atmete etwas schnell. Antonia wurde klar, was das bedeutete. Sie hatte es zwar noch nie gesehen, aber Robert hatte hin und wieder davon gesprochen, wie Walter sich verhielt, wenn er seine Vorahnungen hatte.

„Antonia, was sollen wir denn jetzt tun?", fragte sie nervös.

„Nichts, nur abwarten", sagte Antonia ziemlich ruhig. „Das wirst du noch früh genug erfahren, was es damit auf sich hat."

Es dauerte keine fünf Minuten und Walter kam langsam wieder zu sich. Er brauchte etwas, um sich zu fangen, damit er wusste, wo er war.

„Könnte ich bitte was zu trinken bekommen?", war seine erste Frage, als er sich wieder zurechtfand. Antonia brachte ihm ein kühles Glas Wasser. Das tat ihm gut. Die beiden Frauen sahen ihn immer noch voller Sorge an. Besonders Anita war um ihn besorgt. Sie wusste ja noch nicht, dass er hin und wieder Vorahnungen hatte.

„Walter, was war los? Was hast du gesehen?", fragte ihn sofort Antonia.

Sie glaubte zwar nicht daran, aber in letzter Zeit war des Öfteren was eingetreten, dass sie ihre Meinung über diese Sache geändert hatte. „Nichts! Was sollte gewesen sein? Ein bisschen schwindlig war mir." Doch dass diesmal die Trance länger war als üblich, wusste er nicht. „Walter, du warst fast fünf Minuten weggetreten!", ermahnte ihn Antonia, die schon darauf brannte zu erfahren, was er gesehen hatte. Anita sah nur immer von einem zum anderen und verstand … Bahnhof!

„Erklärt mir auch mal einer, was hier los ist?", fragte Anita schon etwas verärgert.

„Walter sieht hin und wieder die Zukunft voraus. Stimmt doch, oder?"

„Ja", gab er dann etwas zögerlich zu. Eigentlich wollte er Anita sein Geheimnis selbst erzählen.

„Und hast du was aus der Zukunft gesehen?", fragte jetzt Anita, die auch neugierig geworden war.

„Er sah von einer zur anderen, bevor er antwortete: „Jein."

„Und was bedeutet das?", fragte ihn Antonia überrascht.

„Wenn es stimmt, dass ich fast fünf Minuten weggetreten war, war es mehr als nur eine Vorahnung."

Er wollte es ihnen noch nicht erzählen, da er es selber nicht wusste, was er damit anfangen sollte und es erst verarbeiten musste.

„Und was war es dann? Walter, lass dir doch nicht alles aus der Nase ziehen. Komm schon, erzähl! Jetzt ist nicht die Zeit für Geheimniskrämerei!", sagte Antonia unwirsch, die schon wieder ganz unruhig wurde. Also musste er es ihnen erzählen, sie würden ihn sowieso nicht gehen lassen, bevor er es ihnen nicht gesagt hatte. Außerdem bekam er langsam Kopfschmerzen, die hatte er noch nie zuvor gehabt. Denn diesmal war ja wirklich alles anders. Also begann er zu erzählen, was er gesehen hatte.

„Ich sah Anja, besser gesagt, ich sah mit den Augen von Anja. Sie ging über die Klammbrücke, der Bach führte viel Wasser. Sah, wie sie langsam über die Brücke ging …" Er machte eine kurze Pause, damit er sich erinnern konnte was da noch war.

„… ich sah Anja oder jemanden, der ihr ähnlich sah, über die Brücke gehen. Ich sah ein Paar, das über die Brücke wollte. Hörte ein Knacken und Bersten. Dann war es dunkel. Dann sah ich in die Vergangenheit von Anja, schätze das erste Kennenlernen mit ihrem Mann, dann die Hochzeit mit ihrem Mann, die Geburt ihrer Kinder, den Tod ihres Mannes … Aber ich konnte es nicht nur sehen, sondern auch fühlen, dann war ich kurz wieder auf der Brücke, etwa in der Mitte sah ich eine Braut in Weiß, Kinder, große Kinder mit deren Kindern. Sah Anja in einem beigefarbenen Trachtenkleid, sah dich …"

Er zeigte auf Antonia, „… in einem dunkelblauen, schönen Kostüm, neben dir Franzl, sah Kinder herumtollen und mich und Robert in Anzügen. Ein letzter Schritt noch, dann war sie über der Brücke. Sie ließ das Geländer los, hob sie Robert entgegen, der mich, äh, sie anstarrte wie eine Erscheinung. Ein Rutscher, sie verlor den Halt unter ihren Füßen … Wasser, ich komme!, war noch der Gedanke, den ich mitbekam, dann ein Ruck und … dann fand ich mich wieder hier. Dann war es, als wäre unsere Verbindung wie abgeschnitten. Mehr kann ich dir nicht sagen, auch wenn du mich böse ansiehst", sagte er zu Antonia. „Es tut mir leid, dass ich nicht mehr sagen kann, aber jetzt muss ich mich hinlegen, das hat mich sehr angestrengt und ich habe ganz schlimme Kopfschmerzen davon bekommen. So was ist für mich auch neu. So lange war ich noch nie weg. Wenn dann nur für ein paar Sekunden oder eine knappe Minute."

Er drehte sich um und verschwand die Treppe hinauf, aber diesmal wirklich in Roberts Zimmer. Er legte sich aufs Bett und schlief sofort ein. Antonia rannte hinters Haus, denn von dort sollten sie kommen, und sah in diese Richtung, als könnte sie am Himmel erkennen, ob was Schlimmes passiert wäre. Es war aber alles ruhig, ein ganz normaler Sonntag. Die Vögel zwitscherten, der Wind bewegte die Zweige im Baum. Die Sonne schickte warme Strahlen. Und doch war heute etwas anders. Das fühlte Antonia, aber sie musste auch warten auf das, was kommen wird.

Droben bei der Brücke:

Ich heulte mich mal ordentlich aus. Als die Nervenanspannung nachließ, wurde ich langsam ruhiger. Was da passiert war, wusste ich selber nicht. Es war alles wie in Zeitlupe geschehen, wie in Trance, als würde es ein anderer machen und nicht ich. Es dauerte eine Weile, bis ich mich ganz beruhigt hatte. Robert hatte die Bettwäsche herausgekramt, sie auf die Steine gelegt, die überall herumlagen. Dort setzten wir uns drauf. Er wartete geduldig, bis ich mich beruhigt hatte. Ich lag immer noch an seiner Brust.

„Du bist mir eine. Wenn der Bach klein ist, traust du dich nicht drüber, wenn er aber Hochwasser führt, gehst du drüber wie ein Profi. Wo andere die Panik bekommen."

„Das war ich nicht!", rutschte es mir ungewollt heraus. „Es war, als würde ein anderer über die Brücke gehen. Hättest du vielleicht ein Taschentuch für mich? Ach nein und ganz nass habe ich dich auch gemacht."

Robert suchte in seiner Hose ein Taschentuch und fand eines, das aber leider schon benutzt war. Ich nahm es trotzdem und putzte mir kräftig meine Nase.

„Was war denn passiert? Als ich mich umdrehte, glaubte ich meinen Augen nicht zu trauen. Du gingst so langsam und sicher drüber, wie es sich eben für einen Profi gehört."

„Ich weiß nicht. Es war, als wäre ich da, aber wiederum auch nicht. Ich war zuerst in der Vergangenheit, dann wieder hier und dann wahrscheinlich in der Zukunft."

Robert sah mich verwirrt an, dann erzählte ich ihm, was ich in der Trance gesehen hatte. Als ich fertig war, meinte er:

„Das hat sicher etwas zu bedeuten, nur wissen wir es jetzt noch nicht, werden es aber sicher bald erfahren."

Und ich werde mir heute Walter zur Brust nehmen, der muss mir alles erzählen, aber auch wirklich alles!, dachte er sich.

Da mein Mund durch das viele Reden und den Schock trocken war, tranken wir frisches Quellwasser, das er heute Morgen noch in die leeren Wasserflaschen gefüllt hatte.

„So was nenne ich Wasser!"

Damit war das Eis wieder gebrochen. Robert lächelte mich an, zog mich hoch und ich landete wieder an seiner Brust. Es war wieder diese verdammte Vertrautheit da, so als wären wir schon ewig zusammen. Jetzt wäre ein Kuss angebracht. Zumindest ist das im Film immer so', dachte ich mir. Aber es geschah nichts.

Ab hier war der Weg breiter und Robert nahm mich bei der Hand. „Damit ich dich nicht doch noch unterwegs verliere", sagte er und zwinkerte mir wieder zu. Und Händchen haltend gingen wir den Berg hinab. Es war schön, von einer warmen, starken Männerhand gehalten zu werden. Ich fing an ein Liedchen zu summen. Wir waren schon fast auf dem Hof angelangt, als er fragte:

„Was summst du denn die ganze Zeit für ein Liedchen?"

Ich hatte nicht bemerkt, dass ich es schon so laut summte, und fing an den Text zu singen, wenn auch nicht schön, aber das störte ihn nicht.

„Im Früh Tau zu Berge wir ziehn,
vallera grün schimmern wie Smaragde alle Höhen, vallera"

Dann stimmte er auch mit ein und wir sangen gemeinsam weiter.

„Wir wandern ohne Sorgen singend in den Morgen
noch ehe im Tale die Hähne krähen
Ihr alten und hochweisen Leut', vallera
Ihr denkt wohl wir wären nicht gescheit, vallera
Wer sollte aber singen
Wenn wir schon Grillen fingen
In dieser herrlichen Frühlingszeit.
Werft von Euch, Ihr Menschen, alle Qual, vallera
Kommt mit uns auf die Höhen aus dem Tal, vallera
Wir sind hinausgegangen den Sonnenschein zu fangen
Kommt mit und versucht es doch auch einmal."

JUCHU!!!
Robert ließ gerade vor dem Haus einen Jauchzer los, dass es weithin zu hören war.

Die Aufklärung

Antonia lief schon zum x-ten Mal raus, um zu sehen, ob schon jemand kam. Wenn Anita nicht aufgepasst hätte, hätte Antonia das erste Mal in ihrem Leben die Kartoffeln anbrennen lassen. Sie hatte sie zwar auf den Herd gestellt, doch kein Wasser reingegeben. Anita überwachte alles, wenn auch widerwillig. Sie kochte nicht so gerne. Sie sah auch nach Walter, aber der schlief tief und fest. Nur einmal traute sie sich zu fragen, bis wann sie denn kommen könnten.

„Kommt darauf an, wann sie von der Alm weggegangen sind", antwortete Antonia ungehalten. Es gab eine Knochensuppe, die Antonia bald versalzen hätte, als Einlage dann Nudeln aber die waren schon fertig und mussten dann nur noch in der Suppe gekocht werden. Kartoffelsalat, den Anita gerettet hatte, Wiener Schnitzel, die sicherheitshalber Anita panierte, und einen Apfelkuchen, den Antonia schon samstags gebacken hatte. Je später es wurde, desto nervöser wurde Antonia. Wegen des schönen Wetters hatte Antonia die Fenster geöffnet, als man auf einmal von draußen einen gut vernehmlichen, aber von weit her kommenden Jauchzer hörte. Antonia starrte Anita an, dann kam Bewegung in sie. Sie stürmte hinaus ums Eck, wo sie dann fast mit Robert zusammenstieß.

„Aber hallo! Wer wird denn so stürmisch sein?"

„Robert! Geht es dir gut und Anja auch. Ist euch nichts passiert auf der B …"

Sie hielt inne, bevor sie sich selber verriet, sie konnte ja nicht so einfach sagen, dass sie Bescheid wusste. Sie wollte nicht gleich mit der Türe ins Haus fallen.

„… Alm", korrigierte sie sich selber. Aber Robert bekam es doch mit, sagte jedoch nicht gleich etwas.

„Anja, geht es dir gut?", wandte sie sich dann an mich.

„Ja, alles okay!"

Mir kam es auch etwas spanisch vor, schob diesen Gedanken aber weg, denn mein Kopf begann wieder zu schmerzen.

„Dass du nicht in der Messe bist? Sonst kommst du ja erst um diese Zeit heim", gab Robert der Situation eine andere Wendung.

„Ach, alleine wollte ich nicht gehen, wenn du nicht da bist."

Das war zwar ein Grund, aber Antonia ging fast immer zur Kirche, außer sie war krank. Da musste was vorgefallen sein. Robert wollte dem gleich nachgehen und fragte:

„Wo ist Walter?"

„Der schläft in deinem Zimmer, weil er so Kopfschmerzen hatte nach seiner …"

Jetzt verstummte sie wieder.

„Du weißt schon, nach seiner ‚Arbeit‘, die ihn dann plagt."

Ich tat so, als wäre das normal, dabei würde ich doch zu gerne wissen … diese Kopfschmerzen! Wir gingen alle in die Küche und ich half dann mit beim Kochen. Nachdem Robert die Rucksäcke ausgepackt hatte, verschwand er rasch nach oben. Anita war froh, nicht mehr allein sein zu müssen mit Antonia und Hilfe beim Kochen zu haben. Anita war dann so froh, dass sie den Salzstreuer, der ihr im Weg stand, runterschmiss. Ich, geistesgegenwärtig, fing ihn auf trotz meiner Verwirrtheit im Flug auf.

„Das hätte jetzt Ärger gegeben."

Antonia gab mir recht. Sie meinte dann auch, ich solle mich hinsetzen, denn ich müsste ja von der Bergwanderung sehr müde sein. Ich tat, wie sie sagte, denn es war nicht die Müdigkeit, sondern es waren meine verdammten Kopfschmerzen, die mich plagten. Anita deckte mittlerweile den Tisch. Auf der Fensterbank erschien eine Katze, eine dreifarbige, man sagt auch oft Glückskatze zu ihnen. Ich lockte sie zu mir und sie setzte sich auf meinen Schoß. Während ich sie streichelte, fing sie an zu schnurren. Einer Eingebung folgend sagte ich zu Anita.

„Ich dachte, du bist gegen Katzen allergisch, wenn sie nur einen Meter in deine Nähe kommen?"

Antonia und Anita sahen mich an.

„Woher weißt du das? Das habe ich nur Antonia erzählt oder hast du was gesagt?"

„Nein, wann sollte ich, das hast du mir erst gestern Abend gesagt bei der Stallarbeit und da war Anja nicht dabei."

Woher wusste ich das? Diese verdammten Kopfschmerzen!

„Dann bist du auch nicht richtig allergisch auf Katzen, dann hast du nur ein Problem aus der Kindheit, das du mit dir rumträgst."

Und als wolle es uns die Katze zeigen, hüpfte sie von mir runter, streckte sich, strich um Anitas Füße herum und verschwand wieder durch das Fenster, durch das sie gekommen war. Sie schaute zuerst die Katze argwöhnisch an und atmete erleichtert auf, als sie wieder verschwand. Anita und Antonia kochten fertig und jeder hing seinen Gedanken nach. Woher wusste ich das? Antonia rief dann nach oben:

„Essen ist fertig!"

Robert:

Nachdem ich die Rucksäcke ausgepackt hatte, ging ich zu Walter hinauf.

Anja hatte auch Kopfschmerzen? Hatte das was zu bedeuten?

„He Walter, wach auf! Was war hier los?"

Walter, immer noch etwas durcheinander, sagte:

„Ah, du bist schon da!"

„Ja, ich bin schon da, und du sagst mir jetzt, was hier vorgefallen ist, denn Mutter kann ich vor den anderen nicht fragen und du bist der Einzige, der was wissen könnte", forderte ich ihn schon ziemlich ungehalten. Also musste er jetzt Rede und Antwort stehen. Und er erzählte mir von seinem neuen Erlebnis. Danach wurde mir so einiges klarer, denn ich wusste diesmal mehr als Walter. Das machte mich etwas glücklicher und es wurde so einiges sonnenklar. Aber ich sagte noch nichts. Das sollte nachmittags alles aufgeklärt werden. Jetzt musste ich noch etwas für mich klären, dann konnte es losgehen. Eigentlich wollte ich mich erst am Abend entscheiden, auf dem Trachtenfest, das heute im Nachbarort stattfand, doch die Zeit ließ es nicht zu. Ich musste das schon vorher erledigen. Dann rief auch schon Mutter zum Essen. Walter blieb noch zum Essen, dann musste er nach Hause fahren. Beim Essen war eine komische Stimmung, oder täuschte ich mich? Mutter sah ständig von Walter zu mir und zu Anja. Anja legte sich nach dem Essen hin und schlief sofort ein. Ob es den anderen auch aufgefallen war, wusste ich nicht, und so setzte ich meinen Plan in die Tat um. Anita ging etwas spazieren, denn sie musste auch so einiges ordnen, was ihr durch den Kopf ging. Antonia legte sich auch etwas hin, denn der Vormittag hatte auch ihr zugesetzt. So war ich in der Küche allein. Ich setzte mich mit Papier und Bleistift bewaffnet an den Tisch und schrieb auf den einen Zettel in großen Buchstaben: MUTTER, auf den anderen GLÜCKSBRINGER und auf den dritten eine große 3. Das waren drei Punkte. Die Drei ist immer wieder ausschlaggebend. Drei Gemeinsamkeiten mit Mutter, überlegte ich. Witwe, schrieb ich hin, Blumen, fiel mir noch ein und genau, die Anfangs- und Endbuchstaben. Mit den Glücksbringern konnte ich nichts anfangen, dazu fiel mir nur das Hufeisen ein. Mehr wusste ich nicht, aber es müssten drei sein. Verdammt noch mal, es war schwieriger, das alles zu bewältigen, als ich zuerst dachte. Drei, was war alles mit drei? Ich fing mit dem ersten Tag der Ankunft an. Anja war die Dritte, die ankam, obwohl sie als Erste kommen wollte, mit drei Stunden Verspätung. Sie hatte drei Kinder, mit drei Jahren Altersunterschied, und sie war seit drei Jahren Witwe. Alle hatten die Drei in ihrem Alter. Schön langsam bekam ich den Zettel voll. Die drei Kälbchen im Stall nicht vergessen! Der dritte Buchstabe für die Kälbchen. Funken fiel mir dann noch ein, genau das waren auch drei, der erste bei der Ankunft, der zweite im Stall und der dritte am Abend. Ich hörte ein Auto kommen, das dürfte Walter sein, der sich schon für das Fest umgezogen hatte. Er wusste ja, dass ich mit allen da hingehen wollte und mich dann entscheiden will. Nur dass die Entscheidung schon bald fallen würde. Walter fand mich grübelnd am Tisch.

„Was machst du da?"

„Ich suche mein Glück, dabei brauche ich ja gar nicht mehr zu suchen, denn ich weiß schon, wer es ist, nur komme ich mit deinen Weissagungen nicht klar. Denn es gibt da noch ein paar Kleinigkeiten, die ich vorher bereinigt haben will."

„Vielleicht kann ich dir weiterhelfen. Ich habe da noch einen Spruch von der Wahrsagerin bekommen, den ich mir für den Schluss aufgehoben habe, da er sonst für noch mehr Verwirrung gesorgt hätte."

„Walter!", rief ich unwirsch.

Ich wurde aber sofort leiser. Aber durch den Schrei angelockt kam Mutter in die Küche, wo Walter gerade einen Zettel auspackte und ich nervös auf der Bank herumrutschte.

„Was ist denn hier los, warum schreist denn so herum?"

„Weil Walter einige Details für sich behält! Statt es mir zu sagen, damit ich mich vielleicht leichter täte!"

Ich schlug Walter freundschaftlich auf die Schulter. Der setzte sich zu mir auf die Bank und wollte gerade anfangen, als auch Anita hereinkam. Sie sah überrascht von einem zum anderen und merkte, dass was im Busche war.

„Ist hier eine Familiensitzung, dann gehe ich wieder", sagte sie im Spaß, um die Situation aufzulockern.

„Nein, du kannst schon bleiben. Geht dich ja auch an, was jetzt kommt."

Walter wollte gerade anfangen vorzulesen, als wir ein Auto auf der Zufahrt hörten.

„Wer kommt denn jetzt?", fragte ich wieder ungehalten.

Antonia war bei dem Geräusch nervös geworden. Denn mittlerweile kannte sie schon Franzls Auto. Der dann auch frisch-fröhlich im besten Sonntagsstaat hereinkam.

„Da sind ja schon alle beisammen, dann gibt es schon Kaffee und Kuchen?"

Antonia wurde rot und um Robert das Wort abzuschneiden, weil er gerade so böse dreinschaute sagte sie:

„Ich habe ihn zu Kaffee und Kuchen eingeladen."

Er blieb dann auch gleich verstört zwischen Küchentür und Anrichte stehen, um, wenn es nötig wäre, die Flucht zu ergreifen.

„Na gut, sind wir dann alle da?", fragte ich wieder mürrisch von einem zum anderen.

Anita hob ganz zaghaft die Hand, wie in der Schule, und als ich sie ansah, fragte sie:

„Anja würde eigentlich noch fehlen."

„Nein, die brauchen wir jetzt nicht, sie soll sich noch ausruhen, sie brauche ich erst später."

Somit sah ich Walter an, der jetzt anfangen konnte, das Gedicht vorzulesen. Er musste vorher noch erklären, worum es ging, damit auch alle Bescheid wussten.

„Als ich das letzte Mal bei meiner Wahrsagerin war, hat sie mir noch einen Spruch mitgegeben, von dem ich nichts sagte, damit nicht Verwirrung oder Spannung aufkommt, den werde ich jetzt vorlesen. Sie sagte auch, dass wir, also Robert und ich, die gleiche oder eine gemeinsame Vergangenheit haben, darum ist unser Schicksal jetzt auch verknüpft. Den ersten kennt Robert schon und der gehört zum zweiten."

Jeder wartete gespannt, man konnte die Spannung direkt spüren.

„Mit 3 fängt das Glück an,
die Glücksbringer kommen bald alsdann
3-mal die „3", dann kommt das Glück herbei."

„Okay, das mit den ‚Dreien' bekomme ich so halbwegs hin."

Und ich sagte, was sie schon mit meiner Mutter gemeinsam hatte.

„Ich bin seit neun Jahren Witwe, dreimal die drei."

„Wie viele Voraussagen hatte sie? Bei mir war es eine", sagte Walter.

„Bei mir auch eine, nein, zwei, die am Freitagabend und die gestern in der Almhütte, wenn man die auf der Brücke dazu nimmt, dann sind es sogar drei."

„Nein, das war etwas anderes."

„Bei mir war auch etwas, sie wusste das von der Katze, obwohl ich es ihr nicht gesagt habe und auch kein anderer."

Ich schrieb alles brav mit.

„Und was ist jetzt mit den Glücksbringern?"

„Dazu komme ich jetzt. Ich lese immer einen Absatz vor und du oder ihr sagt, ob es stimmt." Jeder nickte.

Das Kleeblatt im Haar,
Den Marienkäfer in der Hand,
Die „Drei" zu Mutters Füßen.

Ich schrieb brav mit.

„Kleeblatt?"

Ich sah in die Runde, keiner wusste was.

„Marienkäfer?"

„Ja, der hat sich alleine auf ihre Hand gesetzt, als wir bei den Blumen oben waren", meldete Antonia sich zu Wort.

„Was bedeutet Drei zu ihren Füßen? Jeder sah jeden an. Da begann Franzl zu lachen.

„Was gibt es da zu lachen?", fragte ich ihn.

„Na die Drei zu Mutters Füßen!"

Alle sahen ihn verwirrt an.

„Na die „drei" Kälbchen! Zur Mutterkuhs Füßen, zu Mutter Antonias Füßen und zu Mutter Anjas Füßen. Es standen drei Mütter für drei Kälbchen da."

Er hatte damals das Gespräch nicht mitbekommen, aber doch die Wahrheit herausgefunden.

„Genau!"

Damit hakten wir die „Drei" ab. Walter las weiter.

„Den Pilz auf dem Kopf,
Den Schornsteinfeger im Arm,
Das 13. Schwein hat Glück sodann."

„Den Pilz weiß ich auch, aber dass der ein Glücksbringer ist?", sagte ich.

„Nein, ein Fliegenpilz wird ja oft als ein Glückpilz genommen", sagte Anita.

„Und sie hat ja auch dabei gesungen „Singing in the rain" oder so. Und Regen bringt ja auch Glück, oder?", sagte da Franz. Ganz langsam nahm alles Form an.

„Schornsteinfeger? Wo war denn ein Schornsteinfeger, der kommt ja erst im Herbst."

Jetzt lachte Antonia und ich sah sie verwirrt an.

„Der kommt öfter, als du glaubst zu uns, aber das kannst du ja nicht wissen. Toni der Nachbar war früher Rauchfangkehrer."

Franz stimmte dem zu.

„Und Anja fiel ihm buchstäblich in die Arme, als sie euch suchen wollte."

Ich lachte.

„Abgehakt und das 13. Schwein weiß ich!"

Jetzt war ich dran zu erzählen, denn dafür hatte sich leider noch keine Zeit gefunden. Und ich erzählte, was sich im Stall vom Toni abgespielt hatte. Danach waren auch die anderen schlauer.

„Das Hufeisen auf dem Kopf,
das Salz in der Hand,
Die Glückskatze auf ihrem Schoß."

Jeder überlegte, wo denn ein Hufeisen gewesen wäre.

„Hufeisen abgehakt", sagte wieder ich.

„Salz?"

„Wo war ein Hufeisen?", fragte zuerst Antonia.

„Auf der Almhütte."

Als mich alle neugierig ansahen, musste ich auch das erzählen, was sich oben zugetragen hatte.

„Salz?"

„Das habe ich aus Versehen runtergeschmissen und Anja hatte es aufgefangen", erzählte Anita und Antonia bejahte.

„Glückskatze?"

Anita und Antonia lachten gemeinsam. Antonia erzählte.

„Du kennst ja unsere Susi, die dreifarbige Katze, die sich nicht streicheln lässt. Man sagt ja zu denen auch Glückskatze, die saß heute Vormittag auf Anjas Schoß! Und das ganz freiwillig, als wäre es das Normalste auf der Welt."

Das verblüffte mich auch sehr. Nachdem ich es abgehakt hatte, sah ich wieder zu Walter.

„Bei diesen Glücksbringern bleibt die Liebe dreifach liegen."

So, das war der letzte Satz. Ich sah Walter an.

„Dreifach liegen? Wir sind ja nur zwei Männer!"

Walter sah sich in der Runde um.

„Ach wirklich?"

Ich folgte seinem Blick. Er ging zu Franz, dann zu Antonia. Ach ja, mit denen musste ich ja auch noch ein Hähnchen rupfen. Anita sah vertraulich zu Walter.

Ich lehnte mich zurück und sagte: „Ist da was, was ich noch nicht weiß?"

Franz und Antonia wurden verlegen. Franz trat von einem Bein auf das andere und sah hilfesuchend zu Antonia.

„Mutter?"

„Es ist nichts!"

Das sagte sie ein wenig zu schnell, denn sie wollte damit erst rausrücken, wenn Robert in festen Händen war.

„Mutter?", fragte ich noch mal eindringlicher. „Jetzt ist nicht die Zeit für Geheimnistuerei."

Antonia sah Franz an, der nickte ihr zu.

„Also, das ist so. Franz und ich sind uns in den letzten Tagen etwas nähergekommen. Weil wir draufgekommen sind, dass da vielleicht mehr ist", gab sie zur Antwort.

„Nähergekommen heißt das jetzt", rutschte es Walter raus.

Anita sah erschrocken zu Walter und auch Franz und Antonia sahen ihn an. Dann erzählte er ,sein' oder besser gesagt ihr, Anitas und sein kleines Geheimnis, das er und Anita gestern Abend beobachtet haben. Franz und Antonia wurden rot. Zuerst sah ich alle überrascht an, dann fing ich an laut zu lachen.

„Und jetzt sagt nicht, dass ihr auch gemeinsam in einem Zimmer geschlafen habt."

Diesmal wurden Anita und Walter auch rot. Ich wusste nicht, was ich sagen sollte. Ich fing dann noch mal zu lachen an. Ich konnte es nicht mehr zurückhalten. Keiner wusste, was jetzt los war. Ich erlöste sie.

„Du kannst deine Anita schon behalten. Sie hat mir ja beim Zwei-Augen-Gespräch gestanden, dass sie sich mittlerweile ihn jemanden verliebt hätte, aber dass du es bist, hätte ich jetzt nicht gedacht. Aber deine Wahrsagerin sagte ja, finde ich meine große Liebe, findest du auch deine! Also keine Bange! Und jetzt gehe ich Anja wecken."

Währenddessen stand ich auf und bei der Tür blieb ich kurz stehen.

„Ich darf das erste Mal Anja wecken. Das gibt es ja nicht, oder?"

Und zu Franz gewandt sagte ich: „Du darfst schon zu deiner Antonia gehen, hab nichts dagegen."

Walter fragte dann noch:

„Wieso das erste Mal wecken? Du hast sie ja eh jeden Tag geweckt, deine Damen."

„Nein, Anja nicht, jetzt hat sie dreimal hier geschlafen …", dabei musste ich lachen, weil schon wieder die Drei dabei war, „… und nie konnte ich sie wecken, weil sie schon immer aufgestanden war. Auch heute in der Almhütte."

Ich lachte noch mal und verschwand nach oben.

Er ging leise in mein Zimmer, denn er wollte mich nicht erschrecken.

„Hallo Anja", sagte er leise und rüttelte mich vorsichtig. Ich schlug die Augen auf, drehte mich um und sah in Roberts Augen.

„Würdest du bitte aufstehen und hinunterkommen? Es gibt etwas zu besprechen."

„Ja, mach ich."

Ich setzte mich mit einem Ruck auf und … die verdammten Kopfschmerzen waren wieder da. Ich griff mit beiden Händen an meinen Kopf.

„Was ist? Was hast du?", fragte Robert besorgt.

„Nichts. Ich dachte nur, die Kopfschmerzen wären schon weg. Ich komme gleich runter. Ich will mich nur noch etwas frisch machen."

Er sah mich noch etwas besorgt an und verschwand dann doch nach unten. Ich nahm aus einem Impuls heraus mein Buch, das ich eigentlich lesen wollte, wenn ich Zeit hätte und in dem sich das Kleeblatt befand, ging ins Bad und sah mich im Spiegel an. Ich dachte, ich sehe eine total müde und abgespannte Anja im Spiegel. Aber nein, ich sah besser aus, als ich mich fühlte. Ich wusch mir das Gesicht mit kaltem Wasser, damit es mich erfrischt und ging dann runter. Unten warteten sie schon alle. Franz stand neben Antonia am Fenster. Anita saß neben Walter auf der Bank und Robert stand mit einem Zettel daneben.

„Ist was los, weil ihr alle so erwartungsvoll dasteht?"

„Ja, wir warten nur noch auf dich. Zur Lösung des letzten Rätsels, das noch offen ist", sagte Robert und jeder sah gespannt auf mich und auf ihn. Was sich in den letzten zwei Stunden getan hatte, wusste ich nicht.

Er rückte mir einen Stuhl zurecht, auf den ich mich setzen konnte.

„Zuerst einmal muss ich das mit der Brücke auflösen, bevor ich das andere angehen kann."

Ich klammerte mich schutzsuchend an mein Buch.

„Anja", sagte er eindringlich, „du weißt noch, was heute bei der Brücke passiert ist?"

„Ja, sicher."

„Gut. Dann hör zu, was Walter dazu zu sagen hat. Walter, also fang an zu erzählen, was hier unten passiert ist, während wir oben an der Brücke waren."

Ich sah Walter an und der fing an zu erzählen. Er konnte alles berichten, was auch ich gesehen hatte. Mir wurden die Knie weich. Wenn ich gestanden hätte, wäre ich sicher umgekippt. Walter endete mit der Ausführung:

„... und da ich wie Robert bei der Bergwacht bin, weiß ich, wie man sich in diesem Fall zu verhalten hat und irgendwie waren wir verbunden. Und wie ich schon vorhin sagte; Robert und ich haben eine gemeinsame Vergangenheit, von ganz früher her und die verbindet uns noch jetzt."

Jetzt war es still und keiner traute sich laut zu atmen. Ich sah nur Walter an. Ich musste das noch verarbeiten. Robert hockte sich zu mir.

„Hast du mitbekommen, was da passiert ist?"

Ich sah ihn wie aus weiter Ferne an und sagte:

„Ja, ich war nicht alleine auf der Brücke. Ich hatte einen Schutzengel, einen Schutzengel namens Walter."

Er lächelte mich an und nahm es so hin, obwohl er auf eine andere Antwort gewartet hatte.

„Dann gibt es noch was zum Abklären. Walter wird dir was vorlesen und du gibst immer eine Antwort darauf. Okay?"

„Okay."

Diesmal hielt Walter einen Zettel in der Hand und las vor. Die Kopfschmerzen wollten auch nicht aufhören und ich musste mich stark konzentrieren.

„Das Kleeblatt im Haar ..."

Jeder sah mich an und wartete ...

„Das fand ich beim ersten Grünfutterholen und steckte es mir ins Haar."

„Der Marienkäfer in der Hand ..."
„Der setzte sich freiwillig auf meine Hand oben bei den Blumen, Antonia war dabei."

„Die Drei zu Mutters Füßen."
Ich sah sie fragend an. Ich wusste selber nicht, was das zu bedeuten hatte.
Franz sagte mir etwas vor: „Kälbchen".
„Ach ja, unsere drei Kälbchen. Cäsar für Mutter Kuh, Cecilie für Antonia und Cenzi für mich."
„Dritte Geburt, dritter Buchstabe", sagte da Antonia.
Robert winkte ab, damit Walter weiterlesen konnte.

„Den Pilz auf dem Kopf ..."
Den hat doch Franz mitgebracht, den Riesen fast wie ein Regenschirm.

„Den Schornsteinfeger im Arm ..."
Ich sah sie wieder fragend an. Antonia klärte mich auf.
„Der Nachbar war früher Rauchfangkehrer."
„Dem ich in die Arme gefallen bin?"
„Ja."

„Das 13. Schwein hat Glück sodann ..."
„Och, mein Schweinchen, das der Bauer schon abschreiben wollte."

„Das Hufeisen auf dem Kopf ..."
„Das habe ich mir heute in der Früh selber an den Kopf geschmissen."
Und griff mir auf den Kopf, wo ich immer noch die Beule spürte.

„Das Salz in der Hand ..."
„Salz?"

Nachdem mir Anita ein Zeichen gegeben hatte, fiel es mir wieder ein.

„Oh ja, das hatte Anita aus Versehen runtergeschmissen."

„Die Glückskatze auf ihrem Schoß."
„Ja, die Katze heute Vormittag."

Jeder atmete tief durch und ich wusste immer noch nicht Bescheid.

„Anja? Wo ist das Kleeblatt?", fragte Robert und hockte sich wieder zu mir. War das jetzt seine einzige Sorge? Ich wollte schon sagen, das ist oben in meinem Buch, da kam ich drauf, dass ich mich immer noch am Buch festhielt, es die ganze Zeit im Arm hatte, als müsste ich es beschützen. Ich sah es an, schlug es auf und als wüsste das Buch, was ich wollte, schlug es genau die Seite auf, wo sich das Kleeblatt befand.

„Habe ich jetzt was gewonnen?", fragte ich von einem zum anderen sehend. Die Kopfschmerzen wurden immer unerträglicher.

„Ja", sagte Robert, „mich!"

Er zog mich hoch, legte das Buch beiseite und sah mir in die Augen, hielt mich an den Händen und fragte: „Anja, willst du meine Frau werden?"

Ich starrte ihn nur an, mein Herz pochte wie wild und … meine Kopfschmerzen waren wie weggeblasen, als hätten sie nur auf diese Frage gewartet. Robert sah mich an und wartete.

„Könntest du die Frage bitte noch einmal stellen? Denn ich will sie bewusst hören. Denn jetzt sind endlich meine Kopfschmerzen weg."

„Und meine auch!", hörten wir Walter sagen.

Robert sah mich an, lächelte, ging in die Knie, hielt weiter meine Hände und fragte noch einmal:

„Anja. Ich frage dich noch einmal vor diesen Zeugen, willst du meine Frau werden?"

„Jaaaaaa!"

Sofort stand er auf und … küsste mich. Auf diesen Kuss hatte ich schon so lange gewartet. Es war, als hätte ich Flügel bekommen. Es war, als wäre es nie anders gewesen. Im Hintergrund hörte ich es klatschen. Wir kamen dann aus weiter Ferne zurück, sahen uns glücklich in die Augen. Dann hielt er mich noch fest in seinen Armen.

„Dürfen wir auch gratulieren?"

Walter klopfte auf Roberts Schulter.

„Eine Zeit lang dachte ich schon, wir wären das Pärchen, weil wir einen ‚Draht' zueinander hatten. Weil auch du in die Zukunft blicken konntest."

Ich löste mich von Robert, ging zu Walter und sagte:

„Wenn ich es dir übertragen könnte, würde ich es gerne tun."

Dann fasste ich mit beiden Händen an seine Oberarme und er erstarrte kurz. Ich erschrak mich und zog sofort meine Hände wieder weg. Auch Anita und Robert sahen gebannt auf Walter. Der erholte sich schnell und sagte:

„Was war das denn? Als würde mich ein Blitz treffen."

Anita stand erschrocken auf und griff nach Walter, der wieder kurz zusammenzuckte.

„Was ist mit dir?", fragte Anita besorgt.

Er sah sie glücklich an und antwortete:

„Nichts, gar nichts. Ich habe nur in die Zukunft gesehen. In deine Zukunft, und die deine ist auch die meine."

„Was hast du gesehen?"

„Dich in einem weißen Brautkleid! Und viele, die unsere Hochzeit mitfeiern."

Er kürzte es ab, denn er hatte noch ein bisschen mehr gesehen, aber das behielt er für sich.

„Also hat es sich bewahrheitet, was die Wahrsagerin gesagt hat. Du brauchst sie nicht mehr", sagte Robert. Alle waren auf einmal glücklich.

„So und jetzt geht es ab zum Trachtenfest!", sagte Robert laut und vernehmlich.

„Ach, muss ich da wieder ein Dirndl anziehen?", jammerte Antonia.

„Du wirst die Hübscheste sein", schmeichelte Franz seiner Antonia. Sie tat verlegen und wehrte es ab.

„Das heißt, ich muss meinen Koffer noch holen", stellte ich fest.

„Ja sicher, aber ich helfe dir dabei", sagte Robert.

Während wir zu meinem Auto gingen, um den Koffer zu holen, zogen sich auch Antonia und Anita um. Franz und Walter waren ja schon angezogen. Vor lauter Kuscheln und Küssen wären wir beinah nicht fertig geworden und die anderen zogen uns schon auf. Wir genossen es. Ich musste mich ja auch noch duschen. Robert als Mann war da ja schneller. Die Haare föhnte ich mir rasch und steckte sie dann wieder auf. Da wir dadurch länger brauchten, fuhren die anderen schon voraus. Zuerst Antonia mit Franzl. Danach waren auch Walter und Anita fertig und wir bildeten das Schlusslicht. Als ich die Treppe runterkam, wartete Robert schon fix und fertig, in doppeltem Sinn, auf mich. Er sagte nichts, aber dafür pfiff er anerkennend durch die Zähne. Unten angekommen drehte ich mich einmal um die eigene Achse, damit er auch alles bewundern konnte. In so einem Sonntagsstaat hatte er mich ja noch nicht gesehen.

„Ich glaube, ich habe die schönste Frau auf dem Trachtenfest, alle werden mich beneiden."

Er zauberte hinter seinem Rücken eine weiße Rose hervor.

„Ein Kleeblatt ist es zwar nicht, aber es passt sogar farblich zu deinem Kleid."

Ich hatte ein dunkelblaues, mit weißen Blüten bedrucktes Kleid und einer dunkelblauen Schürze an. Ich brauchte die Rose nur noch ins aufgesteckte Haar zu stecken. Sie war schon kurz geschnitten.

„Ich hatte gehofft, dass du dir die Haare wieder aufsteckst."

Zum Dank bekam er noch einen Kuss.

„Am liebsten würde ich jetzt gar nicht aufs Fest fahren, sondern lieber mit dir alleine sein, dabei hatte ich mich schon so darauf gefreut. Eigentlich wollte ich mich auf dem Fest entscheiden, doch es kam alles ganz anders."

„Das ist immer so! Der Mensch denkt und Gott lenkt."

„Nein, ich glaube, diesmal war eher das Schicksal daran schuld!"

„Ist ja egal, wer schuld ist, Hauptsache wir haben uns gefunden! So und jetzt will ich tanzen gehen!"

„Na, wenn du gehen willst, das ist ziemlich weit", neckte er mich. Wir fuhren dann doch zum Fest, denn die anderen warteten schon auf uns. Als wir schon ein Stück gefahren waren, etwa da, wo ich ihn damals mit dem Traktor überholt hatte, wollte ich ihn fragen.

„Wann wusstest du …"

Und er fragte zur selben Zeit …

„Wann wusstest du …"

Wir mussten lachten. Jeder hatte den gleichen Gedanken. Er ließ mir den Vortritt.

„Wann wusstest du, dass ich die Richtige bin?"

Er sah mich kurz an, sofern es beim Autofahren ging.

„Gleich, als ich dich begrüßt hatte. Denn ich habe mir immer gedacht, wenn ich die Richtige finde, müssen gleich die Funken sprühen. Und das hatte es ja dann auch, oder?"

„Oh ja, das hatte es! Und immer war das Auto schuld."

Ich lachte.

„Nein, der zweite war im Stall und da war kein Auto."

Ich dachte nach, ja, das stimmte.

„Ja, stimmt, du hast recht."

Wir hingen wieder unseren Gedanken nach, da summte etwas in meiner Tasche. Robert sah mich überrascht an. Zuerst wusste ich auch nicht, was das sein konnte, doch dann fiel mir mein Handy ein, das ich sicherheitshalber eingesteckt hatte. Ich zeigte ihm das Handy und sagte:

„Das Zeitalter der Mobiltelefone hat angefangen."

Eine Anspielung darauf, dass wir oben auf dem Berg unerreichbar waren. Ich sah, wer mich anrief, und sagte gleich.

„Hallo Schatz! Was gibt es? Habt ihr mich schon sehr vermisst? … Ja, schön für mich. … Ja, es gibt was Neues? Was denn? …Wirklich? … Wirklich, das freut mich echt! Ich gratuliere euch! …Wieso ich mich nicht gemeldet habe? Hatte viel zu tun und auf dem Berg war kein Empfang. Aber das erzähle ich euch, wenn ich wieder zu Hause bin. Tschau! Grüß alle schön!"

Ich legte auf und das Handy wieder in die Tasche. Dann sah ich zu Robert, der ganz böse dreinschaute.

„Was ist los? Du schaust so böse."

Er sah mich von der Seite an.

„SCHATZ? Wer ist dein Schatz?"

Zuerst sah ich ihn verdattert an, doch dann wurde mir bewusst, was los war. Ich konnte nicht anders, ich musste lachen, die Sache war zu komisch, aber er konnte das ja nicht wissen.

„Was gibt es da jetzt zu lachen?", fragte er mich schon fast wütend. Und da hätte er bald das Auto in den Graben gefahren. Bei der nächsten Seitenstraße fuhr er hinein und stellte das Auto ab. Ich scherzte immer noch.

„Jetzt war aber kein Funke da, dass ich aussteigen muss."

„Du weißt genau, was ich meine. Wer ist Schatz? Hast du noch einen Freund, von dem ich nichts weiß. Spielst du ein doppeltes Spiel?"

Er war schon ziemlich auf Touren.

„Bist du gar schon eifersüchtig?"

„Anja, bitte bleib ernst."

Denn er konnte sehen, dass ich mir das Lachen nicht verkneifen konnte.

„Einen Freund? Nein sogar zwei und eine Freundin."

Ich wartete seine Reaktion ab. Das hatte er nicht erwartet und war überrascht.

„Du wirst mich immer teilen müssen. Mit zwei Jungs und einem Mädchen."

Er starrte mich an, dann wurde ihm klar, was ich meinte.

„Deine Kinder!", sagte er befreit und ließ den Kopf auf das Lenkrad fallen.

„Ich Idiot! Aber wieso sagst du Schatz zu deinem Kind?"

„Weil sie meine Schätze sind. Jeder ist ein Schatz!"

„Tut mir echt leid", sagte er zerknirscht. „Ehrlich gesagt, weiß ich ja wirklich nicht viel von dir."

Ganz zärtlich sagte ich dann: „Es tut mir auch leid, doch es ist das Normalste auf der Welt für mich, meine Kinder so zu nennen. Aber daran musst du dich leider gewöhnen."

Ich gab ihm einen Kuss.

„Wie heißen sie denn eigentlich, deine ‚Schätze'?"

„Christian, Christina und Christoph."

Erst da wurde mir klar, dass die ja auch mit dem dritten Buchstaben im Alphabet anfangen. Er sah mich verblüfft an.

„Echt?"

„Ja, echt. Sind 23, 20 und 17 Jahre."

„Ok, dann erzählst du mir mehr, während wir fahren."

Ich stoppte ihn, denn er wollte schon starten. „Nein, ich muss dir was erzählen und das ist während der Fahrt schlecht."

„Was denn? Was Schlimmes?"

„Nein, was Schönes! Zumindest für mich, wie es für dich ist, weiß ich nicht."

„Und was ist es?", fragte er neugierig.

Ich überlegte, wie ich es sagen sollte.

„Wenn du mich heiratest wirst du sozusagen der Vater, wenn auch der Stiefvater meiner Kinder. Ja?"

„Ja und weiter?"

Wenn meine Kinder Kinder bekommen, werde ich Oma."

„Ja und?"

„Dann würdest du Stiefopa werden, oder?"

„Ja, würde ich werden."

„Herzlichen Glückwunsch, du wirst Stiefopa!"

So, jetzt war es raus. Er sah mich immer noch an. Ich glaube, in der Situation wären wir sicher in den Graben gefahren.

„Du wirst Oma?"

„Ja, ist das nicht schön? Zumindest für mich. Wie es für dich ist, weiß ich nicht. Aber sie werden sicher nicht Vater oder Opa sagen. Also keine Sorge."

Er musste das alles erst mal ordnen.

„An so was habe ich ja noch gar nicht gedacht! Wenn wir heiraten, und das hoffe ich doch, werde ich ja dann sozusagen Vater und dann auch gleich Großvater. Ich glaube, das überlege ich mir noch", sagte er dann doch verschmitzt.

„Gibt es noch was oder kann ich jetzt weiterfahren?"

„Nein, du kannst jetzt weiterfahren, ohne dass du fürchten musst, in den Graben zu fahren."

Doch ich hielt ihn noch kurz zurück. Er sah mich überrascht an. Ich zog ihn zu mir und gab ihm einen Kuss, den er sofort erwiderte.

„Ich glaube wir sollten fahren. Puhhh"

Er startete das Auto und da fiel mir erst auf …

„Du, war das nicht die Stelle, wo wir Freitagabend stehen geblieben sind? Ich kann mich noch gut an den Baum und den Holzstoß erinnern."

„Ja, stimmt. Daran kannst du dich erinnern, obwohl du weggetreten warst?"

„Weggetreten? Was war da?"

Und so erzählte er mir, während wir zu dem Fest fuhren, von Walter, von den Vorahnungen, dem Gedicht, den Funken und das er aufpassen musste, was ich sage. Ich war ganz überrascht. Jetzt spielte ich die Beleidigte.

„War noch was? Wo ich weggetreten war?"

„Außer der Situation auf der Brücke nur in der Almhütte gestern Abend."

Ich sah ihn von der Seite her skeptisch an.

„Nein ehrlich, mehr war nicht. Oder du nimmst das mit der Katze noch dazu."

Jetzt sagte ich nichts mehr, das musste ich erst verarbeiten.

Nach einer Weile sagte er: „Jetzt darfst du mir mal was von dir erzählen, damit ich mich nicht wieder so blöd anstelle."

Und so erzählte ich ihm etwas, wovon ich dachte, dass es wichtig wäre, aus meinem Leben. Hin und wieder gab er dann auch von seinem Leben etwas preis, wenn es dazu passte. Ich merkte, wir hatten uns noch viel zu erzählen. So verging rasch die Zeit und wir waren dann auch schon da. Ich glaube, wir wären uns einig gewesen, wenn die Fahrt länger gedauert hätte, hätte es uns auch nichts ausgemacht. So suchte er einen Parkplatz, was sich ziemlich schwierig gestaltete, denn es war schon einiges los. Mit viel Glück fanden wir dann einen guten, stiegen aus und gingen zum Fest. Einige Leute begrüßten ihn und manche Männer machten ihm ein Kompliment wegen seiner hübschen Begleiterin. Da wurde ich dann doch schon ein wenig rot. Bei der großen Menschenmenge wurde es schwierig, die anderen zu finden, doch die hielten schon lange Ausschau nach uns und winkten uns zu, als sie uns sahen. Wir wurden mit einem großen Hallo begrüßt und die Männer schmeichelten mir wieder, denn die hatten mich ja auch noch nicht im Sonntagsstaat gesehen. Auch die Frauen sprachen ein Lob aus. Natürlich lobte auch ich ihre Dirndln. Eine Kellnerin kam dann auch schon vorbeigeschossen, die wir gleich aufhielten und etwas bestellten. Und damit es sich lohnte, bestellten auch gleich die anderen mit, denn ihre Gläser waren schon ziemlich leer.

„Wo wart ihr denn so lange?", fragte dann auch schon Walter, der am neugierigsten schien.

„Ach, wir hatten so viel zu bereden, dass wir gar nicht weitergekommen sind und außerdem musste ich mit Anja noch ein Kind machen!", erzählte Robert wild drauflos, um die anderen etwas zu ärgern. Alle lachten, denn es nahm ihn keiner ernst.

„Apropos Kinder", sagte ich.

„Wenn Robert und ich heiraten, dann wird Robert doch automatisch Vater, oder?"

„Ja", stimmte mir da ein jeder zu.

„Und Antonia Oma."

Wieder nickten sie.

Antonia war davon weniger begeistert, konnte aber trotzdem nichts dagegen tun.

„Und wenn meine Kinder, Kinder kriegen, wird Antonia Uroma."

Jetzt mussten wieder alle lachen und Antonia wehrte ab.

„So alt bin ich noch gar nicht für eine Uroma."

„Ich bin auch noch nicht so alt für eine Oma und werde es trotzdem schon. Und neben mir habe ich dann auch schon einen Opa!"

Jetzt war Robert wieder etwas verlegen, denn er dürfte das noch nicht ganz verarbeitet haben. Die anderen sahen sich an und mussten das auch erst verarbeiten. Zuerst kam Bewegung in Franz.

„Dann habe ich eine Uroma zur Freundin? So was Altes habe ich mir da angelacht?", fragte er scherzhaft.

Antonia wusste nicht, wie ihr geschah.

„Dass meine Mutter mal sprachlos ist, habe ich noch nie gesehen."

Somit war das Eis gebrochen und jeder lachte.

„Seit wann weißt du das denn?", fragte Walter neugierig.

„Seit einer halben Stunde. Mein Sohn hat mich angerufen."

Und wie alt ist er und hast du noch andere Kinder?", fragte diesmal Franz.

Meine Kinder sind 23, 20 und 17 Jahre und heißen Christian, Christina und Christoph."

Walter stieß Robert an und sagte:

„Alle DREI mit C, Dritter Buchstabe, sogar mit CH und dann noch drei Jahre auseinander. Und wann haben sie Geburtstag?"

„Am 3. März."

„Ja, der Älteste und die anderen?", bohrte Walter nach.

„Am 3. März. Sagte ich doch schon!"

„Robert, hast du das gehört! Dreimal Drei! Dreimal Drei, dann kommt das Glück herbei! Wenn das kein Zufall ist, dann gehe ich heute nackt tanzen."

Da stieß ihn Anita in die Seite.

„Aua! Stimmt doch", meinte er nur.

„Und wann hast du eigentlich Geburtstag?", fragte er gleich nach.

Ich sah ihn kurz an und antwortete:

„Am 06.06."

Neben mir fing Robert an zu husten, weil er sich verschluckt hatte.

„Na, na, was ist denn?", fragte ich ihn.

„Wann hast du Geburtstag?", hakte er noch mal nach.

Ich dachte, er hätte es nicht gehört und sagte erneut: „Am 06.06."

Alle am Tisch, außer mir, Franz und Anita, lachten.

„Was ist?"

Ich sah Antonia an, die noch die Ruhigere war. Da sagte auch schon Robert:

„Ich habe auch am 06.06. Geburtstag!"

Jetzt verstanden auch wir. Nun wurde auch Anita neugierig.

„Wann hat denn eigentlich meiner Geburtstag?"

„Och, ich bin ein totales Faschingskind. Hatte zwar bei der Geburt nicht so viel Glück, doch im Leben schon. Darum habe ich auch immer so viel Spaß trotz meiner Veranlagung. Ich bin genau am 11.11. um 11:11 Uhr geboren."

Jetzt wurde Anita etwas bleich um die Nase und Walter fragte sie dann auch schon.

„Sag jetzt nicht, du hast auch am 11.11. Geburtstag?"

Sie sah etwas überrascht in die Runde und sagte so leise, dass es kaum jemand hören konnte. „Am 12.12."

„Wie bitte?", fragte Walter nach.

Dann sagte sie etwas lauter: „Am 12.12. um 12:12 Uhr."

Plötzlich war es ganz still, denn das konnte ja nicht sein, oder? Jetzt war es an Franz und Antonia noch zu sagen, wann sie Geburtstag hatten. Robert fragte dann auch schon.

„Na ja, von meiner Mutter weiß ich ja das Geburtsdatum, aber von dir noch nicht, Franz."

„Wann hat denn meine Holde?", fragte da auch schon Franz.

„Am 02.07.", sagte sie dann etwas verschämt, denn der war ja bald. Jetzt lachte auch Franz.

„Sag ja nicht, du hast auch am 02.07. Geburtstag?", fragte Robert.

„Nein, aber dreh es um, und dann hast du meines. Ich habe am 07.02. Geburtstag!"

„Und wir haben schon wieder die 9! Drei mal drei", rutschte es mir raus. Momentan wusste keiner, sollte er lachen oder sich still verhalten. Da kam dann zu unserer Rettung auch schon die Kellnerin mit den Getränken. Die erste Runde zahlte Franz. Und damit die Stimmung wieder aufgelockert wurde, sagte Robert:

„Herr Burger, das müsste aber nicht sein!"

„Doch, auf dass du bald Vater wirst und Antonia zur Oma und nicht Uroma."

Zu Antonia gewandt.

„Geht doch in Ordnung, Herr Bauer?"

Er prostete Robert zu, er machte so weiter, wie Franz angefangen hatte.

„Herr Berger, Prost! Prost auch den Damen, nur weiß ich nicht die Familiennamen."

Ich sah von einem zum anderen. Bauer, Berger und Burger und da sagte dann auch schon Anita, die sich das Lachen nicht mehr verkneifen konnte: „Prost, Binder"

Jetzt wussten alle nicht, war es Scherz oder wahr? Alle sahen mich an.

„Ok, schuldig, ich heiße Bogner und vor meiner Ehe Pauer, mit hartem P. Prost auf die B's." Und schon lachten alle wieder. Der Bann war gebrochen, aber es war alles sehr übersinnlich angehaucht, was sich hier tat. Von dem Lachen angelockt, kam der Bürgermeister daher. Wir mussten uns schon die Tränen aus den Augen wischen.

„Was ist denn hier so lustig an eurem Tisch? Darf man mitlachen?"

Und zu Robert gewandt:

„Hast du dir schon eine Braut ausgesucht?"

In so einem kleinen Dorf spricht sich so was schnell rum.

„Wie sieht es denn aus?"

Er drückte mich demonstrativ an sich, die anderen machten es ihm nach, so als wollte jeder sagen: Finger weg, die gehört mir.

Der Bürgermeister sah in die Runde und meinte:

„Also unglücklich ist keiner von euch, wenn man euch so lachen hört."

„Nein, wir sind gerade erst Großeltern geworden."

Franz zog den Bürgermeister ganz schön auf. Der Bürgermeister sah von einem zum anderen.

„Der Robert kann ja nicht so schnell Vater geworden sein, wenn er sich erst eine Frau ausgesucht hat, oder hat die Regina wieder was bekommen? Wer ist denn die Glückliche?"

„Na ja, wenn man es genau nimmt, bin ich schon der Vater von den Drillingen."

Der Bürgermeister sah verdutzt von einem zum anderen. Franz sprach weiter.

„Ja bei so einem Rindviech muss man die Rindviecher ja auch anmelden."

„Du wirst ja die zukünftigen Kinder vom Robert nicht als Rindviecher bezeichnen? Drillinge?"

„Nein, aber die von der Rosa!"

„Wer ist denn die Rosa?"

„Unsere Kuh!", meldete sich da Antonia zu Wort, der das Geplänkel schon zu viel geworden war.

„Eure Kuh?", ganz entgeistert sah er uns an.

„Ja, die Rosa hat am Freitag drei Kälbchen bekommen."

„Ach, das hätte ich mir ja denken können, dass du mich wieder aufziehst, Burger."

Jetzt fing auch Robert an, den Bürgermeister zu ärgern. Er stand auf und sagte: „Gestatten, Bauer."

Auch Walter stand auf. „Gestatten, Berger."

Der Bürgermeister gab ihm schon nicht mehr die Hand. Weil er merkte, dass er aufgezogen wurde. Walter hatte aber Anita einen Stoß gegeben, sodass auch sie aufstand und sich vorstellte.

„Gestatten, Binder."

Auch ich stand auf und sagte: „Gestatten, Bogner, geborene Pauer mit hartem P und ich habe wirklich drei Kinder."

Jetzt musste sich der Bürgermeister setzen.

„Jetzt verarscht ihr mich noch einmal, oder?"

„Nein", meldete sich Robert zu Wort.

„Es stimmt, wir alle fangen mit einem B an und Anja hat wirklich drei Kinder und der Älteste wird Vater, somit werde ich Vater und Großvater und meine Mutter und Franz Großeltern und Urgroßeltern."

„Und was bin ich dann?", meldete sich Walter zu Wort, der sich übergangen fühlte.

„Du bist der Onkel!"

Jetzt staunte der Bürgermeister nicht schlecht. Dann zu mir gewandt meinte er:

„Das Kind kann aber noch nicht alt sein und dann wird es schon Vater? Hast du ihn nicht aufgeklärt?"

Ich wollte gar nicht wissen, wie alt er meinen Sohn schätzte und dadurch mich.

„Wenn er mit 23 noch nicht weiß, was er will, dann ist es eh schon zu spät."

Jetzt war er noch mehr verwirrt. Er fing dann an, alles noch einmal aufzuzählen, damit er klarkam. Dann winkte er die nächste Kellnerin heran und bestellte eine Runde auf seine Kosten. Wir konnten nur noch jubeln. Die Kellnerin musste das Gewünschte auch gleich bringen, damit er mit uns anstoßen konnte. Danach verschwand er, und bevor die Musik noch anfing zu spielen, hielt er kurz eine Begrüßungsrede und dann sagte er:

„Wie einige von euch wissen, hat sich der Bauer Robert vom Sonnenhof aus der nächsten Ortschaft drei Damen auf seinen Hof eingeladen. Eine ist zwar schon weg, aber es gibt trotzdem drei Brautpaare. Und jetzt darf ich drei glückliche Brautpaare vermelden. Ich möge sie bitten, aufzustehen und auf die Tanzfläche zu kommen, denn die ersten drei Stücke gehören alleine ihnen."

Es wurde dann gleich geklatscht und uns blieb nichts anderes übrig, als auf die Tanzfläche zu gehen. Antonia war nicht sehr begeistert, musste aber trotzdem mit. Franzl überredete sie und versprach ihr auch noch was, nur damit sie auch mitging. Unter dem Applaus gingen wir zur Tanzfläche und einige Bekannte von Franzl, Walter und Robert gratulierten ihnen. Als die Musik anfing, raunte mir Robert ins Ohr.

„Endlich darf ich mal ein Stück ganz alleine mit dir tanzen. Am Freitag ging es ja leider nicht."

„Dafür konnte ich aber nichts."

Nach den drei Liedern mussten wir zusehen, dass wir wieder runterkamen, ansonsten hätten wir mit allen tanzen müssen. Es wurde dann noch spät bei uns Jungen. Antonia und Franzl fuhren früher heim.

„Einer muss sich ja ums Vieh kümmern", meinte Antonia und da Franz auch schon einiges intus hatte, nahm sie den gleich mit.

„Um dieses große Rindvieh muss ich mich auch noch kümmern", sagte sie schelmisch. Franzl wehrte ab. Doch sie blieb dabei. Dann zog sie ihn mit sich fort. Wir hatten noch ein paarmal Glück, dass wir auf die Tanzfläche kamen, denn die war fast immer voll. Es war schon weit nach Mitternacht, als wir nach Hause fuhren. Walter hatte ein wenig zu tief ins Glas geschaut. Robert hatte sich zurückgehalten und nur am Anfang etwas Alkohol getrunken. Später trank er nur noch Alkoholfreies. Wir nahmen Walter einfach mit zu ihm.

„Jetzt hat er schon eine Nacht bei uns bzw. bei Anita geschlafen, dann kann er heute auch dort schlafen. Denn fahren darf er nicht mehr", meinte Robert.

Walter wollte schon noch, aber das ließen wir nicht zu. Und ihn nach Hause zu bringen, wäre ein Umweg gewesen. Anita fuhr mit Robert und Walter nach Hause, während ich mit Walters Auto fuhr. Robert wäre zwar lieber mit mir alleine gefahren, aber wäre Walter etwas passiert, hätte er sich ewig Vorwürfe gemacht. So fuhr ich brav hinter ihnen her. Zu Hause angekommen sahen wir zuerst Franzls Wagen, der durfte oder besser gesagt musste auch hier schlafen. Wir verfrachteten zuerst Walter ins Bett, bevor wir uns endlich auch zum Schlafengehen fertig machen konnten. Ich wollte schon wie gewohnt in mein Zimmer gehen, da kam mir Robert nach.

„Hättest du was dagegen?", fragte er und deutete ins Zimmer. Anita, die das noch mitbekam, grinste.

„Schleicht euch doch schon rein, ich verrate sicher nichts und außerdem ist das so was von egal, heutzutage."

Dann ging sie in ihr Zimmer, in dem Walter schon tief und fest schlief.

„Darf man das vor der Ehe?", fragte ich Robert.

„Wieso nicht? Bei Mutter schläft ja auch schon länger Franzl, habe ich den Verdacht. Und wenn sie es nicht mehr so eng sieht, wieso sollte ich es dann so sehen? Und außerdem haben wir ja schon in einem Zimmer und einem Bett geschlafen, soviel ich weiß. Und da hat es dir doch auch nichts ausgemacht?"

Ich tat so, als würde ich überlegen.

„Das war aber was anderes. Da war mir kalt."

„Und jetzt nicht?"

„Nein, jetzt ist mir heiß!"

„Dann könnte ich dich ja ein wenig abkühlen."

Er schob mich, noch während er sprach, ins Zimmer, schloss die Tür und fing an mich zu küssen. Im Gegenteil, mir wurde danach noch heißer! Nichts mit Abkühlung!

Robert:

Das mit der Brücke hatte mir schon sehr zu schaffen gemacht und dann hatte ich erfahren, dass Walter die gleiche Eingebung hatte wie sie. Gehören doch eher Walter und Anja zusammen? Kopfweh hatten beide auch. Nein! Ich wusste es schon seit der Hütte fast einhundertprozentig, dass sie meine Braut war. Denn Anita hatte sich ja schon in jemanden verliebt und ich durfte auch schon wissen, in wen. Aber wieso hatte Anja die Voraussagen und nicht Anita? Was hatte die Wahrsagerin gesagt? Unsere Leben sind verknüpft oder so ähnlich. Darum ist alles so verworren, weil man nicht weiß, was auf jeden zutreffen könnte, es könnte Walter oder mir gelten. Aber dem ging ich jetzt an den Kragen. Ich weckte Walter, um zu hören, was vorgefallen war. Die Damen konnte ich nicht fragen, denn dann hätte Anja was mitbekommen und Mutter hätte sich ja bald schon wieder versprochen. Als mir Walter alles erzählt hatte, wurde mir so einiges klarer oder verworrener? Nein, das musste ich herausbekommen, was es mit dem allen auf sich hatte. Mutter rief schon zum Essen. Walter blieb auch zum Essen. Das Essen verlief schweigend, jeder hing seinen Gedanken nach. Es passte mir, dass Anja und Mutter schlafen gingen und Anita etwas spazieren und Walter nach Hause, um sich umzuziehen. So setzte ich mich hin, um alles in Reih und Glied zu bringen, so gut es ging. Dann kam Walter auch schon wieder zurück und von meinem Schrei aufgeweckt kam auch Mutter, Anita kam vom Spaziergang zurück. Franz, der Tierarzt! Ja, das ist ein eigenes Kapitel. Alle denken, ich weiß nicht, was gespielt wird. Doch ich habe trotzdem und trotz der Versteckspiele schon einiges mitbekommen. Ich sagte nur nichts, denn ich hatte genug mit mir selbst zu tun. Aber heute wird sich ALLES restlos aufklären. Walter mit seinen Sprüchen! Das nervte, aber leider musste ich da durch. Als ich Anja weckte, das erste Mal übrigens, klärte sich alles auf, nachdem sie auch alle Glücksbringer aufzählen konnte. Und dann sollte sie eigentlich die Glückliche sein. Ihr Gesichtsausdruck sprach noch nicht dafür. Erst als ich die Frage nochmals stellte, hellte sich ihr Gesichtsausdruck auf. Dafür durfte ich sie noch einmal fragen, denn jetzt waren ihre Kopfschmerzen weg. Walter seine übrigens auch. Das war vielleicht ein Wirrwarr! Aber dann konnten wir endlich alle zum Fest fahren. Am liebsten wäre ich ja gleich mit Anja hiergeblieben, aber dann hätte es wahrscheinlich einen Aufstand gegeben.

Auf den Schatz besser gesagt ihre Schätze könnte ich trotz allem eifersüchtig werden. Daran hatte ich ja gar nicht mehr gedacht. Sie hatte es von Anfang an gesagt, dass sie DREI Kinder hat und sie nicht verschwiegen. Diese drei Kinder müssen auch eine Wucht sein! Am 3. März, also am 03.03. Geburtstag! Da muss es immer rundgegangen sein auf der Geburtstagsfeier! Mit drei Jahren Unterschied. Seit drei Jahren Witwe. Mutter war fast zehn Jahre Witwe, fast, eigentlich neun und neun besteht bekanntlich aus dreimal drei! Sie hat mehr als drei Sachen gemeinsam mit meiner Mutter! Den Anfangs- und

Endbuchstaben, nein! Alle fangen mit AN an: Andrea, Anita, Anja. So sind sie auch gekommen. Und wenn man sie nach dem Alphabet ordnet, bleibt es auch so. Das ist jetzt aber komisch und lustig! Es sollte wohl so sein! Ihre Kinder fangen mit C an, dem dritten Buchstaben im Alphabet! Wie unsere Kälbchen! Jaja, diese Kälbchen! Die sind schon was Besonderes! Wenn sie Franz sogar in der Gemeinde anmelden will! Apropos Franz! Den muss ich auch mal etwas stoßen! Wann hält der um Mutters Hand an? So kann das nicht weitergehen! Auto versteckt parken und dann in der Früh rausschleichen! Bald werden die Leute reden! Aber sollen sie! Ich bin glücklich mit Anja, auch wenn sie ein paar Jährchen älter ist als ich! Mutter hatte es auch nicht gepasst, aber sie darf gar nichts sagen!! Sie ist auch älter als Franz. Ich dachte, ich schenke ihr eine weiße Rose zu ihrem Kleid. Denn Walter hat von dem Kleid gesprochen, aber anscheinend kommt das erst noch, denn sie trug ein blau-weißes Trachtenkleid, indem sie so bezaubernd aussah!

Der Tanz! Ich dachte, ich schwebe! Als die Musik dann aus war, war ich total traurig. Aber der Abend war dann noch sehr lustig. Und jetzt? Jetzt steht sie vor mir. Frisch geduscht, in ihren Bademantel gehüllt und duftet wunderbar und will mich nicht zu ihr lassen. Ich will wieder dieses Gefühl spüren, wie oben am Berg. Diese Vertrautheit, diese Einheit mit ihr. Und heute ist es nicht kalt, dass sie mich zurückschickt und eine andere Hose habe ich auch an. Zuerst wollte ich die Bud Simpson Hose schon wegschmeißen. Aber sie birgt die Erinnerung an die Alm! Ich schiebe Anja einfach in ihr Zimmer. Ihres ist erstens größer, zweitens müssten wir in meines rübergehen. Und drittens … drittens will ich sie jetzt hier auf der Stelle vernaschen. Ich küsse sie und schließe die Tür. Sie wehrt sich auch gar nicht … Diesmal ist es ihr und mir heiß! Und wir versuchen uns abzukühlen … mit heißen Küssen.

Der Montagmorgen – das neue Leben

Und am Montagmorgen war es dann wirklich das erste Mal, dass er mich in der Früh wecken durfte. Und das erst um 8 Uhr. So lange und gut hatte ich geschlafen. Ich hörte und spürte ihn gar nicht, als er aufstand, um die Kühe zu füttern. Das erledigten Franzl, Antonia und Anita mit ihm. Walter schlief auch seinen Rausch aus. Der kam dann auch zum Frühstück herunter, nachdem ihn Anita geweckt hatte. Ich glaube, sie sind mindestens so glücklich wie wir. Franzl nahm sich nur rasch was, denn er musste schon wieder weg. Walter nahm dann Anita mit, denn er musste sie unbedingt seinen Eltern vorstellen. Die warteten schon seit gestern ungeduldig darauf. Das nächste Mal, wenn Anita kommt, wird sie schon bei Walter schlafen. Und Robert bekommt eine ‚Schwägerin‘, denn er und Walter sind ja fast wie Brüder! Sagt auch Antonia. Als Kinder waren sie schon unzertrennlich. Wo der eine war, war sicher auch der andere! Da Robert noch nicht wegkann, damit ich ihn meinen Kindern vorstellen kann, muss das noch warten! Ich muss morgen leider auch wieder abfahren! Robert ist jetzt schon traurig! Aber ich verspreche ihm, dass ich am Wochenende wiederkomme! Wir genießen noch den Tag. Wir holen Grünfutter für die Kühe und beim Auffassen des Klees, greifen wir beide in den Haufen und ziehen das gleiche Kleeblatt heraus. Beide hatten wir es zur gleichen Zeit gesehen. Ein Vierblättriges! Robert steckt es mir, wie ich mir selber damals, ins Haar.

„Das kommt zum anderen ins Buch! Übrigens, das Buch hat den Titel ‚Auf der Suche nach dem Glück!‘“

„Nein, suchen darf man nicht!“

„Ja, steht auch drinnen, man muss es finden! Und wir haben unseres gefunden!“

Und schon küssten wir uns wieder. Als ich herfuhr, dachte ich nicht, dass ich hier jemanden, insbesondere ihn finde! Ich dachte nur, es könnte der Anfang sein von etwas Neuem … ja und das war es dann auch! Antonia strahlte auch vor Glück. Während Robert etwas richten musste, half ich Antonia beim Kochen. Anita war immer noch nicht da. Da gestand mir Antonia:

„Am Anfang war ich nicht sehr begeistert von dir, da du ja älter bist als Robert. Aber als ich sah, dass man mit einem jüngeren Partner auch glücklich sein kann, wie ich mit Franzl, da gab ich meinem Herzen einen Stoß."

Sie hatte ja auch Zeit mit ihm darüber zu reden und er bestätigte es ihr auch. Dass man nichts dagegen tun kann, wo die Liebe hinfällt. Wenn ein geliebter Mensch stirbt, kann man es auch nicht ändern, sondern muss es so nehmen, wie es kommt. Also warum nicht auch in der Liebe? Darüber hatte sie sehr oft nachgedacht und ist zu dem Schluss gekommen, dass sie nichts daran ändern kann, sondern nur akzeptieren und das Beste daraus machen. Alles kommt, wie es kommen muss. Und da ich ja auch gerne Blumen und Tiere mag und auch gut kochen kann, passten wir ja gut zusammen. Und die Arbeit auf dem Bauernhof dürfte mir gefallen und die Arbeit würde ich schon lernen, sie würde es mir beibringen. Da kam gerade Robert herein, stellte sich hinter mich und umarmte mich.

„Was willst du ihr beibringen?"

„Die Arbeit auf einem Bauernhof."

„Hast du ihr noch gar nichts gesagt?" Er sah mich von hinten an.

„Nein! Wann? Aber jetzt passt es gerade."

Sie sah von einem zum anderen und wusste nicht, wovon wir sprachen. Nach einem Blick auf ihn, gab ich ihm ein Zeichen und Robert fing zu erzählen an.

„Dieses kleine Frauchen hat uns ein wenig an der Nase herumgeführt."

Sie sah ihn immer noch verwirrt an.

„Sie ist auf einem Bauernhof aufgewachsen, kennt sich mit Kühen und anderen Tieren aus, hat keine Angst davor, sie auch in die Hand zu nehmen, wie wir bei den Kälbchen und Schweinchen gesehen haben. Kann mit Rechen, Gabel und Traktor umgehen, hat sogar den Führerschein dafür."

Jetzt war Antonia überrascht und musste sich auf den Küchenstuhl setzen.

„Auf den Berg kraxelt sie wie eine Gazelle, und wenn sie hinfällt, macht sie das so elegant, dass es noch gut aussieht."

Da musste ich ihm einen Stupser geben. Er erzählte unbeirrt weiter. „Sie walkt jeden Tag einige Kilometer und kommt gar nicht aus der Puste. Und sie ist gelernte Köchin! Habe ich was vergessen?"

„Ich glaube nicht. Den Garten im Haus weiß sie schon."

„Ach ja, den gibt es auch noch. Und deine drei Schätze, die ich hoffentlich bald kennenlernen darf!"

„Drei Schätze?"

„Ja, meine drei Kinder."

Und wir mussten lachen.

„Wieso lacht ihr da?"

„Weil ich schon auf ihren einen Schatz sehr eifersüchtig geworden bin. Da dachte ich ja noch, ich wäre ihr einziger Schatz!"

„Eifersüchtig auf die Kinder? Wieso? Das darfst du natürlich nicht sein, die gehören ab jetzt zu deinem bzw. eurem Leben dazu", sagte Antonia.

Und dann erzählte er ihr von dem Telefonat und wie er dann vor Eifersucht bald rasend geworden war. Als er geendet hatte, klingelte das Telefon. Wir kochten noch fertig und dann gingen wir essen.

„Wer war am Telefon?", fragte Antonia.

„Walter. Er meinte, er bräuchte Anita ja gar nicht mehr hier abzuliefern. Ich hätte ja schon meine Braut und außerdem wäre sie ja sowieso seine Braut. Sie würden später dann ihre Koffer holen."

Und wie meistens platze Franzl jetzt zum Essen rein. Der gehörte ja jetzt auch zur ‚Familie'. Und er wurde von Robert auch gleich ausgefragt. Wenn er schon zur Familie gehören will, muss er auch was über sich erzählen. Er hatte niemanden mehr. Seine Frau war schon vor Jahren gestorben und Kinder hatten sie nicht. Neffen und Nichten gab es zwar, aber alle verstreut. Und denen wollte er nicht zur Last fallen.

„Aha. Ich schätze, dann ziehst du bald bei uns ganz ein und fällst uns zur Last. Denn du bist ja eh schon mehr hier als zu Hause! Außer du bist unterwegs bei deinen Viechern!"

Alle lachten wir. Stimmte ja auch, konnte keiner was dagegen sagen! Nicht mal Antonia, die Robert einen bösen Blick zuwarf, aber dann doch auch lachte, als Franzl ihr einen Stoß gab. So war der Einzug kein Thema mehr, denn sie hatten ja nichts mehr zu verlieren außer Zeit, und wie viel Zeit ihnen blieb, wusste keiner und im Laufe der nächsten Tage, soweit es seine Arbeit zuließ, zog er dann auch wirklich bei Antonia und Robert ein. Von dem bekam ich ja nicht viel mit, da ich leider am nächsten Tag nach Hause fahren musste. Zu meinen Schätzen und meiner Arbeit. Robert war sehr traurig. Aber ich versprach ihm, dass ich am Wochenende wiederkäme.

„Freitagabend bis Montag in der Früh bin ich wieder bei dir!", tröstete ich ihn.

Er nahm sich dafür den ganzen Nachmittag frei. Und wir besuchten Walter und Anita, der wir ihre Koffer mitbrachten. Die freute sich sehr. So konnten sie auch noch was unternehmen. Er zeigte mir dann noch etwas von der Umgebung. Und am Abend nach der Arbeit setzten wir uns auf den Balkon, wo uns ein Marienkäfer und die Katze besuchten. So kamen die einzelnen Glücksbringer wieder zu uns. Robert war immer noch überrascht, da die Katze sich wieder auf meinen Schoß setzte und er sie auch kraulen durfte. Heute gingen wir früh schlafen und Roberts Bett blieb wieder unbenutzt. In der Früh wachte ich mit Robert auf und half ihm bei der Arbeit. Ich verabschiedete mich von meinen Kälbchen.

„Die siehst du ja am Freitag wieder."

„Nein, eigentlich erst am Samstag, denn am Freitag komme ich erst ziemlich spät."

Er sah mich traurig an.

„Das heißt ja nicht, dass du mich nicht siehst!"

„Aber ich muss so lange warten!"

„Du, die Zeit wird wie im Fluge vergehen!"

Nach dem Frühstück musste ich schon fahren. Antonia verabschiedete sich herzlich von mir. Robert mehr traurig als freudig. Ich fuhr dann meiner Heimat entgegen, mit gemischten Gefühlen. Natürlich freute ich mich auf das Wiedersehen und war auch traurig, weil ich ihn verlassen musste. Diesmal verlief die Fahrt problemlos.

Meine Kinder sah ich erst am Abend. Sie freuten sich natürlich alle, dass ich wieder da war. Und ich musste ihnen alles erzählen. Sie freuten sich sehr für mich und waren auch schon neugierig auf Robert. Mit dem telefonierte ich später am Abend noch. Und er lud sie sofort für Sonntagnachmittag zu ihm ein.

„So früh schon?"

„Ja, wann denn sonst? Ich will auch deine ‚Schätze' kennenlernen. Und den Jungen sehen, der mich schon zum Opa macht, bevor ich noch Vater werde."

Ja, das mit dem Vater werden, gab mir immer einen kleinen Stich in die Magengrube. Würde es überhaupt noch gehen? Wäre ich nicht zu alt dafür? Ich machte am nächsten Tag sofort einen Termin beim Frauenarzt. Den hatte ich leider erst in ein paar Wochen, da er dazwischen noch Urlaub hatte. Die Woche verging rasch und bald war der Freitag da, wo ich wieder zu Robert fuhr. Meinem Großen gab ich die Adresse ins Navi ein, damit sie gut hinfinden konnten. Sie freuten sich auch schon auf ihren neuen ‚Paps', der ihre Mutter so glücklich machte.

Robert war noch wach und wartete schon voller Sehnsucht auf mich. Antonia und Franzl waren schon im Bett. Ich kam gar nicht dazu auszupacken. Robert nahm mich gleich in Beschlag. Also konnte ich erst in der Früh alles auspacken. Robert freute sich, dass ich mich bei ihm auch schon einzurichten begann. Dann fütterten wir wieder die Kühe. Mensch, waren die Kälbchen in den paar Tagen gewachsen. Robert freute sich mit mir.

„Haben wir sie gut aufgepäppelt, auch ohne dich?", zog er mich immer wieder auf. Antonia freute sich auch, dass ich wieder da war.

„Es war ja mit ihm nicht mehr auszuhalten!", scherzte sie.

So kannte ich sie auch noch gar nicht. Vormittags verlief alles noch normal und nachmittags wollte Robert die Bettwäsche und das Benzin wieder in die Hütte bringen. Das erzählte er mir dann beim Mittagessen.

„Also gehen wir wieder hinauf?", fragte ich.

„Nein, diesmal fahren wir, denn ich schleppe ja nicht zwei Benzinkanister hoch."

„Och schade! Und ich dachte, diesmal gehen wir gemeinsam über die Brücke!"

Da sahen sie mich verwundert und überrascht an.

„Hast du nicht Radio gehört?", fragte mich Robert.

Seine Mutter meinte dazu.

„Wer weiß, vielleicht haben sie es bei ihr im Radio nicht durchgesagt. Hast du ihr denn nichts erzählt?"

„Was erzählt?", fragte ich verdutzt.

Und Robert erzählte:

„Du weißt ja, als wir von Samstag auf Sonntag oben waren, hat es ja so wild geregnet."

„Ja, weiß ich noch, darum mussten wir ja oben bleiben."

„Ja und am Mittwoch ging eine Gruppe Wanderer über die Brücke. Die war durch das viele Wasser so ausgeschwemmt worden, dass sie nicht mehr als eine Person tragen konnte. Leider brach sie dann unter deren Gewicht ein. Zwei fielen in den Bach, der zu dieser Zeit etwas mehr Wasser führte als normal, darum fielen sie nicht so hart. Der dritte Wanderer hatte sich an einem Fels festhalten können und die anderen konnten noch zurückspringen. Und da ich auch bei der Bergwacht bin, war ich oben bei der Rettung dabei. Ich konnte zuerst gar nichts tun. Nur die kaputte Brücke ansehen, über die wir noch am Sonntag gegangen waren. Ein Kamerad meinte: ‚Gut, dass am Sonntag keiner drüber gegangen ist. Dem hätten wir nicht mehr helfen können!' Ich bin drüber und Anja!", konnte ich nur krächzen. Mein Kamerad sah mich verständnislos an. Walter, der das mitbekam, und ja auch zur Bergwacht gehört, zog mich auf die Seite, bis es mir besser ging, denn mir versagten die Beine. Er erzählte ihm alles, eigentlich nur fast alles. Der verstand mich dann auch und es sagte keiner was, dass ich nicht voll einsetzbar war. Es war also ein riesiges Glück, dass ich am Sonntag dir auf der Brücke nicht entgegengelaufen bin. Wir wären unweigerlich abgestürzt."

Dann war es still und mir war der Appetit vergangen. Gut, dass ich schon fertig war. Wenn ich nur daran dachte, fingen mir die Knie auch gleich zu zittern an.

„Ist ihnen viel passiert? Ist wer ge…"

„Nein, sie hatten mehr Glück als Verstand und jetzt baut die Gemeinde eine neue, festere und bessere Brücke, damit das nicht wieder passieren kann. Und jemand muss sie nach einem starken Regen immer kontrollieren. Das haben Walter und ich gleich freiwillig übernommen. Hast du was dagegen?"

„Nein, überhaupt nicht! Ich finde es toll und von euch riesig!", rief ich und nahm seine Hand.

Robert dachte, ich wäre vielleicht aufgebracht darüber, aber wenn es Leben retten kann, darf man nichts dagegen haben.

„Übrigens wollen sie der Brücke einen neuen Namen geben."

„Was für einen hatte sie denn vorher? Und was für einen neuen?"

„Das weiß keiner mehr so genau. Die Alten reden oft von der Unglücks- oder unglücklich verliebten Brücke. Ich weiß noch nicht, welchen Namen sie ihr jetzt geben wollen. Jeder durfte Vorschläge machen."

„Und hast auch einen gemacht?"

„Ja."

„Und welchen?"

„Eigentlich mehrere."

Ich sah ihn noch immer an.

„Die Dreier-Brücke, die Glücks-Brücke oder die W.A.R.-Brücke."

„Die was?"

„Die Walter, Anja, Robert Brücke, weil wir ja als letztes heil drüber gegangen sind."

„Wir ist gut gesagt!"

„War aber so, oder nicht?"

„Ja, schon."

„So, aber jetzt packen wir zusammen und fahren auf die Hütte. Das letzte Stück müssen wir zwar gehen, aber das werden wir schon schaffen!"

Wir packten dann und Robert belud das Auto.

„Ich hätte da noch eine Frage."

„Ja, und welche?"

„Könnten wir wieder oben übernachten?"

„Na was glaubst du, wieso ich die doppelte Menge von allem einpacke. Mutter weiß auch schon Bescheid und hat diesmal nichts dagegen."

„Ich dachte, das wäre normal, was du mitnimmst?"

„Nein, mein Schatz, das ist nicht normal."

Antonia hatte diesmal nichts dagegen, riet uns aber trotzdem zur Vorsicht.

„Was soll ich denn für eine Mehlspeise backen für deine Kinder?"

Ich überlegte kurz.

„Deinen guten Apfelkuchen!"

„Oje! Da muss ich ja gleich die doppelte Menge machen, Franzl isst schon alleine die Hälfte."

So fuhren wir los, der Hütte entgegen. Während der Fahrt konnten wir nicht viel reden, da die Straße oft sehr eng war oder es steil bergauf ging. Robert musste sich sehr konzentrieren. Oben angekommen, packten wir alles aus und trugen es das letzte Stück hoch. Die Hütte war noch so, wie wir sie verlassen hatten. Während ich das Bett machte, kümmerte sich Robert um das Stromaggregat. Dann setzten wir uns vor die Hütte und sahen, während wir zu Abend aßen, dem Sonnenuntergang zu. Diesmal störten kein Wölkchen und kein Regentropfen. Und diesmal musste er sich nicht zuerst auf den Boden legen. Er legte sich gleich zu mir und wir kuschelten uns unter eine Decke. Diesmal konnten wir auch nicht gleich einschlafen, aber diesmal wegen etwas anderem.

Die Verlobung

Am Sonntagmorgen wachte ich auf und sah in Roberts Augen.

„Wie lange siehst du mich schon an?"

„Eine Ewigkeit!"

„Du Lügner!", sagte ich und kitzelte ihn.

Wir balgten noch eine Zeit lang herum. Dann mussten wir leider wieder aufstehen und hinunter ins Tal. Wir frühstückten noch etwas und dann ging es wieder den Berg hinab. Aber diesmal passte ich beim Betten machen auf, dass mir das Hufeisen nicht wieder auf den Kopf fiel. Robert kam auf einmal mit Hammer und Nagel.

„Ich werde es dir festmachen, dass es dir und auch keinem anderen mehr auf den Kopf fällt. Das ist unser Hufeisen und das soll halten!"

Und schon begann er zu nageln. Wir kamen gerade recht zum Mittagessen unten an. Eine fremde Frau stand in der Küche und hantierte mit dem Geschirr. Von irgendwoher hörte ich Kinderstimmen.

„Hallo Regina! Schön dich wiederzusehen", begrüßte Robert diese Frau.

Er umarmte sie, drehte sich dann um und sagte:

„Anja darf ich dir meine Schwester Regina vorstellen?"

Regina, genau, da war doch irgendetwas gewesen. Jetzt wäre ich fast eifersüchtig geworden. Ich begrüßte sie dann auch freundlich und dann fragte er Regina.

„Und wo sind deine Racker und dein Mann?"

Und wie auf Kommando stürmten die Kinder rein, begrüßten Onkel Robert ganz herzlich und auch er stellte sie mir vor. Die Zwillingsjungen Bertram und Berthold waren acht Jahre alt, und hinter Regina hatte sich das kleine Mädchen versteckt, das wie ihre Großmutter Antonia hieß. Sie war drei und alle nannten sie Toni.

Antonia lief ganz nervös hin und her.

„Geht euch rasch duschen dann können wir essen."

In der Küche sah ich zwar, dass sie schon fertig war mit dem Kochen, sie hatte aber noch nicht den Tisch gedeckt. Zuerst dachte ich, dass sie deswegen nervös sei und wir zu früh gekommen sind. Aber wieso sie wirklich so nervös war, erfuhr ich erst, nachdem wir fertig waren und in die Küche kamen, wo immer noch nicht gedeckt war.

„Soll ich dir noch beim Tisch decken helfen?", fragte ich und wollte schon die Teller rausholen.

„Nein, ich habe schon draußen gedeckt für uns alle. Geht nur schon raus."

Dass Robert sich nicht wunderte, dass sie so nervös war, irritierte mich. Sie hatten eine Laube neben dem Haus, die selten genutzt wurde, und weil heute schönes Wetter war, dürfte sie für uns draußen gedeckt haben. Ja, und mit Reginas Familie wäre es drinnen ziemlich eng geworden. Draußen stellte Robert mir Reginas Mann Gerhard vor. Als wir gerade zur Laube gingen, fuhr ein mir bekanntes Auto auf den Hof. Es waren Walter und Anita. Ich freute mich, sie wiederzusehen. Bevor wir aber noch zur Laube gehen konnten, bog noch ein Auto auf den Hof ein. Ich sah es an und dachte mir:

Das kommt mir bekannt vor!

Und meine Augen wurden immer größer. Es waren meine Kinder! Aber sie sollten doch erst später kommen! Ich sah Robert an; der grinste von einem Ohr zum anderen.

„Robert?"

„Ja, schuldig! Mutter und ich haben da ein bisschen umorganisiert ohne dein Wissen, sollte eine Überraschung sein. Die auch gelungen ist. Warum erst zum Kuchen kommen, wenn sie schon bei uns Mittagessen können?"

Ich begrüßte sie überschwänglich.

„Bist du uns böse?", fragte mein Junior.

„Nein, wieso, ich freue mich riesig!"

Und dann unter der Laube sah ich, dass schon für alle schön gedeckt war. Es fehlte nur noch … Und der kam wie aufs Stichwort, als würde er das Essen riechen. Franzl! Als Antonia mit der Suppe kam, fragte ich sie:

„Wann hast du das alles gemacht?"

„Ja einen Teil habe ich gestern schon vorbereitet und beim Aufstellen der Tische hat mir in der Früh Franzl noch geholfen, bevor er noch rasch wegmusste."

„Und das alles hinter meinem Rücken! Und wer steckte bei euch mit unter einer Decke?", fragte ich meine Kinder.

„Alle", sagten sie wie auf Kommando.

Dann setzten wir uns an den Tisch und fingen an zu essen. Antonia hatte sich sehr bemüht und voll aufgekocht. Nudel und Frittatensuppe, Schnitzel, Schweinsbraten, Reis und dreierlei Salate. Als wir mit dem Essen fertig waren, war es schon 14 Uhr.

„So, ich bringe keinen Bissen mehr runter. Der Kuchen muss warten", sagte ich und hielt mir demonstrativ den Bauch.

Robert und sogar Franzl stimmten mir zu. Aber allmählich wurde es am Tisch immer unruhiger. Anita half Antonia, das Geschirr wegzuräumen. Ich durfte nicht helfen. Auf einmal kam Anita mit Sektgläsern.

„Wozu brauchen wir Sektgläser?"

„Um anzustoßen!", sagte Robert.

Der stand auf und auf einmal wurden alle still.

„Meine liebe Anja, meine liebe Familie."

Ein jeder grinste. Nur ich wusste mal wieder von nichts.

„Da sich jetzt meine Familie verdreifacht hat, ich bald schon Opa werde, ich einen Stiefvater im Haus habe, der sich nicht traut, um die Hand meiner Mutter anzuhalten, Werde ich ihm das jetzt vormachen. Christian, Christina und Christoph, hiermit bitte ich um die Hand eurer Mutter."

Ich war sprachlos! Franzl lächelte über die Anspielung, von der Hand anhalten, doch jetzt sahen alle auf mich und meine Kinder. Christian stand auf und sagte:

„Da musst du schon unsere Mutter fragen, unseren Segen hast du, das haben wir dir ja schon gesagt."

Meine anderen Kinder nickten nur. Robert kniete sich schon wieder nieder und fragte dann mich.

„Anja, ich frage dich hier vor versammelter ganzer Familie. Willst du meine Frau werden?"

Aus seiner Hose zog er ein Kästchen heraus und öffnete es. Drinnen waren zwei silberne Ringe. Ein größerer und ein kleinerer. Ich konnte immer noch nicht sprechen. Ich sah nur gerührt in die Runde und alle warteten auf meine Antwort.

„Ja", kam es mehr leise und krächzend als laut und stark. Dann begannen alle zu klatschen und zu jubeln. Robert steckte zuerst mir und dann ich ihm den Ring an den Finger. Der Ring passte sogar. Ich fragte gar nicht, woher er meine Ringgröße kannte. Dann küsste er mich und irgendwer öffnete inzwischen den vorbereiteten Sekt. Da wir ja eine große Gruppe waren, musste noch eine Flasche geöffnet werden. Die ließ Robert dann auch richtig knallen. Wir stießen an und alle tranken auf unser Wohl. Die Kinder bekamen Kindersekt. Dann meldete sich Franzl zu Wort.

„Da du es mir altem Hasen, der schon etwas aus der Übung ist, jetzt vorgemacht hast, wie das geht, frage ich dich somit, ob ich auch um die Hand deiner Mutter anhalten darf."

Antonia gab ihm zwar einen Stoß in die Seite, aber er redete unbeirrt fort.

„Und ich muss dir das gleiche sagen wie schon Anjas Kinder. Frag sie doch selber!"

Und alle lachten.

„Antonia, mein süßer Hase."

Ein Raunen ging durch die Reihe.

„Doch nicht hier vor allen", zischte Antonia und wurde auch noch rot.

„Natürlich hier und jetzt vor allen Leuten, frage ich dich ebenfalls. Antonia, willst du meine Frau werden?"

„Ich meinte das mit dem Hasen!", flüsterte sie ihm noch rasch ins Ohr.

„Und was ist jetzt mit meiner Frage? Der Hase ist denen allen egal!"

Da jeder gespannt auf ihre Antwort wartete und alle Blicke auf sie gerichtet waren, sagte sie rasch:

„Ja."

Und schon wieder ging ein Tumult los. Dann sah Robert Walter und Anita an, die so glücklich da saßen.

„Und was ist mit euch beiden? Wann verlobt ihr euch?"

Walter, der gerade Anitas Hand hielt, zog sie hoch und sagte.

„Gestern, mein Freund und Bruder! Wir waren schon etwas schneller!

„Und das hast du dir ohne mich getraut?"

„Ja, wir waren bei ihrer Familie und heute feiern wir mit euch und bei euch Verlobung."

Dann gingen die Gratulationen erst richtig los. Jeder gratulierte jedem. Anschließend fragte mein Junior, der immer für solche Wortmeldungen bekannt war.

„So, das ist jetzt die Dreifach-Verlobung! Und wann kommt die Dreifach- oder macht ihr gleich Vierfachhochzeit?"

Jetzt wurden alle still. Da war sie wieder, die DREI. Walter und ich sahen uns an, uns gingen die Bilder, die wir in der Trance gesehen hatten, nicht aus dem Kopf, das konnten wir noch nicht zuordnen. Dann fing er an, ein Gedicht aufzusagen, aber er war nicht in Trance.

Mit 3 fängt das Glück an,
Die Glücksbringer kommen bald alsdann,
3 mal die 3, dann kommt das Glück herbei.

„Ihr werdet auf drei Hochzeiten auf einmal tanzen,
nur eine Braut ist weiß und hat keine Kinder,
Die andere bekommt noch Kinder,
die dritte ist mit diesen Kindern glücklich."

An einem Tag wirst du auf 3 Hochzeiten tanzen,
Die Kinder sind schon da,
Doch es kommen noch welche dazu,
Das Schicksalsbuch ist noch nicht geschlossen.

Alle sahen ihn verwundert an.

„Jetzt verstehe ich auch den Sinn dieser Sprüche!", sagte er.

Sie kamen mir irgendwie bekannt vor.

„Wie wäre es eigentlich damit?", fragte mich Robert. Ich war aber in Gedanken ganz woanders. Er holte mich dann wieder auf die Erde zurück. Ich sah geradewegs in Tinas Augen, die Freundin meines Sohnes sah mich etwas traurig an. Und als gingen mich diese Sprüche gar nichts an sagte ich:

„Nein, eine Vierfachhochzeit wird es nicht geben. Denn Christian und Tina haben schon ihren Termin und der ist für eine Vierfachhochzeit zu kurz und außerdem haben wir nirgends Platz für so eine große Hochzeit. Das ist ihr Tag und der wird es auch bleiben!" Sie sah mich glücklich und erleichtert an. Mein Sohn atmete auch tief durch. Walter meinte dann:

„Es bleibt dann also nur noch eine Dreifachhochzeit übrig!"

„Wieso bleibt sie übrig?", wollte Robert wissen.

„Weil die Drei immer ausschlaggebend war und es auch bleiben wird. Und wir drei Pärchen machen uns einen eigenen Termin aus! Wann heiratet ihr eigentlich?", fragte er Christian.

„Am 06.08. Also in gut einem Monat. Wir wollen und können nicht so lange warten."

Dabei streichelte er vielsagend über Tinas Bauch.

„Mir geht da jetzt ein Licht auf! Nein, ein ganzer Kronleuchter! Ich weiß, wann wir heiraten!", sagte Walter.

„Wieso? Wann?", fragten alle durcheinander.

„Drei mal Drei ist …?"

„Drei mal Drei ist neun", sagte Robert. „Was hast du jetzt mit der Rechnerei …"

Während des Redens kam er auch drauf.

„09.09.! Natürlich! Im September!"

„Aber das ist ja auch so kurzfristig!", wand ich ein.

„Weißt du auch, was du alles organisieren musst!? Das schaffst du nie in diesem Zeitraum!"

Antonia pflichtete mir bei.

„Wer hat was von heuer gesagt!?"

Alle starrten ihn an.

„Bis nächstes Jahr haben wir noch genug Zeit! Ich sah zu Antonia, sie wiederum zu mir und Robert, und Robert sah mich an. Ich sah dann auch zu Robert! Robert nahm sein Glas und sagte:

„Auf die Dreifachhochzeit am 09.09.2006! Prost."

Wir hielten dann alle die Gläser in die Mitte und riefen laut: „PROST!"

Nachdem das geklärt war, konnten wir dann über die Dinge reden, die als Nächstes zu erledigen waren.

Kirche: Da waren sich alle einig: hier! Da Franz, Antonia, Robert und Walter von hier waren. Das Gasthaus musste erst gesucht werden, nachdem man wusste, wie viele Personen zusammenkamen. Walter und Robert stritten sich um die Musik, welche Band sie nehmen wollten. Inzwischen half ich Antonia, das Geschirr abzuräumen und Kaffee zu machen und dann Kuchen aufzuteilen. Sie schien mir nicht so glücklich zu sein mit der Hochzeit.

„Antonia, du siehst nicht gerade wie eine strahlende, glückliche Braut aus."

„Ich habe nur ja gesagt, damit es nicht so blöd aussieht. Aber ich weiß es wirklich nicht, ob ich noch mal heiraten will. Dann verliere ich meine Pension, ich oder wir sind dann auf Robert und dich angewiesen. Weil, so viel verdient Franzl ja nun wirklich nicht, dass wir davon leben könnten, wenn wir uns eine Wohnung nehmen müssten."

Ich sah sie an, wie sie wie so ein kleines verzweifeltes Häufchen Elend da saß.

„Erstens: Wieso willst du oder solltet ihr ausziehen? Zweitens braucht Robert dich ja noch auf dem Hof. Drittens: Wer wird mir bei den Kindern helfen, sollten wir welche bekommen? Und viertens: Ihr müsst ja nicht standesamtlich heiraten, es reicht ja kirchlich! Ein kirchlicher Segen. Den Rest eventuell mit Absicherung, falls ihr was braucht oder wollt; das könnt ihr auch bei einem Notar hinterlegen."

Sie sah mich an und fragte: „Ist das wahr?"

„Natürlich!"

Ich glaube, dann heirate ich vielleicht doch noch", antwortete sie schon etwas zuversichtlicher.

„Wir haben ja noch Zeit, das alles genau zu überlegen und zu planen."

Sie nickte mir zu, schnappte sich den Kaffee, die Tassen und das Besteck und verschwand hinaus. Ich wollte gerade auch raus, als Walter reinkam. Ich blieb stehen und sah ihn an.

„Na, was ist?"

„Alle sind schon wieder am Verhungern und warten auf den Kuchen."

„Was hat es mit den Sprüchen auf sich? Oder hattest du wieder eine Vorahnung?"

„Die Sprüche kannte ich schon, bevor du kamst, ja und ich hatte gestern wieder eine Vorahnung bei meiner Verlobung, als ich Anita den Ring ansteckte."

Er wartete meine Reaktion ab, bevor er weitersprach.

„Ich sah ihre Hand in einem weißen Kleid, wie ich ihr den Ring ansteckte. Dann sah ich, wie sie meinen Ring nahm und im Ring war eine Gravur: 09.09.2006 Für immer. Und dann noch zwei Handpaare, die sich Ringe ansteckten mit der gleichen Gravur. Und heute dann, als es Christoph sagte, wurde es mir bewusst, dass es nicht nur unser Datum war. Durch die Vorahnung damals auf der Brücke."

Jetzt wurde mir auch so einiges klar. Da kam auch schon Robert rein.

„Na, was macht ihr Turteltäubchen denn da? Das ist schon meine Braut! Deine wartet draußen und ich soll noch Milch und Zucker holen, sagt Mutter."

Er sah von einem zum anderen.

„Ist etwas?"

„Nein", sagten Walter und ich gleichzeitig. Walter drehte sich um und verschwand mit dem Kuchen. Ich holte Milch und Zucker und gab alles Robert. Er nahm mich in den Arm und sagte:

„Da war doch etwas? Bitte lüg mich nicht an. Nicht jetzt schon in der Verlobungszeit."

Es wäre zum Lachen gewesen, wie er mich ansah, aber Robert war es sehr ernst.

„Ich lüge dich nicht an. Du weißt ja schon alles. Walter hatte mir von den Gedichten erzählt und von der Vorahnung von gestern und dass es sich deckt mit dem, was wir in der Trance gesehen haben."

„Und was hat er gestern gesehen?"

„Drei Handpaare, die sich Ringe ansteckten mit der Gravur 09.09.2006."

Das ‚für immer‘ verschwieg ich aus einem unbekannten Grund. Er nahm mich in den Arm und küsste mich.

„Wo bleibt ihr denn so lange!", kam Antonia schon etwas verärgert rein.

„Küssen könnt ihr auch später, wenn ihr alleine seid, jetzt habt ihr Besuch. Also raus!"

Und sie schob uns einfach hinaus. Es wurde dann noch viel geredet, wer was haben will und wo. Und es wurde schon mal zusammengezählt, wie viele Gäste kommen würden. Ich hielt mich eher zurück und sah den anderen zu, wie sie diskutierten und planten. Antonia hatte auch keine Wünsche und musste immer die Gemüter beschwichtigen, dass sie nicht alle zu übermütig wurden. Robert drehte sich irgendwann mal zu mir und sagte:

„Anja, jetzt sag du auch mal was. Du bist so still, hast du keine Wünsche für deine Hochzeit?"

Ich sah sie mir alle der Reihe nach an und sie wurden jetzt auch alle still und sahen mich an. Denn es war ja im Grunde auch meine Hochzeit.

„Ich schreibe mir eure Wünsche auf, ordne alles, teile dann alles ein und meine Wünsche bringe ich dann lückenlos unter und euch fällt es nicht mal auf, dass da was anderes dabei ist."

„Das möchte ich sehen! Ich sage dir dann, was von dir war und was von den anderen", trumpfte Robert auf.

„Okay, worum wetten wir? Dass du es nicht herausfindest, außer du fragst mich demnächst noch aus. Aber das meiste ist sowieso schon gefallen, was ich auch haben möchte. Und auf das andere kommst du nicht!"

„Die Wette gehe ich ein!"

Ich schlug sofort ein, bevor er noch seine Hand zurückziehen konnte.

„Und worum wetten wir?"

Er überlegte.

„Dann ziehst du bei mir ein."

„Das bin ich doch schon."

Alle lachten.

„Also was anderes."

Vermutlich war seine Sorge, dass er vielleicht zu mir hätte ziehen müssen. Aber das Haus bekam schon Christian, das war beschlossene Sache. Schon bevor ich noch auf Männersuche gegangen war.

„Hm, du nimmst meinen Namen an?"

„Robert, das ist doch normal, oder? Nicht mal einen Doppelnamen will ich. Dann habe ich wenigstens meinen alten Namen wieder. Aber weist du, worum wir wetten können?"

„Nein, worum?"

„Wenn wir Kinder bekommen, darf ich die Namen alleine aussuchen. Abgemacht?"

Er sah mich an und dann die anderen. Walter meldete sich zuerst.

„Bringst ja eh keine zusammen", neckte er ihn.

„Abgemacht!", sagte Robert und schon durchschlug Walter unsere Hände, damit Robert es sich nicht mehr anders überlegen konnte. Da er uns gegenübersaß, musste er aufstehen, um unsere Hände zu trennen. Danach fiel er auf einmal wie ein Stein in seinen Sessel und war für einige Sekunden weg. Jeder wusste, was das bedeutete.

Meinen Kindern hatte ich auch schon davon erzählt. Sie waren trotzdem etwas geschockt. Anita hielt ihn fest, damit er nicht umfallen konnte. Es dauerte dann einige Zeit, bis er wieder ganz da war. Natürlich wollte Robert sofort wissen, was er gesehen hatte. Er erzählte diesmal gar nichts. Da es mittlerweile schon spät geworden war, mussten meine Kinder wieder den Heimweg antreten. Tina traute sich dann nicht so richtig, Walter die Hand zu geben. Doch er sagte, jetzt könne nichts mehr passieren. Nach einer Trance kommt keine zweite. Dann traute sie sich doch … Der Rest der Familie räumte noch alles weg. In der Küche erwischte ich dann Walter mal alleine.

„Sagst du es mir, was du gesehen hast?"

Ich sah ihn traurig und nervös zugleich an. Er überlegte, ob er mir was verraten dürfte, sagte dann aber doch:

„Du hast Angst, dass du keine Kinder mehr bekommst oder bekommen kannst?"

Ich nickte, brachte keinen Ton raus.

„Anja, deine Sorge ist unbegründet. Und außerdem… drei mal drei ist unsere Glückszahl!", zwinkerte er mir zu und gab mir noch einen Kuss auf die Stirn.

Jetzt war ich schlauer. Meine Sorgen unbegründet? Ja, ich hatte Sorge, dass ich keine Kinder mehr bekommen könnte. Wir versorgten dann noch die Tiere und setzten uns anschließend auf den Balkon. Der Abend war angenehm. Robert kam dann noch mit einer Flasche Rotwein und zwei Gläsern.

„So, und jetzt stoßen wir alleine auf unser Glück an!"

Und schon klangen die Gläser.

„Und welche Namen hättest du denn gedacht, wenn wir ein oder mehrere Kinder bekommen?"

Ich sah ihn verwundert an. Ich dachte eher, er würde mich jetzt wegen der Hochzeit ausfragen, aber wegen der Namen?

„Wieso fragst du jetzt nach den Namen? Das ist ja jetzt noch nicht wichtig."

„Weil es mich interessiert. an welche Namen du denkst. Wenn sie mir gefallen, kann ich mich damit abfinden."

Ich sah ihn an und es reizte mich, ihn zu ärgern, aber ich wollte die schöne Situation nicht mit Blödsinn vertun.

„Was ist, bleiben wir bei der Drei?", fragte ich ihn.

Jetzt sah er mich überrascht an.

„Was für eine Drei?"

„Na ja, die Kälbchen waren die dritte Geburt, also Buchstabe „C". Ich habe drei Kinder und Buchstabe „C". Bleiben wir dabei? Oder nennen wir sie nach den Großeltern oder anderen Ahnen?"

„Was hättest du denn da anzubieten?"

„Lass mich mal überlegen. Adalbert oder Adalberta, Aurelia oder Stanislaus, Valentin oder Gisela?"

Je mehr ich aufzählte, desto überraschter sah er mich an.

„Du nimmst mich jetzt auf den Arm, oder? So können deine Vorfahren doch nicht geheißen haben."

„Doch, mein Vater hatte sogar noch einen zweiten Vornamen, weil das die Großeltern nicht zuließen, dass er Tassilo heißt. So taufte man ihn auf den Namen seines Großvaters und noch Tassilo, den hat sich seine Mutter ausgedacht. Also hieß er Josef Tassilo. Ich weiß, meine Familie ist etwas ausgefallen, warum hätte ich sonst alle Kinder mit einem „C" sogar mit einem „CH". Eigentlich müssten wir mit „AD" suchen. „A" für dich „D" für mich. Da würde dann schon Adalbert oder Adalberta passen."

Er sah mich so bestürzt an, dass ich mir das Lachen nicht verkneifen konnte.

„Nein, keine Sorge, die will ich auch nicht, aber darüber mache ich mir erst Gedanken, wenn es so weit ist. Im Krankenhaus, wenn du nicht anwesend bist, dann kann ich sie angeben und du kannst dann nichts mehr dagegen tun."

Er sah mich auch ganz entrüstet an. „Das wirst du aber doch nicht tun, oder?"

Ich musste schmunzeln.

„Nein, ich suche sie zwar aus, aber zwei Vetos hast du, mehr aber nicht, also überlege es dir dann gut!"

„Nur zwei? Ich dachte drei ist unsere Zahl?"

„Ja schon, aber bei drei Vetos mischst du dann schon wieder zu viel mit!"

„Och!", machte er und setzte ein enttäuschtes Gesicht auf.

„Da kannst du gucken, so viel du willst! Es nützt dir gar nichts! Prost!"

„Prost", sagte er auch ein wenig kleinlaut.

Und dann kam er doch noch auf sein eigentliches Ziel zu sprechen.

„Und was wünschst du dir auf deiner Hochzeit?"

Ich musste wieder lachen, denn ich sagte doch, er kommt noch und fragt!

„Wieso lachst du?", fragte er etwas verunsichert.

„Weil du es allein rausfinden musst, ohne mich zu fragen!"

„Nein, im Ernst, es ist doch auch deine Hochzeit. Du warst wirklich so still und sagtest gar nichts dazu."

„Wieso sollte ich? Erstens habe ich momentan genug zu tun mit der Hochzeit meines Sohnes. Zweitens hast du wohl schon vergessen, dass ich schon einmal verheiratet war. Das heißt, ich konnte schon einige Wünsche realisieren. Drittens: Ganz in Weiß zu heiraten, habe ich sicher nicht vor, denn mit drei erwachsenen Kindern und dann noch Oma! Nein, lieber nicht. Ich werde schon ein Kleid finden, das mir gefällt und auch für die Hochzeit passt. Viertens bin ich in einigen Punkten Anitas Meinung, und fünftens haben wir noch über ein Jahr Zeit und bis dahin kann sich noch viel ändern."

„Was sollte sich ändern?"

Es könnte sein, dass euch die Musik nicht mehr gefällt. Oder das Lokal wird zu klein, weil wir so viele einladen und außerdem … wird das sowieso ein Riesenereignis hier. Eine Dreifachhochzeit! Wann hat man das schon? Ich glaube, da werden die Medien auch kommen. Das solltest du auch bedenken! Von der ganzen Gegend werden sie kommen, um dieses Ereignis zu sehen!"

„Daran habe ich noch gar nicht gedacht. Ich glaube, da bist du uns einen Schritt voraus."

„Also Prost!"

„Prost!"

Und dann gab er Ruhe und wir küssten uns und schmusten noch rum, wie zwei Frischverliebte. Und bevor wir noch ins Zimmer kamen, hörten wir ein Auto kommen. Es war Franz. Antonia empfing ihn schon an der Haustür.

„Sei nicht so laut, sonst weckst du noch die Jungen auf!"

„Ach, lass die Jungen! Die machen es sicher wie die Hasen. Die sind sicher schon am Basteln!"

„Und eine Fahne hast du auch!"

„Ja, wir mussten doch die Geburt der Kälbchen feiern und dass wir eine Dreifachhochzeit bekommen. Da wurde dann ein Schnaps mehr getrunken."

„Ja, ein Schnaps mehr! Ich glaube, das waren einige mehr! Und du hast das auch gleich erzählen müssen, das von der Hochzeit!"

„Ja sicher, alle waren neugierig, was sich bei uns tut seit dem Fest!"

„Komm schon rein, ich helfe dir. Du kannst ja fast nicht mehr alleine stehen und da hast du noch fahren können?"

„Ja, das Auto hat ja nichts getrunken und steht auf vier Beinen, ich nur auf zwei."

„Was würdest du jetzt ohne mich tun?"

„Mich mit voller Montur ins Bett legen, aber dafür habe ich ja jetzt dich, dass du mir hilfst!"

Den Rest hörten wir nicht mehr, der ging schon im Korridor unter. Wir verzogen uns dann auch. Und gingen ‚basteln wie die Hasen‘.

Nein nicht wie die Karnickelhasen. Wir machten es uns schon gemütlicher!

Die Kinder

In der nächsten Zeit kam ich leider weniger zu Robert, weil ja die Hochzeit meines Sohnes anstand, und da hatte ich alle Hände voll zu tun. Dazwischen kam er mal zu mir, damit er auch meine Heimat kennenlernte, und erzählte mir, dass ich recht behalten habe. Dadurch, dass Franz unsere Dreifachhochzeit ausgeplaudert hatte, kamen er oder seine Mutter manchmal nicht mehr weg vom Telefon. Es riefen einige Freunde, Bekannte, Verwandte, natürlich auch der Bürgermeister und Zeitungen an, denn Franz hatte vergessen zu sagen, dass nicht dieses Jahr am 09.09. die Hochzeiten stattfinden sollten, sondern erst nächstes Jahr. Jetzt wurden alle unruhig und nervös. Nur wir nicht. Wir hatten ja Zeit. Und bei mir war es noch nicht durchgesickert. Meine Kinder schwiegen, denn die hatten zurzeit andere Probleme. Was ziehe ich an, bei wem sitze ich und und und …! Zur Hochzeit kam Robert dann natürlich auch! Ich hatte mir eigens dafür ein Kleid gekauft. Ein blauweißes Sommerkleid. So ähnlich wie das Dirndl. Es war mehr hellblau mit weißen Punkten.

„Du siehst in dem Kleid zum Anbeißen aus. So könnte ich dich mir auch als Braut vorstellen!"

Die Hochzeit war lang und lustig. Und es hat ihm auch gefallen, was wir für Bräuche haben. Einige fand er gut und wollte sie auch haben. Das könne man ja ohne Probleme einbauen, meinte ich!

Er grinste mich an und meinte:

„Das schaffst du garantiert!"

Natürlich fiel ich mit meinem Partner auf. Nicht wegen der Kleidung oder sonst was, sondern ‚weil‘ ich einen hatte und es noch keiner wusste. Das war dann die Überraschung des Tages. Er fuhr dann montags wieder zurück, denn am Sonntag war mit ihm nicht viel anzufangen. Er hatte ein wenig zu tief ins Glas geschaut. Ich zog ihn damit auf, dass er als Bräutigam wahrscheinlich noch schlimmer aussehen würde. Da er nicht ganz klar denken konnte, gab er mir nicht mal Kontra. Nach der Hochzeit ging es ans Aufräumen. Dann kam mein Termin beim Frauenarzt. Den hatte ich durch die Hochzeitsvorbereitungen fast völlig vergessen. Aber jetzt stieg wieder Panik in mir auf. Konnte ich noch Kinder bekommen? Wenigstens eins, eins wäre schön, dachte ich immer wieder.

Die Arzthelferin fragte mich wie gewohnt, wann die letzte Periode gewesen wäre. Ich wollte schon antworten, da fiel mir ein … gar nichts fiel mir ein. Ich musste wirklich scharf nachdenken und meinen Kalender zu Rate ziehen, aber in dem hatte ich nichts notiert durch den ganzen Stress der letzten Zeit. Dann überfiel mich die nächste Panikattacke! Es wird doch nicht schon der Wechsel anklopfen? Den letzten Eintrag fand ich im Juni. Nein, nicht … war mein Gedanke und der ließ mich nicht los, bis ich beim Arzt drinnen war. Obwohl Walter gesagt hatte, ich bräuchte mir keine Sorgen zu machen … Nachdem ich ihm alles in Kurzfassung erzählt hatte, beruhigte er mich erst mal und begann mit der Untersuchung. Er gab etwas Gel auf meinen Bauch und suchte mit dem Ultraschallgerät die Gebärmutter. Nach einem nachdenklichen und angestrengten kam ein freundliches Gesicht.

„Na, da haben wir ja den Übeltäter!", sagte er und drehte den Bildschirm zu mir.

‚Übeltäter?', schoss es mir durch den Kopf!

Dann blickte ich auf den Bildschirm und musste erst genauer hinsehen, was es da zu sehen gab. Währenddessen erklärte er mir auch schon alles. Das hatte ich das letzte Mal gesehen, als ich … schwanger war!

„Also, Frau Bogner, Sie brauchen sich wirklich keine Sorgen zu machen, dass Sie nicht schwanger werden könnten, denn Sie sind es ja schon längst!"

Ich sah nur auf den Bildschirm und konnte es noch gar nicht begreifen.

„Also brauchen Sie sich darum keine Sorgen mehr zu machen, sondern nur …"

… keine Sorgen mehr …, ich dachte an Walter.

Und ich begann zu heulen. Die Sorgen und Gedanken der letzten Tage lösten sich in Luft auf. Man sollte doch Walter vertrauen! Der Arzt beruhigte mich so gut es ging. Denn er konnte meine Verzweiflung schon verstehen und dass jetzt alles rausmusste, die ganze Anspannung. Er druckte mir das Bild als Beweis aus. Einen Mutter-Kind-Pass gab es noch nicht, da ich erst Anfang des dritten Monates war. Aber das war mir egal. So egal, dass ich vergaß, einen neuen Termin zu vereinbaren.

„Frau Bogner?"

„Ja."

Ich sah immer noch das Bild an.

„Frau Bogner, wir sehen uns nächsten Monat wieder!"

Ich machte noch rasch einen Termin aus und verschwand. Draußen ging ich dann in den Park und setzte mich auf eine Bank. Meine Knie waren noch ziemlich wackelig. Ich freute mich schon darauf, es Robert und den Kindern zu erzählen. Dann fiel mir ein, ich war erst Anfang des dritten Monats schwanger. Nein! Das habe ich noch nie jemandem so früh erzählt. Nichts da! Erst wenn ich den Mutter-Kind-Pass habe. Also faltete ich das Foto und steckte es in meine Börse und fuhr glücklich nach Hause. Die Kinder fragten mich dann auch, wie es beim Arzt war.

„Alles okay, alles bestens!", sagte ich ihnen.

Stimmte ja auch, oder? Auch Robert sagte ich das gleiche, als ich am Freitag wieder zu ihm fuhr.

Nur Antonia konnte man nichts vormachen. Die fragte mich samstagnachmittags, als wir alleine waren, geradeheraus:

„Bist du schwanger?"

Ich sah sie überrascht und erstaunt an.

„Wieso glaubst du?"

„Anja! Ich bin eine Frau und Mutter. Ich sehe es, erstens an deinem Blick, zweitens so zärtlich warst du zu den Kälbchen noch nie und hast immer aufgepasst, dass dir keines zu nahe an den Bauch kam und die Hände verschränkst du mir auch zu oft vor deinem Bauch! Also …?"

Automatisch verschränkte ich die Hände schon wieder. Ich öffnete sie ertappt. Also, einem Mutterblick konnte man nichts vormachen.

„Ja, aber bitte behalte es noch für dich, bis ich den Mutter-Kind-Pass habe. Vorher will ich es keinem sagen."

„Ist in Ordnung, mein Kind."

Sie sagte tatsächlich ‚mein Kind' zu mir!

„Ich freue mich sehr! Denn ich hatte die Hoffnung schon bald aufgegeben, dass Robert noch eine Frau findet und mit ihr Kinder bekommt. Und du darfst mir jetzt auch nicht böse sein, was ich dir sage."

„Ja, was denn?"

„Als du das erste Mal auf unseren Hof gekommen bist, dachte ich mir: Was hat er sich dabei gedacht, eine Ältere einzuladen. Aber dann habe ich alle beobachtet und du warst eigentlich die einzig ‚brauchbare' Frau. Anita ist zwar auch nett, aber ich konnte ja alle aus einem anderen Blickwinkel sehen und habe schon bemerkt, dass Anita sich zu Walter hingezogen fühlte. Und Robert immer glasige Augen bekommen hat, wenn er nur an dich dachte. Später dachte ich mir, was soll's? Meiner ist auch jünger, und da du ja noch nicht im Wechsel bist und heutzutage viele Frauen erst später die Kinder bekommen und du auch sagtest, wenn was kommen sollte, kommt's. Und jetzt bin ich irgendwie froh, dass er sich in dich verliebt hat. Ich glaube, er hätte nichts Besseres finden können. So, jetzt ist alles raus. Das lag mir schon länger im Magen."

Ich konnte sie nur ansehen. Ja, ich verstand sie und ich war und konnte ihr gar nicht böse sein! Sie sah mich erwartungsvoll an.

„Komm her", sagte ich und umarmte sie.

„Wir Mütter müssen doch zusammenhalten!"

Und gerade in dem Moment kam Robert rein.

„Wieso müsst ihr zusammenhalten?"

„Gegenüber unseren Kindern, weil sonst tanzen sie uns auf den Köpfen rum!", antwortete ich rasch.

Antonia hatte schon Angst, er könnte mehr mitbekommen haben. Sie wollte sicher nicht, dass er etwas von ihrer Beichte erfuhr. Sie warf mir einen dankbaren Blick zu.

Mütter müssen doch zusammenhalten!, dachte ich mir wieder. Vom neuen Termin erzählte ich ihm natürlich nichts. Die vier Wochen waren bald rum.

Inzwischen fingen wir auch wirklich an, uns ernsthafte Gedanken über die Hochzeit zu machen. Die Musik musste organisiert werden, ein Lokal gesucht und zum Pfarrer mussten wir auch noch. Das erledigten wir dann auch gleich am Sonntag nach der Messe. Dadurch, dass jetzt alles wieder im alten Rhythmus lief, ging ich auch hier mal zur Messe. Wenn man eine Kirche besucht, in der man noch nie war, darf man um etwas beten. Ich betete um eine normale Schwangerschaft und dass die Geburt komplikationslos verlief. Nach der Messe war der Priester hoch erfreut uns zu sehen, denn auch ihm war es schon zu Ohren gekommen, dass wir heiraten wollten.

„Ihr seid aber ziemlich knapp dran, wenn ihr alle im September heiraten wollt."

Robert klärte das auch gleich auf.

„Wieso knapp? Ein Jahr ist knapp?"

Jetzt sah ihn der Pfarrer verwundert an. Dann kapierte auch er, das dürfte zu ihm noch nicht vorgedrungen sein.

„Ja, da habt ihr natürlich recht, da habt ihr noch etwas Zeit."

Dann besprachen wir noch, welche Dokumente Anita und ich brauchten. Die anderen waren ja sowieso hier gemeldet und es lag alles auf. Eine gute Band war zum Glück auch bald gefunden. Da kam uns der Zufall zu Hilfe. Am nächsten Wochenende war ein Fest in einer anderen Nachbarortschaft und dort spielte diese Band, die uns allen auf Anhieb gefiel. Robert und Walter gingen in der Pause zu den Musikern und fragten nach, ob sie an diesem Tag gerade Zeit hatten. Sie hatten. Es war nur noch dieser Tag frei, so als hätten sie auf uns gewartet. Jetzt galt es noch ein Gasthaus zu finden, aber vorher musste jeder aufschreiben, wen er einladen wollte. Es kamen dann für einen jeden etwa 30 Personen zusammen. Da hatte aber jeder schon nur die wichtigsten aufgeschrieben. Und das alles mal fünf (Robert und Antonia hatten ja die gleichen Verwandten) ergab 150 Leute. Das hieß, hier in der Nähe gab es leider kein Lokal, das diese Personen fassen konnte. Plus Musikanten und Pfarrer. Die wollen oder brauchen auch einen Platz. Die Einladungskarten bereiteten uns ein großes Problem. Da wir uns nicht einigen konnten, meinte ich:

„Warum müssen wir alle die gleichen haben? Jedes Paar kann ja seine eigenen machen. Warum eigentlich so kompliziert? Nur weil wir eine Dreifachhochzeit machen, heißt das noch lange nicht, dass wir alle dasselbe haben müssen. Wir werden ja auch nicht alle das gleiche Brautkleid tragen. Antonia geht sicher nicht in Weiß und ich habe ja auch nicht vor, in Reinweiß zu gehen."

„Nein, Antonia geht in Blau, du in Beige und Anita in Weiß."

Wir sahen alle Walter an. Nein, eine Vorhersehung war das nicht mehr. Aber mir kamen die Bilder bekannt vor. Die Trance!

„Siehst du das immer noch so genau?", fragte ich ihn deshalb.

„Bei mir verschwindet es immer mehr."

„Ich sehe es noch so vor mir, als wären wir auf der Brücke."

Keiner traute sich etwas zu sagen oder gar etwas dagegen zu sagen. Dann fiel mir ein.

„Was für ein Wetter war denn in der Trance? Ich weiß es ja leider nicht mehr."

„Schönes, herrliches Spätsommerwetter. Die Sonne schien noch sehr warm denn ich spürte sie unter meiner Jacke ..."

Dann hörte er auf, bevor er noch mehr preisgab. Die anderen hätten gerne noch mehr gehört, aber er ließ sich nicht erpressen, damit er noch was sagte. Denn das war ja jetzt schon genug. Da kam mir eine Spitzenidee, aber die verriet ich nicht gleich, denn erstens wusste ich nicht, ob es möglich war und zweitens war es ein Traum von mir.

Da ich am Montag noch hier war, ging ich es gleich an, meine Idee in die Tat umzusetzen. Ich sagte, ich müsste ein paar Besorgungen machen. Ich fuhr zu dem Lokal, in dem wir damals waren. Ich hatte gesehen, dass das Lokal einen großen Gastgarten hatte mit doppelten Flügeltüren. Ich fragte, ob wir die Hochzeitsgesellschaft nach draußen ausquartieren könnten, die Musik in die rechte Ecke des Gartens und drinnen eine Spielecke für die Kinder und genug Platz fürs Buffet und die Getränke. Auch an eine kleine Eisbar hatte ich gedacht. Der Wirt gab zu bedenken, dass das Wetter nicht mitspielen könnte ..."

„Das Wetter hält und es wird heiß und sonnig", entgegnete ich selbstbewusst.

Zuerst sah er mich überrascht an, dann fragte er.

„Hat das Walter gesagt?"

„Ja, auch."

Genaueres wollte ich ihm nicht sagen. Ich fragte, ob man nicht auch ein Zelt aufstellen könnte, zumindest in einem Teil des Gartens. Er bejahte und wegen des Essens würden wir noch mal kommen.

Am Freitag war mein nächster Termin beim Frauenarzt. Ich bekam meinen Mutter-Kind-Pass! Da ich ja schon etwas älter war, war der Arzt sicherlich etwas besorgt und er meinte, ich müsse schon jeden

Monat kommen zur Untersuchung. Ich hatte damit kein Problem. Mir ging es gut, wenn nicht sogar fabelhaft. Im Gegensatz zu den anderen Schwangerschaften. Aber ich war ja auch ausgeglichener und erfahrener als damals. Zum Sonntagskaffee luden wir natürlich wieder meine Kinder, seine Schwester mit Familie und auch Anita und Walter ein. Diesmal wartete ich mit Neuigkeiten auf. Sie wunderten sich schon ein wenig. Als Erstes zeigte ein jeder seine eigenen Einladungskarten her. Wie sich es ein jeder vorstellte. Auch Antonia und Franz hatten sich welche drucken lassen. Dann eröffnete ich allen, dass wir ein Lokal hatten! Und als ich ihnen sagte, welches es sei, meinten sie, das wäre ja viel zu klein. Ich erzählte ihnen dann von dem Garten!

„Und wenn das Wetter schlecht ist?", wollte Robert wissen.

„Seit wann hörst du nicht auf Walter?"

Da sahen sie mich und Walter an. Meine Kinder musste ich noch aufklären.

„Walter hat ja gesagt, das Wetter wird herrlich und wenn ich versuche, mich daran zu erinnern, kommt es mir so vor, als würde mich die Sonne stechen."

Dagegen konnte keiner was sagen. Antonia gab ich schon ein Zeichen. Die holte die Sektgläser und den Sekt.

„Jetzt müssen wir noch auf was Schönes anstoßen."

Jeder versuchte, mich sofort auszuhorchen. Ich wartete, bis jeder sein Glas hatte. Dann holte ich meinen Mutter-Kind-Pass raus, legte ihn auf den Tisch und sagte freudestrahlend.

„Ich bin schwanger!"

Zuerst war nur ein Staunen und dann umarmten sie mich und beglückwünschten uns. Auch Robert war erst mal sprachlos. Dann ging ein Strahlen über sein Gesicht. Er wartete, bis sich der große Tumult gelegt hatte. Zog mich dann etwas abseits und fragte mich.

„Seit wann weißt du es schon?"

„Beim letzten Besuch hat mein Arzt es mir bestätigt, dass ich schwanger bin, aber diesen Freitag habe ich erst den Mutter-Kind-Pass bekommen, und ich habe es noch nie früher öffentlich gemacht. Und ich wollte dich und die anderen damit überraschen."

„Wann ist es denn eigentlich passiert, wir sind doch erst drei Monate zusammen?"

„Wenn ich richtig rechne, muss es gleich in unserer ersten Nacht passiert sein oder in den darauf folgenden."

Als er mich verständnislos ansah, klärte ich ihn auf.

„Nach dem Fest, mein Lieber. Oder die Woche darauf. Denn auf dem Berg waren wir ja brav."

Jetzt lachte er und küsste mich.

„Ohhhh igitt, die schmusen auch!", sagte eine Stimme hinter uns.

Es war einer der Zwillings Jungs. Ich versuchte zwar, sie auseinanderzuhalten, aber da ich sie nicht oft sah, war es etwas schwierig. Sogar Robert hatte Probleme. Wir mussten nur lachen.

„Wer schmust denn noch außer uns?", fragte Robert.

„Onkel Walter und auch Opa Franz."

Wir mussten lachen, wie er das so gesagt hatte. Onkel Walter war ja normal, aber das ‚Opa' war noch neu und ungewohnt. Es wurde dann noch viel wegen der bevorstehenden Hochzeit gesprochen. Ich hatte mir schon längst einen Block und Kugelschreiber geholt, um die ganzen Wünsche und Anregungen aufzuschreiben. Damit nichts vergessen wurde. Da Antonia keine Sonderwünsche hatte, übernahmen Anita und ich die Organisation. Wir steckten demnächst oft die Köpfe zusammen. Das Wichtigste war ja schon abgehakt, Termin am 09.09., Termin mit Pfarrer erledigt, Lokal und Musik auch erledigt. Jetzt ging es nur noch um die Dekoration in der Kirche und auf den Tischen. Um das Essen und wie wir die Leute alle setzen wollten. Anita wünschte sich die Blumen in Weiß. Ich wollte ihr nicht widersprechen, aber ich hätte lieber blaue oder zumindest weiß-blaue Blumen gehabt. Antonia brauchten wir nicht zu fragen. Über das Essen wurden wir uns bald einig, was es geben sollte. Anita war schon am Suchen nach einem Brautkleid. Ich stresste mich damit noch nicht, denn das konnte ich mir erst nach der Geburt meines Kindes aussuchen.

Die Schwangerschaft verlief ziemlich angenehm. Da ich mit meiner Schwangerschaft in den Winter kam, brauchte ich mir über die Hitze keine Gedanken zu machen. Bei der nächsten Untersuchung war mein Arzt etwas besorgt, sagte aber nichts, da es mir ja gut ging.

Aber als ich im 5. Monat schwanger war, konnte er es mir nicht mehr verheimlichen.

„Wenn Sie noch Urlaub haben, nehmen Sie den bitte und dann gehen Sie in frühzeitige Elternzeit."

„Wieso? Mir geht es doch gut. Warum sollte ich schon so früh gehen? Nur weil ich schon etwas älter bin?"

Er sah mich an und sagte.

„Nicht nur das! Sie erwarten Zwillinge!"

Er zeigte mir das Ultraschallbild. Jetzt war es raus, worum er sich schon seit dem dritten Monat gesorgt hatte.

„Sie scherzen jetzt! Nur weil seine Schwester Zwillinge hat, muss das noch lange nicht heißen, dass ich jetzt auch welche bekomme!"

Jetzt sah er mich etwas irritiert an. Denn das konnte er ja nicht wissen.

„Gab es sonst noch Zwillinge in der Verwandtschaft?"

Ich überlegte, musste das aber verneinen, das wusste ich leider nicht.

„Fragen Sie etwas nach. Aber jetzt ist es sowieso schon egal. Hätten wir das früher gewusst, hätte ich schon früher reagieren können."

So beantragte ich meinen Resturlaub und ging in frühzeitige Elternzeit. Das mit den Zwillingen verschwieg ich allen. Ich wollte nicht in Watte gepackt werden deswegen und schon gar nicht von Robert. Da ich jetzt auch nicht mehr arbeiten musste, konnte mein Umzug zu Robert jetzt endgültig abgeschlossen werden. Antonia horchte ich etwas über ihre Familie aus. Es stellte sich dann heraus, dass Roberts Vater einen Zwillingsbruder hatte, der als Kind verstorben war.

„Darum wohl auch Reginas Zwillinge?"

Sie sah mich danach scharf an und fing an zu kombinieren.

„Anja? Willst du mir vielleicht noch was erzählen?"

Ich zuckte die Schultern, sah sie treuherzig an und zeigte mit den Fingern eine zwei. Ihr konnte man aber auch gar nichts verheimlichen. Sie musste sich setzen und sagte:

„Nein, das kann es jetzt wirklich nicht geben. Du auch?"

„Ja, es ist wahr, darum bin ich schon in frühzeitiger Elternzeit, nicht nur wegen des Alters, was ich allen erzählt habe. Auch Robert. Aber bitte …"

Ich legte den Zeigefinger auf die Lippen. „Pst!"

Sie wusste, was ich meinte. Sie beugte sich zu mir vor und sagte in leisem Ton.

„Aber Franzl darf ich es schon erzählen, oder?"

„Ja, aber nur, wenn er sich nicht verplaudert."

Denn das konnte er ja recht gut. Stichwort Dreifachhochzeit.

„Wenn der was verrät, dann bekommt er es mit mir zu tun!"

Und wie auf Kommando kam er auch schon rein.

„Wer bekommt es mit dir zu tun?"

„Du mit mir. Wenn du etwas verrätst!"

„Was sollte ich verraten?"

„Dass Anja auch Zwillinge bekommt!"

Er sah uns an, als würden wir ihm einen Bären aufbinden wollen.

„Nein, es ist wahr!", sagte ich.

Dann kam wieder Leben in ihn.

„Solange es nicht Drillinge sind …"

„Hör mir auf mit dem!", sagte ich erschrocken.

„Es reichen ja auch zwei, oder?"

„Weiß Robert schon davon?"

„Nein, und der soll auch so lange wie möglich nichts davon erfahren. Am besten bis zur Geburt, weil sonst darf ich gar nichts mehr machen. Er will mich jetzt schon in Watte packen."

Am Nachmittag kam Walter vorbei, ich war gerade alleine in der Küche, hatte die Beine hochgelagert und las ein Buch.

„Hallo, wie geht's denn meiner Schwägerin und meinen Patenkindern?"

Da er ja wie ein Bruder zu Robert war, sagte er das öfter aber das mit den Patenkindern machte mich stutzig. Ja, wir wollten ihn als Paten, aber wieso sprach er von ‚Kindern'? Hatte Antonia doch was gesagt? Aber dann fiel mir ein: Konnte er das schon wissen? Hatte er schon eine Vorahnung?

„Walter, woher weißt du?"

Er setzte sich zu mir.

„Anja! Mich kannst du nicht hinters Licht führen wie Robert."

„Seit wann weißt du es?"

„Seitdem ich dir gesagt habe, du sollst dir keine Sorgen machen, oder hätte ich dir da gleich alles sagen sollen?"

„Nein, denn dann hätte ich mir schon frühzeitig Sorgen gemacht, so machen sich nur Robert und mein Arzt Sorgen. Das reicht mir völlig." Wir plauderten noch über dies und das, bis Robert vom Stall hereinkam. Sie mussten auch etwas besprechen wegen der Hochzeit und das durften wir nicht erfahren. Es sollte für uns eine Überraschung sein. Es kam Weihnachten und die Geburt meines ersten Enkelkindes ließ auf sich warten. Wir waren schon alle nervös und bei jedem Klingeln des Telefons warteten wir schon auf Nachricht. Weihnachten hatten wir einen Tag bei meinen Kindern verbracht und einen bei Anita. Da mein Bauch auch immer größer wurde, kamen dann auch die Probleme: Kurzatmigkeit, Sodbrennen, Wasser in den Beinen. Ich sah aus wie ein Dampfross auf zwei Beinen. Dabei hatte ich noch fast drei Monate. Mein Arzt meinte, es könnte auch früher losgehen. Zu Silvester gingen wir nicht aus. Ich hatte überhaupt keine Lust, so wie ich aussah. Auch wenn Robert mir schmeichelte und meinte, ich wäre die wunderschönste Frau.

Am Neujahrstag machte Robert den Stall fertig und Antonia war mit Franzl zur Messe gefahren. Somit war ich alleine im Haus. Ich half schon bei der Vorbereitung für das Mittagessen. Es ging jetzt zwar alles etwas langsamer, aber keiner war mir böse. Als das Telefon klingelte, dachte ich noch: Wer ruft am Neujahrstag schon so früh an? Ich meldete mich und dann hörte ich eine mir bekannte Stimme sagen:

„Prosit Neujahr, Omi!"

Zuerst dachte ich, das ginge Antonia an, dass ihre Enkel sie anriefen, aber die sollten ja nachmittags kommen. Als ich nicht gleich antwortete, sagte diese Stimme wieder:

„Mama, bist du jetzt so stumm vor lauter Freude?"

Jetzt registrierte ich es erst! Es war mein Sohn und ich war Omi! Daraufhin musste ich mich rasch setzen, denn der Kreislauf machte natürlich auch nicht immer so mit, wie ich es gewohnt war.

„Ja. Hallo Christian, dir auch ein Prosit und natürlich freue ich mich. Nur ich war so in Gedanken, dass ich darauf gar nicht gefasst war. Und was ist es? Wie groß? Wie schwer? Und wann?"

„Es ist ein Junge, 51 cm groß, und 3600 Gramm schwer und er ist gestern 5 Minuten vor Mitternacht auf die Welt gekommen."

„Na, das neue Jahr wollte er wohl gar nicht abwarten, oder?"

„Nein, das wollte er gleich mit uns feiern. Am liebsten hätte ich ja schon um 1 Uhr früh die frohe Botschaft verkündet, aber ich wollte euch nicht stören, vielleicht habt ihr schon geschlafen."

„Ja, das ganz sicher, du hättest damit das ganze Haus rebellisch gemacht. Nein, war schon besser so und wie heißt eigentlich mein kleiner Enkel?"

Er druckste etwas rum und sagte dann:

„Ich hoffe, du bist nicht böse auf uns, wenn wir ihn wie Vater nennen. Ich weiß ja nicht, wie ihr euer Kind nennen wollt, und dass dann vielleicht zwei Roberts rumlaufen."

„Nein, keine Angst, es werden keine zwei Roberts herumlaufen!"

Dabei musste ich daran denken, dass zwei Kinder von Robert rumlaufen werden.

„Ich werde mein(e) …", wollte ich schon sagen, hielt mich aber im letzten Moment noch zurück. „Wir nennen unser Kind schon anders und ich bin dir sicher nicht böse, wenn er Robert heißt. Im Gegenteil, ich freue mich sehr darüber. Grüß Tina noch schön und sobald es das Wetter erlaubt, kommen wir euch besuchen!"

Wir legten dann auf und gerade in dem Moment kam auch Robert herein. Ich saß noch ganz in Gedanken versunken neben dem Telefon.

„Wer soll wem erlauben, wen zu besuchen? Hallo Erde an Anja? Bist du noch da?"

Ich sah ganz verklärt zu ihm auf und sagte dann:

„Hallo Opa!"

Jetzt sah er mich überrascht an. Dann kam Bewegung in ihn.

„Was, wann und wie schwer?"

„Ein Junge namens Robert, 51 cm groß und 3600 Gramm schwer und gestern 5 Minuten vor Mitternacht."

„Oha! Ein Silvesterbaby. Warum heißt es nicht Silvester?"

„Weil sie ihn nach seinem Opa, meinem verstorbenen Mann nennen wollen."

Dagegen konnte er gar nichts sagen. Er freute sich dann auch mit mir, und als Antonia und Franzl von der Messe zurückkamen, hatten wir schon alles fürs Mittagessen fertig. Sie brauchte nur noch den Tisch zu decken. Und ihnen verkündeten wir dann auch die frohe Botschaft. Sie waren auch alle glücklich, dass dieses Warten endlich ein Ende hatte. Denn meines stand ja noch bevor. Nach dem Essen legte ich mich dann etwas hin. Jetzt fingen die Probleme erst richtig an. Es war doch schwerer, als ich gedacht hatte. Zuerst schien es ja, dass alles normal abliefe, aber seitdem ich wusste, dass ich Zwillinge erwartete, wurde es anders. Ich trug ja jetzt die doppelte Last. Zum Nachmittagskaffee kam ich dann gerade recht. Walter schneite dann auch zu uns herein und man sah ihm an, dass er Kummer und Sorgen mitbrachte. Wir erzählten ihm, dass wir endlich Großeltern von einem Jungen wären. Er gratulierte uns und war trotzdem immer noch traurig. Eine Freude kam selten alleine, wenn sich nicht auch was Schlimmes anbahnen würde. Er fragte uns um Rat. Er, der sowieso immer alles schon vorher wusste. Er hatte gestern am Abend eine Vision, als sie zusammen im Bett lagen. Er hatte Anita noch gar nichts davon erzählt, denn es betraf hauptsächlich sie. Und er fragte uns diesmal um Rat, was er machen sollte. Ihr alles erzählen oder alles auf sich zukommen lassen.

„Was hast du bis jetzt immer gemacht, wenn du eine Vision hattest? Hast du es immer gleich demjenigen gesagt, den sie betraf?", wollte ich wissen.

Weil ich wusste, mir hatte er vorher ja auch nichts gesagt.

„Ich habe nie viel davon erzählt, nur immer das Allernotwendigste, aber diesmal geht es um Anita. Und ich will nicht, dass sie leidet."

„Worum geht es denn eigentlich?"

Robert und ich sahen ihn an. Antonia und Franzl waren wieder in ihr Zimmer gegangen.

„Es passiert etwas mit ihrer Schwester, was Genaues kann ich auch noch nicht sagen. Ich sah nur ihr trauriges Gesicht und die Kinder ihrer Schwester in meinen Armen, die weinten.

„Walter!"

Er sah mich ganz traurig an.

„Walter, ich weiß, es ist ein blöder Spruch, aber kommt Zeit kommt Rat. Du wirst schon das Richtige machen und du musst dann für sie da sein und ihr zur Seite stehen."

Wir redeten noch etwas darüber, dann fuhr er beruhigter nach Hause. Einige Tage später bekamen wir einen Anruf von ihm. Anitas Schwester Edith hatte Krebs, Gebärmutterkrebs im Endstadium. Man hatte es zu spät bemerkt. Sie hatte selten Probleme und wenn tat sie es immer ab. Zum Frauenarzt ging sie leider auch nur unregelmäßig. Dadurch bemerkte man es zu spät. Man gab ihr nicht mehr viel Zeit. Anita war natürlich geschockt. Ihre Schwester war alleine. Ihr Mann hatte sie wegen einer anderen verlassen. So zog sie die Kinder alleine auf. Und jetzt? Jetzt hatte sie noch die Sorge um ihre Kinder. Anita sagte ihr sofort zu, die Kinder zu nehmen und sie aufzuziehen. Edith fragte: „Was wird Walter dazu sagen?"

Nachdem sie ihn gefragt hatte, sah er sie nur traurig an und meinte: „Natürlich nehmen wir sie zu uns."

Denn er wusste auch schon wieder mehr: Sie würden keine eigenen Kinder bekommen, so wie es im Spruch war.

„Der einen sind keine eigenen Kinder erlaubt!"

Am nächsten Sonntag besuchten wir dann meinen Enkel und er sah fast genauso aus wie Christian als Baby. Anitas Schwester starb dann 14 Tage später. Leider war so schlechtes Wetter, dass ich nicht zur Beerdigung mitfahren konnte. Antonia und Robert fuhren alleine. Die Kinder ertrugen es mit Fassung. Oder fraßen sie alles in sich hinein? Sie hatte auch drei Kinder, Emmerich, neun Jahre, Emanuel, sechs Jahre und die zweijährige Emilia. Es blieb also alles wieder bei der Drei! Da Anita zu Walter ziehen wollte, mussten sie erst sein Haus etwas umbauen, denn für so einen schnellen und großen Zuwachs waren sie ja nicht eingerichtet. Anita blieb inzwischen bei ihnen, bis alles geregelt war mit der Vormundschaft und der Wohnung. Am Wochenende besuchten sie Walter, soweit es möglich war. Dann kam Anita mal vorbei und fragte, ob wir an der Hochzeitsplanung noch etwas ändern könnten. Ich wollte sie etwas aufheitern und sagte:

„Ja, alles außer dem Datum."

Sie musste lächeln.

„Nein, ich will bestimmt nicht das Datum ändern. Edith sagte auch, heirate und werde glücklich, verschiebe es nicht wegen mir. Denk an mich und den Strauß legst du bitte auf mein Grab."

Seit ich schwanger war, war ich natürlich auch sehr sensibel und fing auch gleich an zu heulen.

„Und was willst du ändern?", fragte ich, während mir einige Tränen über die Wange liefen.

„Ich würde im Andenken an meine Schwester gerne noch blaue Blumen zur Deko nehmen. Sie hatte blaue Blumen gerne."

„Das ist ja kein Problem, wir haben für Änderungen immer noch genug Zeit."

Und damit war Punkt zwei für mich auch abgehakt! Ich bekam meine blauen Blumen doch noch. Es wurde Februar und Robert wurde schon nervös. Dabei hatte ich ja noch Zeit. Der Termin war für den 15. März anberaumt. Doch mein Arzt meinte, es könnte auch schon früher losgehen, aber je näher ich meinem Termin kam, desto besser für die Babys. Robert hatte es immer noch nicht erfahren, dass das doppelte Glück auf ihn warten sollte. Er übte öfter schon fleißig bei Klein Robert, wenn sie uns besuchen kamen. Da ich mich etwas schwertat, kamen sie zu uns.

Im Januar waren wir auch schon auf der Suche nach einem Kinderwagen und Bettchen und allem, was man für ein Baby so brauchte. Da hätte ich mich bald verraten. Robert suchte dann einen aus, es war mir egal, was er aussuchte, denn ich hatte den richtigen schon im Visier, nur konnte ich es ihm nicht sagen. Ich schickte ihn dann weg, um etwas zu trinken zu holen. Währenddessen besprach ich rasch alles mit der Verkäuferin. Welchen Wagen, Bettchen und zwei Maxi Cosi. Bis Robert wiederkam, hatten wir alles erledigt. Ich zwinkerte ihr zu und dann gingen wir wieder. Wenn er es abholt, weiß er es sowieso schon, dass es zwei werden.

So rückte auch meine Zeit näher. Die Nächte verliefen unruhig. Da ich erstens nicht mehr gut liegen konnte und zweitens Robert so unruhig schlief. Dann kam der achte März. Mir war schon den ganzen Tag so komisch gewesen. Antonia merkte es auch, sagte aber nicht viel, sondern half mir den ganzen Tag über so gut es ging. Es war kurz vor Mitternacht, als die Wehen einsetzten. Robert ließ es sich nicht nehmen, Frau und Kind selber ins Spital zu bringen. Bevor wir noch losfahren konnten, hatte ich dann auch schon den Blasensprung. Robert fuhr so schnell es ging ins Spital. Ich hatte zwar schon starke Wehen durfte aber noch nicht pressen, da der Muttermund noch nicht weit genug geöffnet war. Kurz vor drei Uhr ging es dann endlich los. Das erste

Kind kam pünktlich um drei Uhr morgens am 09.03. Sie legten es mir kurz auf den Bauch, bis sich das zweite meldete, dass es auch kommen wollte. Da Robert verwirrt war, schnitt die Hebamme die Nabelschnur durch. Und das Baby wurde erst mal gewaschen und gewogen. Robert sah immer noch verwirrt drein, als die Hebamme meinte:

„So und jetzt pressen wir noch mal, dass das zweite Baby auch das Tageslicht erblickt."

Ich hätte am liebsten gelacht, so komisch sah er aus, aber ich musste pressen. Und um 03:03 Uhr kam Baby zwei auf die Welt. Das wurde mir dann auch auf den Bauch gelegt und Baby eins kam dazu. Robert sah mich nur an. Und konnte es nicht glauben, was er sah.

„Zwillinge?", brachte er vorerst nur raus. Als die Hebamme sah, wie er auf seine Kinder starrte, sagte ich zu ihr:

„Er wusste nicht, dass ihn heute das doppelte Glück erwartet. Dass er Vater von Zwillingen wird."

Jetzt verstand auch sie und dann ließ sie die kleine Familie alleine. Er streichelte zaghaft über die Köpfe der Babys und musste es erst mal verarbeiten, was da geschehen war.

„Da wird meine Mutter staunen, wenn ich ihr das sage."

Da musste ich ihm leider den Wind aus den Segeln nehmen.

„Antonia weiß es schon lange, die hat das schneller mitbekommen. Als ich sie ausfragte, ob es schon öfter Zwillinge in der Familie gab, außer bei Regina. Und Franz durfte sie es auch sagen. Na und Walter weiß sowieso immer schon mehr als wir."

„Dann war ich der Einzige, der nichts davon wusste?"

„Nein, Anita glaube ich, weiß es auch nicht und meine Kinder wissen es genau so wenig wie die Familie deiner Schwester."

Dann kam die Hebamme wieder und diesmal durfte Robert die Nabelschnur durchschneiden. Vor lauter Freude, hatten wir noch gar nicht gefragt oder nachgesehen, was wir bekommen hatten. Jetzt sah Robert nach.

„Zwei Jungs! Wie bei Regina."

„Und wie sollen die Jungs heißen? Ich muss das eintragen und auf die Bänder schreiben."

Robert sah mich an. Denn da fiel ihm die Wette ein, aber hatte er sie schon gewonnen oder ich?

„Benjamin und Benedikt", sagte ich inzwischen, „Ich hoffe, es ist dir recht."

„Mir ist alles recht, Hauptsache, euch geht es gut."

Bis wir alle wieder hergerichtet waren, war es dann schon nach 4 Uhr. Ich ließ Robert nicht nach Hause fahren. Die Schwester richtete für ihn ein Bett her. Da nicht viel los war, war das kein Problem. Er schlief dann bald tief und fest. Ich lag noch eine Zeit lang wach und sah meine Männer an. Der eine schlief auf meiner rechten Seite und der andere auf meiner linken Seite. Irgendwann musste ich dann auch eingeschlafen sein. Denn ich hörte ein Baby quengeln. Als ich die Augen aufschlug, sah ich Robert, der gerade ein Baby im Arm hielt.

„Hallo, guten Morgen. Auch schon wach? Da ist schon wer sehr hungrig."

Und er zeigte mir das Baby, wie es bei ihm nach Milch suchte.

„Na komm, gib ihn schon her, damit ich seinen Hunger stillen kann."

Ich nahm Benedikt und legte ihn mir an die Brust der sofort anfing zu saugen. Robert sah uns glücklich zu. Als Benedikt fertig war, meldete sich auch Benjamin. Robert hielt Benedikt, damit er aufstoßen konnte, und ich stillte Benjamin. Wenn das immer so geht, würde das Stillen kein Problem werden. Als beide wieder in ihrem Bettchen lagen, meinte ich.

„Willst du nicht mal zu Hause anrufen, damit sie sich keine Sorgen machen? Und meine Kinder würden es sicher auch gerne wissen wollen."

Er wollte gar nicht weggehen von seinen Kindern. Aber er verständigte dann doch meine Kinder. Den anderen wollte er es erst zu Hause sagen. Meine Kinder wären aus dem Staunen nicht herausgekommen, erzählte er mir dann.

„Antonia und Franzl sollen warten, die haben auch nichts gesagt. Also sollen sie ein bisschen schmoren. Dass wir weg sind, haben sie sicher in der Früh schon mitbekommen. Und sie werden auf einen Anruf warten."

Robert bekam dann auch noch ein Frühstück im Krankenhaus, doch dann musste er leider gehen. Zu Hause wartete Arbeit auf ihn. Und seine Mutter. Die war schon wieder ganz nervös. Und als Robert nicht gleich mit der Sprache rausrückte, fragte sie.

„Was ist? Ist alles in Ordnung mit Anja und den Babys? Sind es Jungs oder Mädchen oder gemischt?"

„Wieso weißt du, dass es zwei sind?"

Jetzt war es Antonia auch schon egal, wenn sie nur erfahren würde, was los ist.

„Anja hat mich ausgefragt, ob es in unserer Familie schon mal Zwillinge gab, außer denen von Regina. Und dass eben dein Vater einen Zwillingsbruder hatte, der als Kind gestorben ist. Und da bin ich draufgekommen, dass da was nicht stimmte. Umsonst fragt man so was nicht. Und was ist jetzt?"

Er sah sie noch etwas an und sagte: „Sie heißen Benedikt und Benjamin, sind 49 cm groß und 2900 Gramm schwer."

„Hurra!", kam es von der Küchentür her. Franzl kam wieder zum richtigen Zeitpunkt.

„Darauf müssen wir anstoßen", sagte er, ging zum Kühlschrank und holte eine Flasche Wein raus. Die hatte er schon vorsorglich in der Früh reingestellt. „Prost auf die neuen ,B's'." Nachdem sie angestoßen und getrunken hatten, fragte Antonia.

„Wissen es schon Anjas Kinder?"

„Ja, die habe ich noch vom Krankenhaus aus angerufen."

„Und uns nicht?"

„Nein, wieso sollte ich? Reicht ja, wenn ich es euch jetzt erzähle."

„Dann muss ich Regina rasch anrufen. Die wird erst Augen machen! Ihr Bruder hat auch Zwillinge."

Und schon war sie am Telefon. Robert holte sich sein Handy und telefonierte vom Balkon aus mit Walter.

„Du bist mir ein Bruder! Mir sagst du nicht, dass wir Zwillinge bekommen! Ihr lasst mich voll ins Messer laufen."

Walter konnte nur verhalten lachen.

„Wann sind sie auf die Welt gekommen? 3 Uhr und 03:03?"

„Ja, woher weißt du das? Sag nicht, du hattest eine Vision?"

„Nein, aber ich hatte um diese Zeit höllische Bauchschmerzen, die danach wie weggeblasen waren."

Jetzt war Robert still.

„Und wie heißen deine Jungs?"

„Das weißt du auch? Dann müsstest du auch wissen, wie sie heißen."

„Nein, das ist eher verschwommen, ich weiß zwar Jungs, aber die Namen kann ich dir nicht sagen, aber mir schwirren immer irgendwelche Bs im Kopf rum. Und mit B gibt es viele Jungennamen."

Jetzt sagte Robert gar nichts mehr.

„Was ist? Habe ich recht?"

„Ja und wie! Benedikt und Benjamin!"

Jetzt lachte auch Walter.

„Na, dann wünsche ich der Jungen ‚B'-Familie viel Spaß und Glück beim Windeln wechseln."

Dann legten beide auf. Bei den Worten ‚Windeln wechseln' fiel Robert ein, dass er ja einen anderen Kinderwagen brauchte. Vormittags setzte er sich dann noch ins Auto und fuhr zu dem Geschäft, wo sie den Wagen bestellt hatten. Es war wieder die gleiche Verkäuferin da.

„Ich habe da ein Problem. Ich habe bei Ihnen einen Kinderwagen bestellt, den müsste ich umtauschen."

Die Verkäuferin starrte ihn an und wollte schon etwas sagen.

„Ja, wir haben Zwillinge bekommen und da brauche ich einen anderen Wagen."

Jetzt erhellte sich ihre Miene.

„Nehmen Sie den Wagen gleich mit oder brauchen Sie ihn erst später?"

Jetzt sah er sie verdutzt an.

„Ihre Frau hat noch am gleichen Tag, als sie was zu trinken geholt haben, einen Zwillingswagen, zwei Maxi Cosi und zwei Bettchen bestellt."

„Das hätte ich mir eigentlich denken können. Würden Sie mir bitte das alles zeigen? Sie ging mit ihm ins Lager und ihm gefiel auch der Wagen, die beiden Maxi Cosi und Bettchen.

„Ja, ich nehme gleich alles mit und bezahle es auch gleich."

Als er nach Hause kam, war das Auto voll. Franz half ihm dann beim Aufstellen der Bettchen und Antonia wusch gleich die Babywäsche, die er gratis bekommen hatte, weil er nicht nur Zwillinge hatte, sondern er auch einer von der Dreifachhochzeit war. Das hatte sich schon bis dorthin herumgesprochen.

Nachmittags besuchten mich dann Antonia, Franz und Robert. Antonia und Franz waren entzückt von ihren Enkeln. Endlich hatte auch Robert Kinder und kam auch bald unter die Haube. Sie hatte schon Angst, dass er alleine bleiben und als Eigenbrötler sein Leben fristen würde.

„Weißt du, dass mein Großvater Benedikt hieß und der Urgroßvater von meinem verstorbenen Mann Benjamin?"

Nein, das wusste ich nicht. Sogar Robert staunte da nicht schlecht.

„Ich dachte nur, da wir Frauen alle mit A anfangen die Kälbchen und meine Kinder mit C, fehlt noch das B, und da dachte ich noch nicht mal an Reginas Kinder, wo die Jungs auch mit B anfangen, das fiel mir dann später erst ein. Aber es passt ja dann auch, oder?"

Keiner sagte etwas dagegen. Und ich glaube, Antonia war insgeheim sehr glücklich darüber. Nach vier Tagen durfte ich dann endlich mit meinen beiden Jungs nach Hause. Robert kam mit den beiden Maxi Cosi.

„Du bist mir schon eine! Schickst mich um was zu trinken, damit du die Bestellung ändern kannst und ich nicht mitbekommen soll, dass du Zwillinge erwartest. Die Verkäuferin hatte auch ziemlich dumm dreingesehen, als ich sagte, ich müsste den Wagen umtauschen. Aber als ich ihr sagte, dass wir Zwillinge haben, hellte sich ihr Gesicht auf und sie zeigte mir deine Bestellung. Ich dachte ja nur zuerst an den Wagen, aber ich brauche ja auch zwei Bettchen und zwei Maxi Cosi. Aber die standen schon alle bereit."

So fuhren wir glücklich, wenn auch mit einem kleinen Umweg nach Hause. Denn Robert wollte seine ‚Schätze‘ der Verkäuferin zeigen. Die war nämlich auch schon neugierig. Und außerdem hatte man ihm vorgeschlagen, für sie Werbung zu machen, ob sie die Kinder in den Maxi Cosi und einem Kinderwagen fotografieren dürften und dann in der Werbung verwenden. Dafür würden wir auch entschädigt werden. Warum nicht, dachte ich mir. So kamen wir dann mit zwei Stunden Verspätung heim.

Inzwischen waren auch schon meine Kinder und Roberts Schwester samt Familie da gewesen. Nur Walter und Anita noch nicht. Derzeit waren ‚ihre‘ Kinder fast ständig krank und da wollten sie uns nicht besuchen, damit sich unsere nicht ansteckten.

Es wurde dann April, bis wir alle vollzählig und gesund waren, damit dann auch alle zur Taufe kommen konnten. Die Kinder von Walter und Anita fühlten sich schon sehr wohl bei ihnen, denn inzwischen waren sie schon zu Walter gezogen. Die Jungs waren schon aufgetaut. Doch Emilia war noch schüchtern und sprach noch nichts. Sie hatte vorher schon angefangen zu sprechen. Jetzt war sie verstummt. Die Wohnung hatte sie verkauft und das Geld für die Kinder angelegt. Sie waren am Anfang noch ziemlich still, aber als dann Bertram und Berthold aufgetaut waren, und das dauerte bei denen nicht lange, wurde es sehr lustig, da sie ja alle das gleiche Alter hatten. Walter und Anita waren mit ihnen sehr glücklich. Denn als sich rausstellte, dass Anita keine eigenen Kinder bekommen konnte, weil ihre Gebärmutter zu verwachsen war, liebte sie die Kinder ihrer Schwester noch mehr. Sie dachten sogar schon an Adoption. Vorläufig hatte Anita das Sorgerecht. Wenn aber alles passte und die Kinder damit einverstanden wären, könnten sie sie eventuell nach der Hochzeit auch adoptieren. Ja genau, die stand ja auch noch bevor. Das Essen hatten wir in dem Lokal, in dem wir auch die Hochzeit feiern wollten. So besprachen wir dann auch gleich alles mit dem Wirt, was wir haben wollten. Natürlich bekamen das dann auch die Kinder mit und äußerten auch ihre Wünsche.

„Eine Gries Nockerlsuppe müsste schon dabei sein und Schnitzel! Schnitzel mit Pommes! Und Ketchup!"

Ich versprach ihnen, dass es das geben würde. Denn die Suppe wollte ich selber und Rindfleisch mit Semmelkren. Keiner sagte was dagegen und so gab es Griesnockerl-, Nudel- und Leberknödelsuppe. Als Zwischengang das Rindfleisch mit Semmelkren und hinterher als Hauptspeise Schnitzel, gebackenes Huhn, Reis und Pommes. Und drei bis vier Salate, Kartoffel-, Grünen, Gurken- und Tomatensalat. Als Nachspeise: die Hochzeitstorte, davon gab es natürlich drei! Da wir uns schlecht auf eine einigen konnten, bestellte jedes Brautpaar seine eigene, nur eine einfache, denn es gab dann ja noch Kekse und für die Kinder Eis. Und Kinder gab es genug! Meine Kinder mit meinem Enkel, Reginas Kinder, die Kinder von Walter und Anita und Franzls Neffen und Nichten ließen es sich nicht nehmen, alle zu kommen, wenn schon ihr Onkel wieder heiratet und dazu noch zwei andere Paare. Denn es waren zwei Neffen und zwei Nichten mit je zwei Kindern auch in dem gleichen Alter, wie diese Rasselbande hier. Keiner wollte sich diese Dreifachhochzeit entgehen lassen.

Die Dreifachhochzeit

Bis zur Hochzeit hatte es ja noch Zeit. Aber die verging wie im Fluge. Der Sommer versprach nicht viel. Er war eher kalt und verregnet. Einige Tage war es dann auch ziemlich heiß, da blieb ich dann lieber mit meinen Jungs im Haus. Viele sahen schon die Hochzeit platzen, wenn das Wetter so bliebe. Walter und ich vertrauten der Vision. Denn nicht nur das Essen, sondern auch die Trauung sollte im Freien stattfinden. Der Kirchenplatz war groß genug dafür. Die Gemeinde stellte uns Bänke zur Verfügung. Denn als der Pfarrer anrief und fragte, wo er denn die ganzen Reporter hinstellen oder platzieren dürfe, wussten wir, die Kirche würde platzen. Denn es würden nicht nur Reporter kommen, sondern auch viele, wenn nicht fast alle Leute aus der näheren und weiteren Umgebung. Denn es riefen schon Unmengen an Leuten in der Pfarrkanzlei an, ob die Hochzeit auch wirklich stattfinden würde. Drei Tage vorm Hochzeitstermin wurde es warm. Sehr warm für die Jahreszeit. So als hätten wir es bestellt. Mein Hochzeitskleid hing auch schon im Schrank in Roberts ehemaligem Zimmer. Und nicht nur das! Auch Anitas Hochzeitskleid hing dort. Denn wir Bräute blieben hier und die Männer waren bei Walter. Anita hatte bald ihr Kleid, Antonia fand auch schnell ein mittelblaues Kleid, das von der Weite wie ein Kostüm aussah. Aber ich war immer noch auf der Suche. Ganz in Weiß wollte ich nicht heiraten. Die beigen- oder champagnerfarbenen Modelle gefielen mir nicht. Es war eine Woche vor der Hochzeit. Jetzt bekam ich doch ein wenig Panik, sollte ich nicht bald eines finden. Antonia passte auf die Zwillinge auf. So konnte ich in Ruhe durch die Stadt gehen und stöbern. Ich ging in jedes Geschäft, das nur annähernd ein Braut- oder Abendkleid führte. Leider fand ich nichts. Ich wollte schon wieder unverrichteter Dinge nach Hause fahren, als ich eine Gasse zu früh einbog, um zum Auto zu kommen. Als ich es merkte, war es schon zu spät und so schlenderte ich dann noch diese Gasse entlang und wollte dann umdrehen, als ich an einer Auslage vorbeiging, in der Trachtenkleider hingen. Etwas blendete mich und ich sah hinein. Da hing mein Traumtrachtenkleid.

Ein Hochzeitstrachtenkleid! In Beige mit weißen Spitzen und Schürze. Ich überlegte dann gar nicht lange und ging hinein.

„Welche Größe hat das Hochzeitstrachtenkleid in der Auslage?" Die Verkäuferin sah mich erschrocken an, denn ich hatte mir gar nicht Zeit genommen, sie zu grüßen.

„D-das Kleid ist Größe 44. Es ist das letzte, das wir noch haben", fing sie vor lauter Überraschung auch noch an zu stottern. Sie sah auch nebenbei noch auf die Uhr denn es war 10 Minuten vor 18 Uhr. Bei mir war es auch so: 10 Minuten vor 12 Uhr, bevor die Hochzeit war. Sie wollte sicher bald zusperren und dann kam noch eine launige Kundschaft.

„Wir haben aber noch andere Kleider auf Lager", sagte sie dann trotzdem freundlich, ging zur Auslage und holte das Kleid raus.

„Welche Größe brauchen Sie?"

„Kommt auf den Schnitt an", meinte ich.

„42 oder 44."

„Dann könnte das Kleid passen. Probieren Sie es mal an."

Das Kleid passte wie angegossen, als wäre es für mich gemacht. Ich strahlte mit dem Kleid um die Wette. Sogar die Verkäuferin strahlte mich an.

„Das passt, als wäre es für Sie gemacht."

Ja, es sollte eben so sein, dass ich mich in diese Gasse verlaufe, dachte ich glücklich. Ich hatte ein Kleid!

Ich ließ es mir gleich einpacken und sie brauchte mich gar nicht erst lange zu überreden, auch noch eine Bluse, Strümpfe, Strumpfhalter und zwei BHs zu kaufen. Schuhe hatten sie auch passende.

„So schnell hat noch keine Kundin ein Kleid mit allem Drum und Dran gekauft", meinte sie überrascht.

„Ich habe ja auch nicht mehr viel Zeit, nur noch eine Woche, dann ist die Hochzeit. Ich bin aus Versehen in diese Gasse geraten und habe dann das Kleid in der Auslage gesehen und es war mein Kleid, mein Traumhochzeitskleid! Und das musste ich haben! Und es hat auf mich gewartet!"

Jetzt sah sie mich noch verwirrter an.

„Sind Sie vielleicht eine der drei Bräute, die nächste Woche heiraten?"

„Ja, schuldig!"

Sie hatte mir zwar schon den Betrag gesagt, aber ich bekam dann noch einige Prozente und zahlte dann etwas weniger. Sie freute sich, dass sie vor Geschäftsschluss noch ein gutes Geschäft gemacht hatte und ich, dass ich noch mein Kleid gefunden hatte. Es war dann etwas nach 18 Uhr, als ich das Geschäft verließ.

„Ich wünsche Ihnen viel Glück und dass Ihre Wünsche wahr werden", sagte sie mir noch, bevor ich hinausging. Ihr Lächeln und den Ausdruck in ihrem Gesicht werde ich nicht vergessen. Es hatte etwas Außergewöhnliches. Und jetzt hängte auch mein Kleid bei den anderen Kleidern im Schrank.

Der Tag der Hochzeit rückte näher. Die Männer nahmen für eine Nacht Quartier bei Walter. In der Früh wurden wir schon mit Böllerschüssen geweckt. Die Jungs schliefen noch. Sie störte der Krach überhaupt nicht. Sie durften ja auch überall mit hin. In den Stall, auf das Feld usw. Sie sollten das alles kennenlernen. Sie wachten zur normalen Zeit auf und waren sofort hungrig. Sie bekamen dann ihr Fläschchen. Da waren meine Jungs wieder ganz zufrieden. Der Tag wird für sie noch lang werden. Das Wetter hielt und der Wetterbericht versprach einen warmen Tag im Herbst. Die Friseurin war auch schon da und machte Anitas Haare. Dann Antonias und zum Schluss meine. Apropos Friseurin! Da Anita sich selbstständig machen wollte und das wegen der Kinder jetzt schlecht ging, machte sie einen mobilen Friseurladen auf. Den konnte sie vormittags betreiben, während die Kinder in der Schule und Kindergarten waren. Denn es waren genug alte Leute in der Umgebung, die nicht mehr in einen Friseurladen fahren konnten, und froh waren, dass jemand zu ihnen kam. Während der Trauung wollte sich Regina um die Jungs kümmern und ihre Buben stritten auch schon, wer wann mit dem Wagen fahren durfte. Die Kleidung war auch schon gerichtet für sie und auch eine für später. Windeln und Flascherl. Wechselwäsche und alles, was man noch so brauchte. Um 10 Uhr sollten die ersten Gäste eintrudeln. Um 12 Uhr sollte dann die Trauung vor der Kirche sein. Da mussten wir Bräute fertig sein. Es waren Pfeile und Pflöcke mit Bändern aufgestellt worden, die den Weg zu uns weisen sollten. Anitas und meine Verwandtschaft kamen zu uns, die mussten den weißen Bändern folgen. Antonias Verwandtschaft ging zu Robert, war ja die gleiche Verwandtschaft und viel lustiger, wenn nicht so viele schon die Bräute so früh sahen. Außerdem war ja nicht so viel Platz. Walters und Franz Verwandtschaft fuhr natürlich auch zu Walter. Die mussten den blauen Bändern folgen. Die kamen dann zu uns und holten uns ab, um dann zur Kirche zu fahren.

Die ersten Gäste waren meine Kinder, die diesmal mit zwei Autos kamen. Denn die kleine Familie brauchte Platz! Sie wollten auch hier übernachten. Das alte Zimmer von Robert und ein anderes Gästezimmer waren schon hergerichtet. In dem Gästezimmer, in dem Anita damals schlief, waren meine Jungs einquartiert. Danach ging es Schlag auf Schlag und die Gäste trudelten ein. Die Laube war auch wieder hergerichtet, denn dort konnten sie sich etwas hinsetzen und noch etwas trinken. Das meiste spielte sich im Hof ab, da das Haus zu klein für alle Gäste war. Als wir dann die Wagen der Bräutigame sahen, gingen wir hinein. Zuerst wollte Walter Robert als Trauzeuge haben und umgekehrt, aber das ließen weder wir Frauen noch der Standesbeamte zu.

„Das wird dann ein zu großes Durcheinander", meinte dieser.

Also fragte Robert seinen Schwager Gerhard, Walter einen Onkel von ihm und Franz einen Neffen. Es wurde, wie es bei mir und auch bei Anita der Brauch war, zuerst verhandelt. Mein Sohn übernahm das. Es wurde nicht gleich die richtige Braut herausgegeben. Wir hörten drinnen zu, wie Christian verhandelte. Robert hatte das schon bei ihm mitbekommen und wusste, was er machen musste. Die anderen kannten das noch nicht.

„Was wollt ihr denn hier?"

„Wir wollen hier unsere Bräute abholen."

„Eure Bräute? Habt ihr sie verloren?"

„Nein, sie warten hier auf uns."

Wir hatten uns schon einige falsche Bräute ausgesucht, die zuerst rauskamen. Da es nicht zu lange dauern sollte, hatte jede Braut zwei Damen, die vorgeschoben wurden.

„Na, ich weiß nicht. Eine wüsste ich gleich, aber gleich mehrere. Wie viel sucht ihr denn?"

„Drei würden wir schon brauchen."

„Weiß nicht, ob wir so viele da haben."

Christian öffnete die Tür und sah hinein. Für Antonia spielten Regina und eine Nachbarin mit, die uns half, später auch alles wegräumte und zusperrte. Darum war Regina mit den Kindern von ihrem Mann zu uns gebracht worden. Danach fuhr er zu Robert. Als Regina vor die Tür trat, verneinten gleich alle und Gerhard protestierte:

„Das ist meine Frau, die gebe ich nicht her."

Sprach's und zog sie zu sich. Und alles lachte.

„Na, wenn euch die nicht passt, habe ich da noch jemanden. Nun kam die Nachbarin raus. Mit Kopftuch, Schürze und Besen. Alles lachte, da sie gleich anfing zu kehren und sagte:

„Geht weg ich muss alles sauber machen für meinen Schatz."

Da verneinten wiederum alle und Christian sah wieder zur Tür rein und dann ging Antonia raus. Jubel brach aus. Jetzt durften sie sich mit einem Kuss begrüßen.

„So, seid ihr jetzt zufrieden?", fragte Christian.

„Nein, wir zwei brauchen auch noch eine Braut."

„Eine Braut für zwei Männer? Das geht nicht."

„Nein, für jeden noch eine Braut. Aber eine mit einem weißen Kleid."

Na mal sehen, was ich noch so im Angebot habe. Er sah wieder rein und nahm Emilia bei der Hand. Die war so schüchtern und wusste nicht, was sie tun sollte.

„Schaut her, eine in einem weißen Kleid."

Als sie Walter sah, ging sie sofort auf ihn zu und er hob sie auf.

„Na seht ihr, die Braut geht schon freiwillig zu ihm."

„Nein, die ist ja viel zu jung für ihn, außerdem ist sie ja seine Tochter, das geht überhaupt nicht. Hast nicht was Älteres für ihn?"

Christian tat so, als würde er überlegen und sah wieder zur Tür rein. Jetzt ging die Freundin von Anita hinaus.

„Nein, sie ist zwar hübsch und lieb, aber leider auch nicht die Richtige."

„Was wollt ihr dann? Die eine ist zu jung, die andere zu alt. Und Nachwuchs bekommt sie auch. Hat er schon wieder weniger Arbeit."

Anitas Freundin war im 6. Monat schwanger.

„Nein, wir wollen schon was Knackigeres."

„Kinder haben sie schon, da brauchen sie nicht mehr daran zu arbeiten", warf Robert ein.

Christian schüttelte nur den Kopf und öffnete die Tür erneut. Anita wartete schon.

Und wieder brach Jubel aus.

„So, seid ihr jetzt zufrieden?"

„Nein, ich brauche auch noch eine Braut", rief Robert in gespielter Verzweiflung.

„Du willst auch noch eine? Weiß nicht, ob ich noch was habe. Jetzt habe ich euch schon sechs Bräute gezeigt, mal sehen, was ich noch im Angebot habe."

Er öffnete wieder die Tür und meine Tochter kam in ihrem rosa Kleid heraus.

„Ja, die ist zwar sehr hübsch, aber auch wieder viel zu jung für mich. Hast nicht noch was Älteres?"

Dann holte er Tina raus, die trug Klein Robert auf dem Arm.

„Wie wäre es mit der? Die ist älter, hat schon ein Kind und das heißt schon genauso wie du."

Wieder wurde gelacht.

„Nein, die Arbeit mache ich schon selber, da brauche ich keine Hilfe."

„Ich weiß nicht, was du noch willst?"

„Eine Braut für mich ganz alleine."

Er tat ganz verschwörerisch und sagte:

„Du, eine habe ich noch, aber die ist älter als du und ist auch schon Oma. Wie wäre es mit der? Ich wäre froh, wenn ich sie an den Mann bringen könnte."

Alles lachte.

„Na ja, zeig sie mir mal, wenn sie viel Geld mitbringt, nehme ich sie vielleicht. Dann öffnete er wieder die Tür. Jetzt erst brach der richtige Jubel los. Robert starrte mich nur an. Sein Trauzeuge musste ihm einen Stoß geben, damit er wach wurde und mir einen Kuss gab und den Blumenstrauß überreichte.

„Ich habe zwar gewusst, dass du nicht Weiß trägst, aber dass du so hübsch aussiehst, hätte ich nicht gedacht", raunte er mir noch ins Ohr, bevor er mich auch küsste. Es war dann leider nicht mehr viel Zeit zum Reden, denn wir mussten auch schon fahren, sonst würden wir zu spät zur Trauung kommen.

Der nächste Jubel brach dann vor der Kirche aus. Es waren viele Zuschauer gekommen. Reporter und Fotografen schwirrten mit ihren Kameras herum. Auf Anweisung des Bürgermeisters, der die Koordination dafür freiwillig übernommen hatte, war ja Werbung für den Ort, gab es erst nach der Trauung Interviews. Dafür hatte er eigens einen Platz mit Zelt hergerichtet. Sie sollten nur nicht die Trauung stören. Es gab ein großes Spalier mit weißen und blauen Blumen. Die Bänke waren auch mit weißen oder blauen Bändern dekoriert. Zuerst war die weltliche Trauung. Der Standesbeamte machte es etwas kürzer, da noch die andere Trauung bevorstand. Nachdem wir die Urkunden unterschrieben hatten, schloss sich die kirchliche Trauung an. Als alle „JA" gesagt hatten, brach Applaus aus von den ganzen Zuschauern. Dann durften wir uns die Ringe anstecken. Die Sonne spiegelte sich im Ring und ich las, was mir Walter bestätigt hatte.

„09.09.2006, Für immer"

„Wer hatte die Idee mit dem ‚Für immer'?", fragte ich Robert, nachdem er mir den Ring angesteckt hatte.

„Das war ganz alleine meine Idee und die anderen sagten ja. Wieso fragst du?"

„Weil es Walter mir schon gesagt hatte, damals bei der Verlobung."

Er lächelte mich an und erwiderte:

„Ja, ich weiß es auch schon, Walter hatte es mir danach auch gestanden. Er wollte nichts sagen, es sollte alles kommen, wie es kommen soll."

Dann gab ich ihm einen Kuss. Der Pfarrer musste warten, bis es wieder ruhig war, dass er weitersprechen konnte. Bei Franz und Antonia dauerte es nicht lange, dafür kosteten wir es lange aus, bis der Applaus ziemlich verebbt war. Nachdem dann alles vorbei war, gab es noch einen kleinen Umtrunk und eine Kleinigkeit zu essen. Striezel, Nuss- und Mohnstrudel.

Mit wie vielen Leuten ich angestoßen habe, weiß ich nicht mehr. Es ging den anderen genauso. Dazwischen war eine kurze Pause, in der ich die Sonne genoss! Ich schloss die Augen und mir war, als hätte ich das alles schon mal gewesen. Schnell schlug ich die Augen wieder auf und wusste es! Es war die Szene, die ich auf der Brücke gesehen hatte. Robert und Walter in einem Anzug, Anita im weißen Kleid, Antonia in einem blauen Kostüm, nein es sah nur so aus, war aber ein Kleid. Kindergeschrei und -gerenne, die warmen Strahlen auf meiner Haut. Musik und … das Wiehern eines Pferdes? Nein, jetzt reichte es aber, so weit kann ich mich ja nicht wieder hineinversetzt haben. Da kam dann auch schon Walter daher.

„Was ist mit dir? Hast du einen Geist gesehen?"

„Nein, aber die Szene, die ich auf der Brücke gesehen habe."

„Ja, es ist schon was Wahres dran. Oder?"

„Ja."

„Und wie geht es dir mit deinen Vorahnungen, seit du deine Wahrsagerin nicht mehr brauchst?"

„Besser, immer besser! Denn jetzt falle ich auch nicht mehr bei jeder gleich um oder gerate in totale Trance! Manchmal reicht eine kleine Berührung und es ist dann, als würde ich mir einen kleinen Film ansehen. Ich lasse mir dann aber nichts anmerken. Manchmal gebe ich kleine Tipps, mehr nicht, denn sonst verändert es womöglich etwas oder sie glauben mir sowieso nicht. Außer einige Wenige! Und manchmal habe ich sogar schon zwei oder drei Vorahnungen am Tag."

„Und zu denen gehören wir!? Zwei oder drei schon? Du wirst ja immer besser!"

„Ja, genau."

„Und kannst mir auch was sagen?"

„Anja, das habe ich dir doch schon gesagt!"

Ich sah ihn überrascht an.

„Was hast du mir schon gesagt?"

„Anja, mach dir keine Sorgen!"

Ich sah ihm in die Augen und überlegte, was er damit meinte. Das sagte er mir letztens, als ich Angst hatte, keine Kinder mehr bekommen zu können – und jetzt hatte ich schon zwei.

„Worum sollte ich mir jetzt keine Sorgen machen?"

Nun sah er mich von der Seite her an und sagte: „Du hättest lieber einen Jungen und ein Mädchen gehabt, stimmt's?"

„Ja."

„Mach dir keine Sorgen, es kommt noch ein kleines Mädchen mit einem B!"

Jetzt sah ich ihn erstaunt an.

„Nein, die zwei Jungs reichen mir vollkommen!"

„Anja! Denke an die ‚Drei' und es kommt, wie es kommen soll!" Weiter kamen wir nicht, denn da kam Robert und spielte schon den eifersüchtigen Ehemann.

„Was stehst du schon wieder bei meiner Frau? Du hast ja jetzt selber eine!"

„Wir haben nur gefachsimpelt."

„Ja, und mir darf sie davon wieder nichts oder nur die Hälfte sagen!", tat er jetzt empört und enttäuscht.

„Worüber habt ihr schon wieder gesprochen?"

„Dass alles so kommt, wie es kommen soll! Du brauchst dich nur in der Runde umzuschauen und du weißt, was wir in der Trance gesehen haben." Und bevor er noch etwas erwidern konnte, gab ich ihm einen Kuss.

Dann mussten wir in das vorbereitete Zelt gehen, damit uns die Reporter noch einige Fragen stellen konnten. Natürlich, wie alles begann mit drei Frauen auf einem Hof, wie bei ‚Bauer sucht Frau' über eine Singleagentur. Und Walter und Robert erzählten … Dann durften wir auch ein paar Worte sagen. Ein Reporter fragte:

„Könnten wir bitte ein Foto nur mit euch Brautpaaren machen und dann mit den Kindern?"

Wir sahen uns an. „Ja, warum nicht?"

Da unsere Jungs mittlerweile schon zu uns gestoßen waren, vereinbarten wir gleich, dass wir ein Familienfoto machten. Zuerst wir drei Brautpaare mit unseren Kindern, dann noch mit Regina und Familie. Gehört ja auch dazu, als Kind von einer Braut. Aber sie wollten dann eins nur mit den Brautpaaren mit einem schönen Hintergrund. Robert und Walter grinsten sich an.

„Ich weiß da was Schönes! Bitte alle mir folgen!"

Er nahm mich bei der Hand und zog mich durch die Reporter-schar aus dem Zelt. Walter nahm Anita bei der Hand und danach kamen Franz und Antonia. Das Zelt war etwas abseits der Kirche. Robert und Walter stellten sich auf eine Bank und pfiffen gleich-zeitig. Es dauerte eine Weile, dann hörten wir ein Wiehern, Ge-trampel und die Menschen machten die Straße frei. Und von der einen Gasse hinter der Kirche kam ein weißes Pferdegespann mit einer ... weißen Kutsche. Mit einer großen Kutsche! Nach dem ersten Schreck applaudierte die Menge wieder. Diesmal war ich sprachlos. Ich hatte mir so gewünscht, aber nicht angesprochen. Wie konnte Robert das wissen? Wir gingen auf die Kutsche zu, die jetzt vor der Kirche gehalten hatte. Die Pferde und die Kutsche waren auch mit weißen und blauen Bändern geschmückt. Robert zog mich mehr, als dass ich ging. Vor der Kutsche sah ich dann, dass Anita Walter um den Hals gefallen war.

„Und was ist mit mir?", fragte Robert.

„Wie wusstest du?", fragte ich immer noch erstaunt. „Walter?"

„Wünscht sich das nicht jede Braut? Ein weißes Kleid und eine weiße Kutsche und dem schönsten Tag, den es geben kann! Und außerdem hatte Anita mal so etwas gesagt, dass euch das gefallen würde."

Ich strahlte ihn an und küsste ihn lang. Bis wir getrennt wurden, denn die Reporter wollten Fotos machen. Die Kutsche war etwas umgebaut. Man konnte nur auf einer Seite einsteigen, dafür konnte man dann auf jeder Seite sitzen. Antonia und Franz in der Mitte, zu ihrer Rechten wir und uns gegenüber Walter und Anita. Ich war immer noch sprachlos. Das hatte mir noch gefehlt. Ich hatte nicht mal im Traum daran gedacht. Die Fotografen knipsten und knipsten, was das Zeug hielt. Dann sah ich Antonia an.

„Freust du dich denn nicht so wie wir? Warst du auch so über-rascht?"

„Nein, denn ich habe es ja gewusst, ich habe Robert sogar ge-holfen, jemanden aufzutreiben, der weiße Pferde und auch eine passende Kutsche hat."

Diesmal hatte sie mir nichts verraten. Walter und Robert standen auf und pfiffen schon wieder.

Was kommt denn jetzt noch?, fragte ich mich.

Da hörten wir noch mal ein Wiehern und hinter uns kamen dann noch zwei Kutschen zum Vorschein. In der einen durften dann Regina und Gerhard, die kleine Antonia und Emilia mitfahren, und in der anderen durften Emmerich, Emanuel, Bertram und Berthold Platz nehmen. Unsere Jungs durften bei uns mitfahren. Noch ein paar Fotos und dann ging die Fahrt los. Die anderen Gäste verteilten sich dann wieder in ihre Autos.

Plötzlich fiel mir ein: „Wieso fahren meine Kinder nicht in einer Kutsche mit?"

„Weil sie freiwillig darauf verzichtet haben. Denn dann hätten wir noch eine gebraucht oder sie hätten sich auf die zwei Kutschen verteilen müssen und das wäre dann etwas eng geworden. Und außerdem sagten sie ‚Drei' reichen ja, oder?"

Robert lächelte mich verschwörerisch an.

„Mit Gerhards Auto fährt ein Verwandter zum Gasthaus."

Jetzt war mir das auch klar.

„Aber damit keiner zu kurz kommt, bleiben die Kutschen noch da und nach dem Essen darf dann jeder´, der will, eine Runde in der Ortschaft mitfahren. Und dank deiner Umsicht mit dem Platz im Gasthaus haben auch die drei Kutscher, nein besser gesagt zwei Kutscher und eine Kutscherin, noch Platz und bekommen was zu essen, damit sie gestärkt sind für die vielen Fahrten. Das Essen für die Pferde mussten sie selber mitnehmen."

„Eine Kutscherin?"

Und wie auf Kommando drehte sich unser Kutscher um, zog den Hut und machte einen Jauchzer, und ihre langen blonden Haare fielen auf ihre Schultern. Das hatte ich gar nicht bemerkt in der Aufregung. Und die Menge jubelte. Das fiel gar nicht so richtig auf denn alle Blicke waren mehr auf uns und die Kutschen gerichtet. Die Fahrt dauerte leider nicht sehr lange, denn das Gasthaus war am Ende von der Ortschaft und die Ortschaft war nicht groß. Aber auf der ganzen Fahrt durch die Ortschaft winkten uns die Leute zu. Ich kam mir vor wie eine Prinzessin, die heiratet und die ihren ‚Untertanen' zuwinkt.

Vor dem Gasthaus erwartete uns schon der Wirt mit der Burschenschaft der Ortschaft. Ohne Wegzollgebühr gab es kein Eintreten ins Gasthaus. Robert, Walter und Franz hatten schon Kuverts vorbereitet, in dem eine ‚Spende‘ war. Danach bekam jeder ein Glas Wein, weiß oder rot. Dann wurde erst der Weg freigegeben. Natürlich durften zuerst die Brautpaare und dann erst die anderen durch.

Da meine Jungs schon ziemlich müde waren und auch gewickelt werden mussten, trugen wir sie einen Stock höher, wo uns der Wirt ein Zimmer zur Verfügung gestellt hatte, wo unsere Jungs und Klein Robert ohne Störung schlafen konnten. Bis wir fertig waren und sie schliefen, waren dann auch schon alle Leute durch. Der Wirt hatte den Weg zum Saal noch nicht freigegeben. Er wartete auf uns. Dann öffnete er die Schiebetür und die ersten ‚Ohs‘ und ‚Ahs‘ waren zu hören, bis uns Klein Emilia fragte:

„Und wo sitzen wir? Da gibt es gar keine Tische und Stühle.“

Ja, wie denn auch? Im Saal war in der Mitte das Buffet aufgebaut. In der hinteren Ecke war eine Spielecke mit Matratze und Polstern. Der Eiswagen kam erst später, damit die Kinder nicht gleich dort hinliefen, sondern erst mal was essen gingen, der war für die rechte Ecke gedacht. Wir hatten den Raum mit weißen und blauen Girlanden geschmückt. An der Seite standen kleinere Tische und Stühle für die Kinder mit Mal- und Schreibsachen. Der Wirt nahm Emilia hoch und sagte:

„Komm, ich zeig dir was.“

Zuerst sah sie ihn erschreckt an. Sie war noch schüchtern. Er ging mit ihr zu der großen Glastür, die schon offen war, und zog das weiße Tuch weg, das den Raum abgeschirmt von außen hatte.

„Ohhhhhhhhhhhhh!“, strahlte sie mit ihren großen Kinderaugen. Auch hinter uns ging wieder ein Staunen und Raunen durch die Menge. Über den Tischen hatten wir Zelte aufgestellt, mit weißen und blauen Bändern dekoriert. Die Tischblumen hatten natürlich dieselbe Farbe. Links waren die Gäste von Walter und Anita, der zweite Tisch war für meine Gäste, der dritte für Roberts und Antonias Gäste und der vierte für Franz. Wir hätten gern nur drei gehabt aber das ging leider nicht. Der Garten war leider nicht so lang.

„Mami, schau! Der ganze Garten ist ein großes Esszimmer!“, rief Emilia und schon strampelte sie sich frei. Der Wirt ließ sie wieder runter und sie lief schon zu den Tischen, um sich alles anzusehen. Ich glaube, so einige dachten sich schon, sie müssten im Stehen essen.

Ich sah Anita an und sah Tränen in ihren Augen und Walter hielt sie ganz fest, aber er kämpfte auch mit den Tränen.

„Was ist denn, du kennst das doch schon, wieso weinst du?"

„Sie deutete auf Emilia, die freudestrahlend im Garten um die Tische und Stühle herumlief und sich andere Kinder schon dazugesellten. Die anderen Gäste strömten auch schon heraus und wir stellten uns an die Seite.

„Mami, schau …", sagte Emilia unter Tränen.

Mehr konnte sie nicht sagen. Jetzt wurde mir auch bewusst, was da geschehen war. Sie hatte das erste Mal seit dem Tod ihrer Mutter wieder gesprochen. Sie war fast stumm geworden. Das Allernotwendigste hatte sie gesprochen und das eher in Babysprache. Und Emilia hat sie auch noch als Mami angesprochen und akzeptiert. Da zupfte Emmerich sie am Kleid.

„Das ist unser Geschenk für euch. Ob es klappt, wussten wir auch nicht. Da ihr ja jetzt für uns sorgt und ihr uns vielleicht auch noch adoptiert, ist das ein kleines Geschenk für euch. Denn kaufen können wir euch nichts und wenn ihr dann nichts dagegen habt, würden wir uns gerne Emilia anschließen und zu euch auch Mami und Papi sagen."

„Ein kleines Geschenk? Das ist das größte Geschenk, was ich bekommen habe!", sagte Anita gerührt.

Jetzt war es endgültig vorbei mit den beiden und nicht nur bei denen. Auch ich, Robert, Antonia und sogar Franz hatten Tränen in den Augen und keiner schämte sich dafür. Sogar die Gäste, die in der Nähe standen, kämpften mit der Rührung. Und der Wirt, der ja auch die Geschichte kannte, kramte in seiner Tasche und suchte ein Taschentuch. Walter und Anita drückten die Jungs an sich, die wussten, wieso sie weinten und da kam dann auch schon wieder Emilia angelaufen.

„Mami, wann gehen wir essen? Ich habe Hunger und wieso weinst du? Wieso drückst du Emmerich und Emanuel so fest? Ich will auch gedrückt werden!"

Und schon hob Walter sie hoch und sie drückten sie ganz fest und die Tränen liefen immer noch über ihre Wangen.

„Wieso weint ihr? Emmerich sagte, du wirst dich freuen, wenn ich Mami zu dir sage und jetzt weinst du?"

Jetzt mussten wir trotz der Tränen lachen. Sie war so süß und verstand im Grunde gar nicht, was hier gerade geschehen war. Sie hat nur das gemacht, was ihr Bruder ihr gesagt oder eingetrichtert hatte. Sie strich mit ihrem Finger über Anitas Wange, wo eine Träne die Schminke gerade wegwusch.

„Mami, deine Träne ist ja schwarz?"

„Das ist nur die Wimperntusche."

„Und wieso tust du das rauf?"

„Damit deine Mami hübsch ist für deinen Papi."

„Och, der mag dich auch ohne dieses Zeug! Stimmt doch, Papi?"

Jetzt war der Bann gebrochen. Emmerich nahm Emilia und zog sie weg.

„Komm, wir suchen unseren Platz wo wir sitzen, damit sich Mami wieder hübsch machen kann."

Man merkte ihm auch schon die Rührung an. Und schon verschwand er mit Emanuel und ihr. Anita musste sich wirklich wieder herrichten und verzog sich kurz auf das WC! Robert sah mich an und sagte:

„Ich bin schon neugierig, wann unsere Jungs das erste Mal Mami und Papi sagen werden."

Es dauerte dann eine Weile, bis Walter und sie zurückkamen. Inzwischen hatten alle ihren Platz gefunden und der Wirt fragte dann, ob er schon anfangen dürfe. Der Brauttisch stand vorne, und jedes Paar saß mit seinen Trauzeugen dort. Als Vorspeise gab es Schinkenröllchen auf Salat. Danach gab es Suppe, die wurde auf den Tisch gestellt und ein jeder konnte sich seine Suppe nehmen oder auch zwei. Die Suppe mussten wir Brautpaare von einem Teller essen. Das war auch so ein alter Brauch, um zu sehen, ob sich die Brautleute auch gut vertragen. Franz und Antonia stritten schon, welche Suppe sie nehmen. Robert fragte mich:

„Und welche willst du?"

„Ich würde gerne zuerst die Grießnockerlsuppe essen, und du?"

„Ich hätte gerne die Leberknödelsuppe."

„Gut, dann essen wir zuerst jeder ein Nockerl und dann ein Knöderl. Gut so?"

Robert war einverstanden. Jetzt machten es Franz und Antonia auch so. Walter und Anita mochten lieber Leberknödelsuppe. Während wir die Vorspeise und die Suppe aßen, konnten sie in der Küche schon alles vorbereiten für den Hauptgang. Der Wirt gab uns dann, nachdem die Suppenteller alle abgeräumt waren und bei keinem Brautpaar ein großer Streit ausgebrochen war, ein Zeichen, dass alles schon für den Hauptgang gerichtet war. Robert stand auf und klopfte an sein Glas.

„Meine lieben Gäste und auch die Gäste der anderen Paare. Da wir jetzt schon so lange und viel gesessen haben, und auch kein Streit ausgebrochen ist, hoffe ich, dass es so weitergeht."

Alles lachte.

„Jetzt werden wir etwas Bewegung machen, damit sich das weitere gute Essen nicht an den Hüften festsetzt. Ich bitte nur darum, dass man die Kinder vorlässt und eventuell den kleineren hilft, dass sie uns nicht verhungern. Und keine Sorge, der Wirt füllt immer nach, wenn etwas ausgeht. Somit ist die Schlacht auf das Buffet eröffnet!"

Ein Applaus brach aus. Dann durften zuerst die Eltern mit ihren Sprösslingen ans Buffet gehen. Und wie auf Kommando kamen meine Jungs auch daher. Die Tochter des Wirts hatte sich als Kindermädchen angeboten. Da momentan alle zum Buffet strömten, fütterten wir unsere Jungs mit Suppe, Griesnockerl und Leberknödel. Die Nockerlsuppe schmeckte ihnen am Besten. Robert war etwas enttäuscht. Ich beruhigte ihn und sagte:

„Das kann noch kommen."

Der Wirt brachte uns dann noch Püree für unsere Jungs mit dem Kommentar:

„Gruß aus der Küche, denn Schnitzel werden sie ja noch nicht essen?"

Wir mussten lachen. Ja, das stimmte. Aber dafür holte Robert etwas Rindfleisch, machte es klein und wir mischten etwas darunter, aber das behagte ihnen gar nicht. Das Püree reichte ihnen vollkommen. Die Band kam auch schon gestärkt herbei. In der rechten Ecke durften sie sich einrichten. Bevor sie anfingen zu spielen, hatte der Wirt noch eine Ansage zu machen.

„So, da wir, die Musik, die Kutscher und auch die Pferde gestärkt sind, dürfen sich die Kinder, natürlich auch die Erwachsenen ein Eis holen und wer mag, darf mit der Kutsche fahren."

Die Kinder waren vollauf begeistert.

„Und dem Rest wünsche ich bei der guten Musik gute Unterhaltung."

Dann übergab der Wirt das Wort an die Band. Der Sänger begrüßte dann auch alle und stellte sich und seine Band vor und bat auch gleich die Brautpaare auf die Bühne für den ersten Tanz als frisch verheiratetes Paar. Die Tochter des Wirts, Angelika, kümmerte sich wieder lieb um unsere Zwillinge, und da die Jungs von Regina und Anita gerne mit den Zwillingen mit der Kutsche fahren wollten, erlaubte ich es ihnen.

„Ich pass schon auf die Jungs auf. Auf alle!"

Und schon waren alle weg. Wir gingen zur Tanzfläche und tanzten unseren ersten gemeinsamen Tanz als Paar. Wir genossen ihn, auch Anita und Walter. Antonia nicht so, denn Franzl hatte schon etwas mehr getrunken und entweder wirbelte er sie zu schnell oder zu langsam herum. Er kam immer aus dem Takt. Beim zweiten Tanz brachen sie ab.

„Das überlassen wir lieber den jungen Leuten."

Um die Kühe musste sich heute keiner Sorgen machen, denn um sie kümmerte sich unser Nachbar mit seinem Enkel. Ach ja und ihr 13. Schwein bekamen wir als Hochzeitsgeschenk! Das hatte er am Vortag noch vorbeigebracht. Nach dem Ehrentanz ließ es mir keine Ruhe und ich ging raus zu den Kutschen. Die hatten alle Hände voll zu tun, damit alle mal mitfahren konnten. Meine Jungs quietschten vor Begeisterung. Walter kam hinter mir her.

„Na, lässt es dir keine Ruhe und du musst selber nachsehen?", fragte er mich.

„Ja genau, wieso weißt du? Ach, blöde Frage bei dir!"

„Nein, das ist nur der Mutterinstinkt, wenn man genau überlegt! Das erste Mal, dass du nicht ständig bei deinen Jungs bist."

Jetzt musste ich lachen, das stimmte. Dann ging sein Blick in die Ferne. Ich sah ihm nach. Vier Häuser weiter stand eine alte Frau in einem schwarz-roten Kleid. Sie sah eher wie eine Zigeunerin aus.

„Bleib hier!", sagte er auf einmal in einem Befehlston, der mich stutzig machte. Sollte das etwa die Wahrsagerin sein? Robert und Anita kamen auch, nachdem sie gesehen hatten, dass wir rausgegangen waren. Im ersten Impuls wollte auch Anita zu Walter und ebenfalls die Wahrsagerin kennenlernen.

„Bleibt hier!", sagte ich streng.

Denn Robert wollte sie begleiten. Ich musste das so bestimmt gesagt haben, dass sie wie auf Kommando stehen blieben. Natürlich beobachteten wir alle Walter und diese Frau. Dann überreichte sie Walter etwas und verschwand, und Walter kam langsam wieder zu uns zurück.

„War das die Wahrsagerin? Was wollte sie?"

Walter sah so aus, als würde er aus weiter Ferne zurückkommen. „Sie hat mir zur Hochzeit gratuliert und wünscht euch auch alles Gute." Mehr war nicht aus ihm rauszubringen.

Es wurde dann noch viel getanzt, gelacht und getrunken. Robert hielt sich zurück. Das wunderte mich. Den Grund erfuhr ich erst später. Inzwischen wurde es schon dunkel und Emilia kam und meinte:

„Müssen wir jetzt schon nach Hause gehen, weil es dunkel wird?"

„Nein wieso?", fragte Anita zurück.

„Na ja im Dunkeln sieht man doch nichts mehr."

Robert zwinkerte Anita zu. Er ging zum Wirt, der auch schon auf dem Weg zum Lichtschalter war, und machte mit ihm aus, dass er Licht machen sollte, wenn Emilia in die Hände klatschen würde. Er ging zu ihr zurück, hob sie hoch und stellte sich so hin, dass der Wirt sie sehen konnte und meinte:

„Wenn du ganz fest in die Hände klatschst, vielleicht geht dann das Licht an."

Sie sah ihn verwundert an.

„Und kannst du jetzt ganz fest in die Hände klatschen? Weil sonst musst du schlafen gehen."

Und schon klatschte sie ganz fest in die Hände. Das erste Mal klappte es nicht so gut, aber dann funktionierte es. Und auf einmal gingen die Lichter an. Sie sah sich um, denn von überall leuchteten gelbe, rote, blaue und grüne Lichter, auch normale. Vor Freude klatschte sie erneut in die Hände und auf einmal war es wieder finster. Da kamen dann wieder die ‚Ohs' und ‚Uhs'.

„Jetzt musst du noch mal klatschen und die anderen helfen dir dabei, dass es nicht gleich wieder ausgeht."

Und wirklich, alle, die es rundherum gehört hatten, klatschten mit und schon war es wieder hell. Aber diesmal klatschte sie nicht mehr, sondern wollte nur noch runter. Dafür nahm Anita sie und sagte zu ihr: „Komm, wir ziehen dich um, damit du besser spielen kannst. „Au ja!"

Ihr gefiel das Kleidchen zwar sehr, aber zum Herumtollen war es nicht geeignet.

Als wir dann Pause machten, weil ich vom vielen Tanzen schon völlig außer Puste war, schließlich wollte jeder wenigstens einmal mit jeder Braut tanzen, kam auch Robert zu mir.

„Glücklich?"

„Ja. Nur etwas außer Puste."

„Ja, alle sind heute glücklich. Besonders Anita, die freut sich so über ihr kleines Plappermaul."

Damit meinte er Emilia, die jetzt pausenlos redete und immer was wissen wollte.

„Würde es dich freuen, wenn wir auch noch so ein kleines Plappermaul bekommen würden?"

Er sah mich an und sagte:

„Sicher, aber nur wenn du es auch willst und du keine großen Probleme hast in der Schwangerschaft."

„Ich lass es auf mich zukommen. Wie es kommt, so kommt es, hast du heute schon mal gesagt. Und an das halte ich mich. Ich breche nichts vom Zaun, was es nicht geben soll."

Dafür bekam er einen langen Kuss.

„Und wie gefällt dir alles?", fragte ich ihn.

„Wunderbar, schön habt ihr das gemacht."

Für die Deko in Kirche und Gasthaus waren wir zuständig gewesen. Für die Pfeile, die Aufstellung der Bänke bei der Kirche und am Gasthaus waren die Männer verantwortlich und natürlich für ihr Geheimnis mit den Kutschen.

„Und darf ich dich fragen, was du dir noch gewünscht und selber organisiert hast?"

Ich sah ihn an und meinte:

„Eigentlich solltest du es ja erraten? Wir haben ja gewettet, dass du es nicht erraten wirst."

Er sah sich um.

„Ich schätze mal, das Zelt ist so ein kleiner Wunsch, oder?"

Ich sah ihn etwas erstaunt an. „Ja, das ist so ein kleiner Wunsch und weiter."

„Weiter weiß ich wirklich nichts. Das Kleid vielleicht?"

Jetzt musste ich lachen.

„Dann hätte ich mir ein weißes Brautkleid aussuchen müssen, aber das wollte ich nicht. Als Mutter erwachsener Kinder und schon Oma, ich weiß nicht, ob das gepasst hätte."

„Dann hätten wir eben gesagt, es sind deine Geschwister."

„Und die sagen Mama zu mir! Nein. Ein ganz weißes Kleid wollte ich nicht. Ich war schon fast verzweifelt, weil ich nichts fand und da kam mir der Zufall zu Hilfe. Ich bog in der Stadt eine Gasse zu früh ab, als ich zum Auto wollte, und da kam ich dann ganz zufällig an dem Geschäft vorbei. Ich sah nur rasch beim Vorbeigehen in die Auslage und da blendete mich etwas. Es war das Kleid. Als ich auf der Suche war, habe ich es nicht gefunden, aber als ich aufhörte zu suchen, fand es mich. Die Verkäuferin war dann auch nicht sehr begeistert, als ich kurz vor Ladenschluss noch eintrat und noch ein Kleid probieren wollte. Aber es passte wie angegossen und ich kaufte auch gleich die passende Unterwäsche und Schuhe dazu. Und um 18 Uhr ging ich wieder zur Tür raus. Das war vor einer Woche."

Jetzt sah er mich erstaunt an.

„Stimmt das?"

„Ja, sicher, wieso sollte ich dir was vorlügen?"

„Ich glaube es dir. Und was hast du dir noch gewünscht und bekommen außer der Kutsche?"

„Ich dachte, du wolltest raten!"

„Nein, ich gebe freiwillig auf und du hast gewonnen, denn die Kinder sind ja schon da und die Namen hast du ja auch schon ausgesucht. Ich bin mit allem zufrieden. Nur würde ich es trotzdem gerne wissen wollen."

„Na gut. Ja, es war das Zelt, da mir so was schon immer gefallen hat. Die Hochzeit im Grünen, was sich alles selbstständig gemacht hat ohne mich. Das Essen hier im Garten. Beim Essen haben mir ja die Kinder geholfen. Gries Nockerlsuppe, Rindfleisch und Semmelkren. Und die Deko. Die wollte Anita ja ursprünglich in Weiß haben. Aber als ihre Schwester starb, fragte sie, ob wir auch Blau dazu nehmen können, ich hatte gar nichts dagegen, ansonsten wäre unser Tisch ein blaues Meer geworden."

„Wäre sicher auch schön geworden."

„Ja, ganz sicher!"

Wir kuschelten noch etwas, bevor wir wieder zu den Gästen mussten. Da kamen mein Großer und seine Frau daher.

„Na, was ist mit euch? Seid ihr schon so müde?", fragten sie uns.

„Ja, etwas, wir sind nicht mehr so jung wie ihr!"

„Bevor wir Robert ins Bettchen bringen, wollen wir euch noch was sagen, denn wenn wir zurückkommen, wissen wir nicht, ob ihr noch da oder noch ansprechbar seid."

„Wieso sollten wir nicht da sein oder ansprechbar?"

Sie zuckten nur mit den Achseln. Na ja, wenn ich da an Christians Hochzeit denke, da war Robert nicht sehr ansprechbar mehr gewesen.

„Und was wollt ihr uns noch sagen?"

Christian und Tina sahen sich an, dann blickten sie wieder zu uns.

„Wir erwarten wieder ein Baby! Ich bin im dritten Monat schwanger."

Zuerst waren wir ganz erstaunt, dann stand ich auf und gratulierte ihnen. Auch Robert gratulierte ihnen.

„Und soll es ein Mädchen werden?", fragte Robert.

„Egal, Hauptsache gesund!", sagten beide.

Und wie auf Kommando, wie immer in letzter Zeit kamen auch unsere Jungs, samt der ganzen Bande daher. Die großen Jungs stritten, wer wem das Fläschchen geben durfte. Sie waren nämlich schon ziemlich müde und rieben schon ihre Augen und waren quengelig. Ich wollte sie schon Angelika abnehmen, da sagte sie:

„Nein, genießen Sie nur Ihre Hochzeit, Sie müssen mir nur helfen, den Streit zu schlichten, wer das Fläschchen geben darf."

Als ich sie nehmen wollte, bemerkte ich, dass sie nicht nur ge-füttert, sondern auch dringend gewickelt werden mussten.

„Derjenige, der die Windeln wechselt, darf auch das Fläschchen geben."

Denn ich wusste, Windeln wechseln wollte keiner.

„Und Angelika passt auf, dass ihr es auch gut macht."

Somit war das auch geregelt, beide Jungs bekamen von uns noch ein Gutenachtküsschen und dann verschwanden sie wieder alle. Wir mussten dann leider wieder unseren Pflichten nachgehen und mit den

Gästen tanzen und reden. Nach einer Weile sah ich dann Bertram und Emanuel, also hatten Emmerich und Berthold die Windeln gewechselt und durften auch das Fläschchen geben. Irgendwann sah ich sie dann auch wieder in der Menge und dafür verschwanden allmählich Antonia und Emilia. Vorher hätte noch das ‚Brautstehlen' stattfinden sollen. Das strichen wir, dafür tranken wir dann alle mit der Burschenschaft an der Bar ein Glas Sekt. Und was sie danach noch trinken wollten, das zahlten die Bräutigame freiwillig.

Es ging auf Mitternacht zu und das ‚Kranzl' abtanzen sollte beginnen. Da es bei mir und Antonia keinen Kranz gab, blieb nur Anita übrig, die eigentlich auch nur einen kleinen kurzen Schleier trug. Aber es wollte sich trotzdem keiner nehmen lassen, mit jeder Braut oder Bräutigam noch kurz zu tanzen, bevor man dann wirklich Mann und Frau war. Danach machte die Musik eine Pause, und die nahmen dann einige zum Anlass, auch zu gehen. Viele waren schon müde oder einige nicht mehr ganz nüchtern usw. Antonia und Franzl wurden von Gerhard auch nach Hause gebracht. Ich nutzte die Pause dazu, um nach den Jungs zu sehen. Die schliefen tief und fest in ihren Bettchen. Antonia, Emilia und Klein Robert hatten hier auch ihr Nachtlager. Angelika machte sich auch gerade fertig zum Schlafengehen.

„Ich passe schon brav auf, auf die kleine Rasselbande. Ist gleich eine gute Übung für mich, da ich Kindergärtnerin werden will. Und morgen können Sie dann die Rasselbande wieder abholen."

Ich dachte mir bei den Worten nichts dabei. Ich wollte sie schon mit nach Hause nehmen, wenn wir nach Hause fuhren. Aber wieso wecken, wenn sie jetzt so friedlich schlafen? Und wir konnten dann auch ausschlafen. Irgendwie hatte sie recht. Ich ging wieder runter. Viele, die von weiter hergekommen sind wie Franzls Neffen und Nichten, schliefen entweder hier im Gasthaus oder bei anderen, die Zimmer vermieteten. Dafür konnten sie morgen ausschlafen und nach dem Frühstück ausgeruht wieder nach Hause fahren. Und jetzt noch etwas feiern. Robert zog mich auf die Seite.

„Frau Bauer, wollen Sie mit mir von hier verschwinden und mit mir alleine weiterfeiern?"

„Robert, das geht ja gar nicht!"

„Alles geht, wenn man es will und alles schon organisiert ist."

Ich sah ihn überrascht an. Er zog den Autoschlüssel aus seiner Jackentasche.

„Komm, wir verschwinden von hier. Die können auch ohne uns weiterfeiern. Oder darf ich als Bräutigam die Braut nicht selber entführen?"

„Aber sollten wir nicht …"

„Nein, wir sollten nicht und Walter weiß Bescheid, dass wir schon verschwinden."

Damit zog er mich mit und ließ keine Widerrede zu. Das Auto stand schon vor der Tür. Ich stieg ohne Widerrede ein und dachte, wir fahren zum Haus. Als er aber den Weg nahm, der zur Hütte führte, sagte ich:

„Du, das ist der falsche Weg!"

„Nein, das ist schon der richtige Weg."

Mehr war ihm nicht zu entlocken.

„Lass dich überraschen!"

Also musste ich mich überraschen lassen. Was hatte er nur vor? Was hatte er noch geplant, von dem ich nichts wusste? Wir fuhren wirklich zur Hütte und das sogar bis vor die Tür. Es gab einen Weg, einen Weg, den man auch fahren konnte und nicht das letzte Stück noch gehen musste. Ich sah uns schon, wie wir stolpernd mit einer Taschenlampe zur Hütte gingen.

„Seit wann gibt es hier einen fahrbaren Weg?"

„Seit heuer. Habe ich organisiert. Falls was sein sollte, könnte auch ein Rettungswagen herfahren. Das haben alle eingesehen, denn es gibt viele Wanderer, und wenn jemandem was passiert, nimmt er Zuflucht in der Hütte, so wie wir damals."

Vor der Hütte angekommen sagte er: „Warte hier!"

Er ging hinein und ich hörte ihn, wie er das Stromaggregat anließ. Dann kam er raus und hob mich auf seine Arme und trug mich über die Schwelle.

„Gehört sich doch so, oder?"

Ich umarmte ihn und war neugierig, was noch kommen würde. Der Raum war hergerichtet mit blauen Blumen. Im Schlafzimmer war das Bett mit einer hellblauen Bettwäsche frisch überzogen. Darauf lagen rote Rosen in Herzform.

„Ich dachte, du weißt nicht …"

„Wusste ich auch nicht. Walter gab mir einen Tipp. ‚In welchem Kleid hast du sie das erste Mal bewundert?'

Ich sagte: ‚In dem blauen Dirndlkleid auf dem Fest."

Mehr brauchte er nicht zu sagen. Dann nahm er ein Feuerzeug und zündete die Kerzen an, die auch schon vorbereitet waren. Auch einige in der Küche. Dann drehte er wieder das Stromaggregat ab und kam zurück zu mir.

„Aber Antonia, die Jungs und meine Kinder …"

„Mach dir nicht so viele Sorgen! Ist alles geregelt und sie wissen alle Bescheid, dass wir morgen bzw. heute nicht zu Hause sind und ich mit dir einen Tag hier verbringen will."

Jetzt wurde mir auch so einiges klar! Wer weiß, wann wir wieder für uns alleine Zeit haben.

Dann küsste er mich und erstickte jede neue Frage mit einem Kuss! Es wurde schon fast Tag, bis wir zum Schlafen kamen.

Am Morgen, es war eigentlich fast schon Mittag, wachte ich auf. Ich wusste zuerst nicht, wo ich war. Aber die blaue Bettwäsche brachte mich darauf. Ich sah mich um. Jetzt war es noch schöner als am Abend. Die himmelblaue Bettwäsche, die Blumen, die Sonne die durch die Fensterläden schien. Aber wo war Robert? Die Tür zur Küche war geschlossen und dahinter hörte ich leise Geräusche. Ich stand auf und wollte mir etwas überziehen, aber was? Das Hochzeitskleid? Dann sah ich auf der Bettkante einen rosa Morgenmantel. Was hatte er noch alles organisiert und hierhergebracht? Wann hatte er das eigentlich gemacht? Ich zog ihn an, öffnete die Tür auf und sah, wie Robert gerade am Herd hantierte und versuchte Frühstück zu machen. Er hatte nur eine Unterhose an und darüber eine Schürze. Der Kaffee duftete schon.

„Guten Morgen, Herr Bauer, was gibt es zum Frühstück?"

Er drehte sich erschrocken um und hätte fast die Pfanne mit den Spiegeleiern fallen gelassen.

„Du bist schon wach? Ich wollte dich doch mit dem Frühstück wecken und mit dir im Bett frühstücken."

„Ich kann mich ja wieder ins Bett legen, aber ehrlich gesagt frühstücke ich lieber am Tisch."

Ich ging zu ihm und gab ihm einen Kuss und sah nach, was es gab. Was er schon alles gezaubert hatte.

„Nein, dann bleib ruhig da und wir frühstücken gleich hier."

„Wann hast du das denn alles gemacht?"

„Am Hochzeitsmorgen, damit für heute alles frisch ist. Walter hat mir auch etwas geholfen. Aber das Frühstück habe ich selber gemacht!"

Ich goss den Kaffee ein und er kam mit den Spiegeleiern, Speck und dem Gebäck. Das war zwar nicht mehr frisch, weil er es ja auch schon gestern raufgebracht hatte, aber es schmeckte trotzdem. Ich stellte meinen Sessel zu seinem und so konnten wir fast wie im Bett frühstücken, sogar noch besser. Dann kam mir eine Idee. Ich schob den Sessel weg und setzte mich auf seinen Schoß. So wie er mich damals gehalten hatte.

„Besser so?"

„Ja!"

Und er küsste mich. Manchmal fütterte ich ihn, dann er mich. Ich wartete auf irgendetwas. Damals war doch was? Er sah, dass ich nachdenklich schaute.

„Was ist? Gefällt dir mein Kuss nicht mehr?"

„Doch, aber irgendetwas fehlt mir. War damals nicht etwas, als wir auf der Hütte übernachten mussten?"

Jetzt sah er etwas betreten drein.

„Ja."

Ich hatte es anscheinend immer noch im Gefühl. Wir sprachen noch mal über die ganzen Ereignisse von damals. Und uns wurde so einiges klar jetzt im Nachhinein, aber es blieb noch so vieles offen. Doch das Gefühl der Vertrautheit kam wieder zurück.

„Es war nichts zufällig, es war alles Schicksal. Alles kommt, wie es kommen soll. Wie Walter immer sagt."

„Ja genau, Walters Spruch."

Als wir fertig waren mit erzählen und frühstücken, zauberte er noch Palatschinken her, die wir uns dann noch mit Marmelade bestrichen. Er begann von der einen Seite zu essen und ich von der anderen und irgendwann trafen wir uns dann in der Mitte. Natürlich küssten wir uns dann wieder. Wie zwei Frischverliebte.

„Was hast du da an deiner Hand?" Es sah so aus, als hätte er sich geschnitten.

„Sieht aus, als ob du mal Blutsbrüderschaft geschlossen hättest, mit wem? Mit Walter?" Ich lachte.

Robert sah mich überrascht an und auch den Schnitt.

„Daran habe ich noch nie gedacht. Aber diesen Schnitt habe ich schon, seit ich denken kann, und Walter auch. Und ich weiß nichts davon, dass wir mal Blutsbrüderschaft geschlossen hätten. Oder dass ich mich sonst irgendwo geschnitten hätte."

Wir sahen uns nur verwundert an, dann standen wir auf und räumten alles weg. Da kein Wasser im Haus war, mussten wir rausgehen. Die Sonne schien schon sehr warm. Es war ja auch schon Mittag. Wir wuschen uns dann am Brunnen und nahmen auch Wasser zum Geschirrspülen mit, aber so weit kam es nicht, denn wir landeten vorher noch mal im Bett. Nachmittags machten wir einen kleinen Spaziergang. Er hatte sogar für Kleidung gesorgt. Für ihn und für mich. Am späteren Nachmittag machten wir uns noch eine Eierspeise, dann mussten wir noch packen und luden alles ins Auto. Zum Schluss sahen wir noch der untergehenden Sonne zu.

„Werden wir in ein paar Jahren auch noch so verliebt hier sitzen?"

Er sah mich an und sagte:

„Ich hoffe doch sehr und dass wir uns wenigstens für ein paar Tage hier verkriechen können."

Leider war dann der Tag auch schon zu Ende und wir mussten runter vom Berg. Ich sah mich noch ein letztes Mal um, wer weiß wann ich wieder mal hier hochkommen würde. Ich prägte mir alles genau ein. Dann ging es wieder ins Tal. Ich hatte auch schon Sehnsucht nach meinen Jungs.

Auf dem Hof sah man Licht aus den Fenstern. Als ich ins Haus ging, hörte ich schon Antonias Stimme, die die Jungs beruhigte. Die wimmerten etwas vor sich hin. Als sie mich sahen, fingen sie an, halb zu lachen und zu weinen. Ich nahm sie auf den Arm und beruhigte sie. Robert nahm mir dann einen ab und wir gaben ihnen das Fläschchen und brachten sie zu Bett. Danach gingen wir noch zu Antonia und Franz, der inzwischen auch schon da war und sie erzählten uns, was heute noch alles war. Walter brachte nachmittags die Jungs vorbei und sie beide hatten zu tun, sie zu beruhigen. Sie waren durch die Hochzeit, und da sie in anderer Umgebung aufgewacht waren, etwas durcheinander gewesen. Angelika hatte sich zwar gut um sie gekümmert, aber ihr Zuhause war es trotzdem nicht und eine andere Person war auch noch da. Regina und ihre Familie waren nach dem Mittagessen nach Hause gefahren, genauso wie meine Kinder. Sie haben alle Antonia beim Kochen und Aufräumen geholfen. Und die Jungs von Regina haben auf meine zwei aufgepasst. So gut sie konnten.

Die Wahrheit der Vergangenheit

Danach ging alles wieder seinen gewohnten Gang. Wir schrieben dann noch Dankeskarten und gaben noch eine Anzeige in der Zeitung auf, für alle, die hier waren und denen wir nicht persönlich danken konnten. Mit Walter und Anita trafen wir uns so oft es ging.

Am nächsten Wochenende war die Einweihung der neuen Klammbrücke, wo sie auch ihren neuen Namen erhalten sollte. Alle waren gespannt und es kamen viele zur Brücke. Da nicht so viel Platz war für alle, hatte man Lautsprecher raufgebracht, sodass man die Einweihung weiter unten oder oben auch noch hören konnte. Der Weg war zwar etwas verbreitert worden, aber es hatten trotzdem nicht alle Platz. Der Bürgermeister hielt eine Ansprache und der Pfarrer segnete die Brücke, dass nie mehr was Schlimmes hier passieren sollte.

„Ich habe mich in unserer Ortschronik schlau gemacht, fand aber leider nichts Wissenswertes über die Brücke. Da half mir unser Ortspfarrer mit seinen Büchern aus. Wir hatten zu tun, die Schrift lesen zu können, aber es ging dann doch und wir fanden auch ein gemaltes Bild von einem Wegekreuz darin. Darauf stand: Ruhet in Frieden, ihr unglücklich Verliebten. Wilhelm und Wilhelmina Brickler. Darum hieß sie damals auch eine Zeit lang Bricklerbrücke und viele wandelten sie dann als Unglücklich Verliebten Brücke um. Aber keiner kann sich natürlich daran, was vor Hunderten von Jahren hier los war erinnern. Darum wollen wir ihr jetzt einen neuen und besseren Namen geben, dass er allen Wanderern Glück bringt bei ihren Wanderungen. Und darum darf ich den Bauer Robert und seine Frau darum bitten, das neue Wegekreuz zu enthüllen, da sie die Letzten waren, die heil über diese Brücke wanderten."

Wandern war nett ausgedrückt. Aber sollten wir ihn aufklären? Ich glaube, das hätte den Rahmen gesprengt. Aber mir war so flau im Magen, seit er die Geschichte von den Bricklers erzählt hatte. Mir zitterten die Hände, als wir das Tuch vom Wegekreuz ziehen durften, und das Band zerschneiden, das vor der Brücke war. Wir waren dann auch die Ersten, die über die Brücke gehen durften. Auf dem Wegekreuz stand: Die Dreierglücksbrücke.

Und darunter etwas kleiner:
Gewidmet den Bauers, die als Letztes heil und gesund mit ihrem Schutzengel über die Brücke kamen.

Wie wahr, wie wahr, dachte ich mir. Die Brücke war größer und fester gebaut als die alte und auch besser abgestützt. Jeder durfte dann mal darüber gehen und die richtige Feier war dann im Gasthaus, das schon auf den Ansturm wartete. Aber mir war immer noch nicht wohl beim Überqueren der Brücke. Ich hielt mich ganz fest an Robert an. Ich sah immer wieder dieses Pärchen, das abgestürzt war. Er hielt mich auch ganz fest und meinte, es wäre meine Höhenangst.

Weihnachten nahte und eigentlich sollte meine Periode wiederkommen, das tat sie aber nicht. Also machte ich einen Termin beim Frauenarzt. Der war am Montag, und am Sonntag davor kamen Walter und Anita mit ihren Kindern zum Kaffee vorbei. Bei der Begrüßung sagte Walter:

„Na, wie geht es der werdenden Mutter?"
Wir sahen ihn alle überrascht an.
„Walter!", rief ich überrascht und erschrocken zugleich. Robert sah mich an.
„Anja sollte ich da auch etwas erfahren oder wissen?", fragte er mich überrumpelt.
Walter verzog das Gesicht.
„Bin ich zu früh?"
„Ja! Ich habe erst morgen einen Termin beim Frauenarzt!"
Jetzt sah Robert Walter an.
„Was weißt du schon wieder, was wir noch nicht wissen? Und jetzt keine Ausflüchte, für die ist es jetzt zu spät! Also raus mit der Sprache!"
Jetzt musste Walter etwas kleinlaut zugeben, dass er es schon etwas länger wusste. Und dass ich wieder schwanger wäre und ein Mädchen erwarte.
Robert sah ihn eindringlich an.
„Ein Mädchen oder zwei?"
„Nein, nein, nur eins, sonst wären es nicht drei Kinder!"

„Und wann soll es kommen, Herr Meister?", zog ihn Robert auf.
Der zuckte nur mit den Achseln.

„Im Juni", schoss es mir raus.

Jetzt sahen sie mich überrascht an.

„Na ja, du hast es mir am Hochzeitstag gesagt, dass wir noch ein Mädchen bekommen würden und laut der Rechnung, da ich da noch nicht im dritten Monat sein konnte, weil sonst hätte ich schon einen größeren Bauch, wäre ich jetzt im dritten und dann käme es Anfang Juni."

Und Walter fing schon wieder an zu lästern.

„Am 06.06. vielleicht?"

Ich gab ihm einen Schlag auf den Rücken und Robert ihm einen leichten auf seinen Kopf.

„Ich weiß es nicht, das war nur geraten!", verteidigte er sich.

„Aber jetzt was anderes. Ich habe da ein Schreiben von einem Notar bekommen. Ich solle zu einer Testamentseröffnung am 05.12. kommen von einer Wilhelmina Becker."

Bei dem Namen lief mir wieder ein Schauer über den Rücken. Hieß nicht diese Frau von der Brücke Wilhelmina?

Wir sahen uns nur überrascht an.

„Wenn du nicht weißt, wer sie ist, wie sollen wir es wissen? Sagt dir deine hellseherische Kraft nichts?", fragte ihn Robert.

„Nein, alles dunkel. In letzter Zeit spielen meine Kräfte verrückt und ich habe auch weniger bis gar keine Vorahnungen mehr. Im wahrsten Sinne des Wortes ist alles dunkel. Es kommt nichts, aber auch gar nichts mehr bei mir an."

Wir rätselten noch herum, bis ich ihnen unbewusst das Stichwort gab.

„Vielleicht bist du auch adoptiert wie eure Kinder."

Robert und Walter sahen sich wie zwei ertappte Sünder an.

Anita senkte den Kopf.

„Was ist, habe ich was Falsches gesagt?"

„Nein, du hast nur den Nagel auf den Kopf getroffen, ohne es zu wissen."

„Was denn?"

„Walter ist wirklich adoptiert, das weißt du ja noch gar nicht. Das ist etwas, an das denken wir gar nicht mehr."

„Und Anita habe ich es schon erzählt, bevor wir die Kinder adoptiert haben."

Denn das war mittlerweile auch schon durch. Sie waren offiziell die Eltern von Emmerich, Emanuel und Emilia. Jetzt war ich diejenige, die überrascht aussah. Walter sah Anita an.

„Was meinst du?"

Sie nickte nur.

„Zuerst wollte ich gar nicht erst hingehen und schon anrufen, dass ich nicht komme. Aber wir wollten zuerst mit euch reden und eine andere Meinung hören und vielleicht ist es doch so, wie Anja sagte. Vielleicht war das meine Mutter."

Wir hingen unseren Gedanken nach. Bis uns die Kinder wieder in die Gegenwart holten. Benjamin und Benedikt waren wieder wach und Emmerich und Emanuel brachten sie uns. Jetzt konnten wir sowieso nicht mehr weiterreden. Am Montag fuhr ich dann zum Frauenarzt und der bestätigte mir, was wir eigentlich schon wussten. Ich war schwanger und schon Anfang des vierten Monats, der Termin war wirklich für vorläufig Mai ausgerechnet.

Da ich schon mal in der Stadt war, wollte ich wieder zum Trachtengeschäft und mir eine andere Schürze dazu kaufen, dass es nicht so nach Brautkleid aussah. Ich ging wieder in diese Gasse, doch ich fand das Geschäft nicht. Zuerst dachte ich, es wäre eine andere Gasse, aber nein, es war die richtige. Ich ging auf der anderen Straßenseite wieder zurück und sah gegenüber eine alte Auslage mit vergilbten und schmutzigen Fenstern. Oberhalb sah man noch das Schild. Mit Mühe konnte man noch die Schrift lesen: Trachtengeschäft.

Eine Frau, die zufällig vorbeikam, fragte ich:

„Seit wann ist das Geschäft geschlossen? Ich wollte mir eine Schürze kaufen."

„Ach das. Das ist schon länger zu. Sicher drei Jahre."

„Nein, das kann sicher nicht sein. Ich habe erst vor ein paar Monaten mein Kleid hier gekauft."

„Da müssen Sie sich irren. Das war sicher ein anderes Geschäft in der Innenstadt. Warten Sie mal. Ich glaube das war am 09.09. vor drei Jahren, als die Besitzerin gestorben ist. Man sagte, dass sie eine kleine Hexe gewesen wäre. Es rankten sich so einige Gerüchte um sie. Und dass sie gerade dann noch am 09.09. gestorben ist, bestätigte es vielleicht auch noch. Aber gehen Sie in die Innenstadt, dort gibt es ein neues Geschäft. Und dort soll auch ihre Tochter arbeiten. Da bekommen Sie sicher was Besseres", drehte sich um und ging weiter.

Ich konnte das immer noch nicht glauben. Aber ich war hier! Ich habe hier mein Kleid gekauft. Ich ging zum Geschäft und sah durch die Auslage hinein. Es war alles da, nur alles leer und verschmutzt. Ich wollte zwar schon fahren, aber einer inneren Eingebung folgend, ging ich in die Innenstadt und suchte das Geschäft. Ich fand es auch gleich, ging hinein und sah mich um. Nein, hier habe ich mein Kleid sicher nicht gekauft. Es war alles neu und modern eingerichtet. Eine Verkäuferin kam auf mich zu und fragte mich, ob sie mir helfen könne. Ich sah in ihr Gesicht und konnte es kaum glauben. Das Gesicht kannte ich doch! Es war eine jüngere Ausgabe von der Verkäuferin damals. Ich musste sie angestarrt haben. Denn sie fragte mich, ob es mir nicht gut ginge.

„Ich war in der Antonia Gasse und suchte das Trachtengeschäft, in dem ich mein Brauttrachtenkleid kaufte. Doch das Geschäft gibt es nicht mehr."

„Nein, das ist schon seit drei Jahren zu, es gehörte meiner Mutter und ich konnte es nicht weiterführen. So gab ich es auf und fing hier an zu arbeiten."

Jetzt wurde mir ganz komisch. Sie gab mir rasch einen Sessel, damit ich mich setzen konnte.

„Aber ..."

Ich sah sie nur an. Dann fiel mir ein, ich hatte doch ein Foto von der Hochzeit dabei, für das ich einen Rahmen suchte. Ich zog es raus aus meiner Tasche und zeigte es ihr.

„Aber das Kleid habe ich doch dort gekauft!"

Sie sah es an und erschrak fast.

„Was ist?", fragte ich sie.

„Das Kleid kommt mir irgendwie bekannt vor. Es sieht fast so aus wie das Hochzeitskleid meiner Mutter. Sie hatte auch so ein ähnliches. Als ich sie mal fragte, ob ich es auch zu meiner Hochzeit tragen dürfte, meinte sie nur: ‚Kind, das weiß ich nicht, ob du es tragen darfst. Das Kleid sucht und findet seine Trägerin, die das Erbgut weiterträgt. Denn unsere Familie ist hellseherisch veranlagt und nicht immer tritt es zutage. Darum sagen manche auch zu mir Hexe wie zu meiner Mutter. Aber die nahm es gelassen und ich auch. Weil manchmal weiß ich mehr, als mir lieb ist. Aber eine soll mal kommen, die das ganze Erbgut in sich trägt. Ob es dann das Kleid noch gibt, weiß ich nicht und ob du es auch tragen darfst. Es verändert sich immer wieder und passt sich der Zeit an.‘ Dann zeigte sie mir ein Foto meiner Großmutter und das Kleid hatte eine faszinierende Ähnlichkeit, so wie ihres."

Jetzt wurde es mir noch komischer.

„Haben Sie noch das Kleid Ihrer Mutter?", fragte ich sie.

„Nein, das ist leider seit einiger Zeit verschwunden. Und anscheinend hat es wieder eine Trägerin gefunden."

Sie sah mich durchdringend an, gab mir das Foto zurück und lächelte mich an.

„Ich hoffe nur, ich darf es auch tragen. Ansonsten muss ich mir selber eines nähen. Denn kaufen kann man so ein Kleid nicht. Man findet so einen Stoff nicht mehr."

Mir schwirrte der Kopf. Ich wusste nur eines: Ich musste nach Hause, um zu sehen, ob das Kleid noch da war und ich doch nicht geträumt hatte, aber dann hätten wir alle geträumt. Ich verabschiedete mich von ihr und vergaß meine Schürze und den Bilderrahmen. Als sie mir ihre Hand zum Abschied gab, sagte sie:

„Ich wünsche Ihnen viel Glück und alles Gute Ihnen und Ihrem Kind."

Ich sah sie verwundert an.

„Sie sind doch schwanger?"

„Ja, aber woher wissen Sie das? Man sieht doch noch gar nichts."

Und ich hielt die andere Hand auf den Bauch.

„Ich glaube, das ist das gleiche Blut, das da aus mir spricht."

Sie gab mir noch ihre Nummer, falls ich mal was brauchen sollte. Ich fuhr langsam nach Hause und versuchte das alles zu begreifen. Zu Hause sah ich nach dem Kleid. Es hing immer noch im Schrank in Plastik gehüllt. Also es war noch da. Am Abend sagte ich dann allen, dass der Arzt es bestätigt hatte, dass ich schwanger war. Antonia meinte nur:

„Du hättest dir vielleicht etwas Zeit lassen sollen."

Da sagte aber schon Robert:

„Zeit haben wir nicht mehr so viel."

Und meinte eher mein Alter.

„Und wie willst du dann unsere Tochter nennen?", fragte mich Robert am Abend.

„Wieso Tochter? Sie ist ja noch nicht da und es könnte trotzdem ein Junge werden."

„Nein, soweit kennen wir Walter schon gut genug, dass wir wissen, dass es stimmt, wenn er sagt, es wird ein Mädchen. Also wie?"

„Bernadette! Oder hast du was dagegen?"

„Nein, ganz und gar nicht. Hast du vielleicht schon wieder in der Familienchronik gestöbert?"

„Nein, wieso?"

Er sah mich an und sagte:

„Weil die Großmutter von meinem Vater Bernadette geheißen hatte."

Jetzt sah ich ihn überrascht an.

„Das wusste ich nicht! Echt nicht!"

So war es beschlossen, dass unser Mädchen Bernadette heißen sollte. Antonia sagten wir aber noch nichts. Ein paar Tage später musste Walter dann zum Notar. Anita begleitete ihn. Er wollte nicht alleine sein, und wie gut das war, erfuhren wir dann erst 14 Tage später am Sonntag. Wir hatten aber genug zu tun mit Haushalt, Wirtschaft und Kindern, sodass wir erst wieder daran dachten, als Walter uns anrief und sagte, sie würden am Samstagabend zu uns kommen. Auf die Kinder würde dann Angelika aufpassen. Er müsse mit uns was Wichtiges bereden und Antonia sollte auch dabei sein. Unsere Jungs waren gerade eingeschlafen, als sie ankamen. Beide mit besorgten Gesichtern. Wir setzten uns an den Tisch und Walter fing an zu erzählen, während er Anitas Hand hielt. Robert links von mir, Walter rechts, mir gegenüber Antonia und Anita. Antonia wollte sich zwar nicht zu uns setzen, denn sie würde das nichts angehen, aber Walter bestand darauf.

„Als ich den Termin dem Notar bestätigt hatte, hatte ich so ein komisches Gefühl. Ich hatte schon einige Zeit keine Vorahnungen mehr oder etwas Ähnliches. Das war mir schon komisch und als Anja dann das mit der Adoption erwähnte, wurde es mir noch mulmiger."

Man sah ihm an, dass ihm das Sprechen schwerfiel. Deshalb sprach Anita weiter.

„Also wir gingen in die Kanzlei und Walter hielt so fest meine Hand, dass es schon wehtat. Er merkte es gar nicht. Ich wusste, da kam etwas, soweit kannte ich ihn jetzt schon und das damals mit der Brücke war ja nur ein Klacks gegen … na ja. Okay. Wir begrüßten ihn also, dazu musste Walter Gott sei Dank meine Hand loslassen, ob er wollte oder nicht. Da merkte er erst, dass er sie ganz festhielt. Und er sah mich entschuldigend an. Wir fragten, ob wir die Einzigen wären, die zur Testamentseröffnung kämen. Er sagte ja, und eigentlich wäre nur Walter eingeladen. Walter sagte dann, ohne mich geht gar nichts, ansonsten gehen wir wieder. Und über die Tatsache, dass ich dann da war, war der Notar später noch froh. Also nahmen wir Platz und Walter hielt wieder meine Hand.

‚Wer ist diese Wilhelmina Becker?‘, wollte Walter noch wissen, aber der Notar fing dann an zu lesen."

Mir lief wieder ein Schauer über den Rücken. Anita sprach weiter: „Der Notar verlas dann das Testament.

TESTAMENT

Ich, die Endunterzeichnete Wilhelmina Becker, geborene Beyer am 04.05.1925, besser bekannt als die Wahrsagerin Miranda, …

Da wurden wir kreidebleich, Walter sagte: ‚Miranda?‘, doch der Notar las unbeirrt weiter.

… im Vollbesitz meiner geistigen Kräfte, … Das Attest ist hier.

Und zeigte uns ein Blatt, was uns gar nicht interessierte. Dann las er weiter.

... vermache meinen ganzen Besitz, sowie den Besitz meiner Tochter, Wilhelmina Becker, geboren am 05.04.1945, verstorben am 11.11.1970 nach der Geburt ihres Sohnes, Walter Becker, geboren am 11.11.1970, ...

Walter wurde kreidebleich und ihm wurde es immer mulmiger, ich sah es ihm an, dass da etwas auf ihn/uns zukam. Das konnte doch kein Zufall sein, dass deren Sohn genauso hieß und am gleichen Tag geboren war. Mir wurde es auch immer komischer.

... an meinen Enkel Walter Berger, geboren am 11.11.1970, geborener Becker.

Lieber Walter, mein geliebter Enkel. Ich wusste, wir würden uns wiedersehen, bis bald.

Unterschrift usw.'

Der Notar sah uns an. ‚Was der letzte Satz bedeuten soll, weiß ich nicht, aber ich habe daran nichts zu ändern. Da gibt es noch ein Kästchen. Dass ich Ihnen hier und jetzt übergeben soll. Den Schlüssel haben Sie, sagte die Verstorbene mir.'

Somit zog er ein Kästchen aus der Lade heraus. Walter starrte nur das Kästchen an und nahm es dann zögerlich. Als er es in der Hand hatte, fiel er sofort in Trance. Ich hatte zu tun, ihn auf den Boden zu legen, der verstörte Notar wollte zuerst den Notarzt rufen, aber das konnte ich abwenden. Die würden nur feststellen können, dass er schlief. Denn ich tastete nach dem Puls und der wurde immer ruhiger. Ich bat den Notar um ein Kissen, damit ich es unter seinen Kopf legen konnte, und erklärte ihm, da er jetzt auch etwas ruhiger geworden war, dass er in einer Trance war und er wie seine ‚Großmutter' in die Zukunft sehen konnte. Er verstand zwar nicht viel, vertraute mir aber. Da er noch andere Leute hatte, ging er dann in ein anderes Zimmer, denn mehr konnte er hier nicht machen. Denn es wäre ja noch was zu unterschreiben, aber das mussten wir auf später verschieben. Ich setzte mich auf den Boden und lehnte mich an den Schreibtisch und wartete. Wartete, bis er wieder wach wurde, denn dann musste ich da sein für ihn. Der Notar verschwand dann in einen anderen Raum.“

Nach einer kurzen Stille räusperte sich Walter und erzählte, was dann geschah. Mit leiser Stimme und immer nachdenkend, was er gesehen hatte.

„Mir schwirrte immer Miranda im Kopf herum, was er genau vorlas, bekam ich nur am Rande mit. Meinen Namen und mein Geburtsdatum. Ich fragte mich immer wieder, was das sollte? Ich bekam nichts auf die Reihe. Ein Kästchen! Ich wollte es persönlich hören, aber das ging ja nicht mehr und irgendjemand sollte mir jetzt alles erklären. Das Kästchen wollte ich nicht! Und als ich es in der Hand hielt, war alles aus. ,Bis bald!', blieb nur noch hängen.

,Bis bald!'

Es wurde finster, dass ich umfiel, merkte ich nicht. Es war nur dunkel. Eine Stimme sagte immer nur:

,Lass das Licht zu, lass das Licht zu, weil sonst wirst du es nie erfahren, wirst es nicht aufklären können.'

Dann wurde es immer heller. Ich drehte mich im Kreis und auf einmal sah ich einen hellen Schein, der immer näher kam und in dem Licht kam eine Gestalt auf mich zu. Sie wurde immer klarer.

,Miranda!', rief ich aus. ,Miranda, was ist hier los?'

,Sag doch Großmutter zu mir, denn das bin ich doch. Und du sollst heute alles erfahren. Von deinem früheren Leben bis zu deinem heutigen. Alles soll sich klären.'

,Ich will aber jetzt wissen, was los ist, wieso bin ich da und wo bin ich überhaupt?'

,Verlass dich auf mich. Nimm meine Hand und komm mit.'

Sie streckte mir ihre Hand entgegen und ich nahm sie einfach. Ich verließ mich auf sie, so wie immer, wenn sie mir was gesagt hatte.

,Erschrick nicht, wenn du bekannte Gesichter siehst. Sie spiegeln nur dein heutiges Leben wider. Man kommt meistens mit den gleichen Personen zusammen, um die Fehler, die man mal gemacht hatte, zu beseitigen. Wenn du es nicht schaffst, musst du es in deinem nächsten Leben schaffen.'

Wir reisten durch die Zeit.

,Neun Generationen zurück', sagte Miranda.

Wir kamen irgendwo an. Ich sah ein verliebtes Pärchen, das glücklich und freudestrahlend aus einer Berghütte kam. Irgendwie kam die

Hütte mir bekannt vor. Sie sah der unseren ähnlich. Dann gingen sie weiter und kamen zu einer Brücke. Zu einer altersschwachen Brücke. Sie liefen zu zweit darüber und wollten rasch ans Ende der Brücke kommen. Der Bach führte viel Wasser, so als hätte es einen Tag vorher geregnet. Auf dem Rücken des Mannes sah ich ein Bündel, so wie man früher eben die Kinder transportiert hatte. Die Brücke hielt nicht stand. Ich sah zuerst ihre glücklichen Gesichter, dann Angst und Schrecken. Die Brücke brach und sie fielen mit. Ich sah sie wegtreiben und der Mann konnte sich noch festhalten und das Kind in Sicherheit bringen. Dann trug das Wasser auch ihn weg. Er hatte keine Kraft mehr. Ein Mann fand später das schreiende Kind, nahm es mit und zog es mit seiner Frau wie sein eigenes auf. Sie hatten keine eigenen Kinder. Dann wurde es dunkel. Ich sah Miranda an.

,Das war der erste Fehler in der Geschichte. Sie hätte auf ihre Ahnung hören sollen und nicht weggehen von der Heimat. Aber sie wollte glücklich sein mit ihm. Aber er hätte eine andere heiraten sollen. Darum nahmen sie Reißaus und wollten woanders ihr Glück finden. Sie wollten das Schicksal hintergehen. Das geht leider nicht. Nicht mal ihre Tochter wurde glücklich.'
Dann ging der Film weiter.
Ich sah dann eine Frau, die im Sterben lag. Als sie sich umdrehte, glaubte ich Anja zu erkennen.
Mir blieb vor Schreck beinah das Herz stehen.
,Das ist doch Anja, oder nicht? Wie kommt sie hierher?', fragte ich Miranda.
,Nein, das ist nicht Anja, du glaubst nur, dass sie es ist. Weil sie dir immer wieder begegnet. Dann kam ein Junge rein, nein zwei, Zwillinge. Sie sahen aus wie Robert und ich."

Diesmal erschrak Robert etwas. Aber keiner traute sich etwas zu fragen.

„In dem einen erkannte ich mich.
,Das bin doch ich als Kind, oder nicht? Was mache ich hier?'
,Das bist du in einem früheren Leben, wo alles weiter falsch lief. Weil sie es verabsäumt hatte, dich rechtzeitig aufzuklären. Sie wollte

es nicht wahrhaben und glaubte selber nicht so recht daran, was sie an Vorahnungen hatte.'

Diese Frau sagte zu mir, dem Kind.

‚Tut mir leid, dass ich dir nicht helfen kann. Ich dachte nicht, dass es schon so bald kommen wird. Du musst das Beste aus deiner Gabe machen. Verschleudere sie nicht und gib nie zu viel preis.'

Dann verabschiedete sie sich auch von dem anderen Jungen.

‚Und du pass auf deinen Bruder auf, er wird deine Hilfe brauchen. Und passt mir auf Bernadette auf.'"

Bei dem Namen sahen Robert und ich uns an.

„Wir drehten uns um und hinter uns stand ein Mann mit einem Baby auf dem Arm. Dann mussten wir rausgehen und der Priester kam. Ich sah dann noch das Begräbnis und das andere wie in einem Schnelldurchlauf, als wäre es ein Film. Wie ich darauf kam, dass ich manches schon vorher wusste, und ich zuerst nicht klar kam damit. Mein Bruder konnte mir auch nicht viel helfen. Als ich darauf kam, dass ich vieles vorher wusste, versuchte ich die Leute zu warnen. Zuerst hörten sie mir nicht zu, dann taten sie es als Teufelszeug ab und mieden uns, wo es ging. Unser Vater glaubte uns auch nicht. Miranda klärte mich auf, dass mit jeder Generation die Vorahnungen immer stärker würden. Wir waren auf einmal junge Männer und verliebten uns in das gleiche Mädchen. Ich sah eine Vorahnung, dass wir uns um sie stritten und ich meinen Bruder schlug und er lag dann wie tot da. Das wollte ich nicht und somit verschwand ich sang- und klanglos, ohne jemandem etwas zu sagen. Ich fand später eine Frau, die aussah wie Anita und da wir keine Kinder bekommen konnten, nahmen wir Kinder, die keine Eltern mehr hatten, zu uns. Wir gingen wieder weiter und ich sah mich als alten Mann, der in sein Heimatdorf zurückkam. Einer Ahnung wegen. Die Leute sprachen mich an. Ach, bist du wieder gesund? Geht es dir wieder gut? Also hatte mich diese Ahnung nicht getrogen. Ich fand mein Elternhaus und meinen Bruder sterbend vor. So wie damals meine Mutter. Ich bat meinen Bruder um Verzeihung. Erklärte ihm alles. Dann erzählte er mir, dass alle, auch inklusive dieses Mädchens, geglaubt hatten, ich hätte dich umgebracht und irgendwo verscharrt. Es dauerte lange, bis sie mir wieder vertrauten und ich eine Frau fand. Aber ich bin so froh, dass ich dich wiedersehe. Ich muss dich auch um Verzeihung bitten, dass ich dir nicht mehr geholfen habe, worum Mutter mich gebeten hatte. Aber ich war doch genauso jung und dumm wie du. Macht nichts, jetzt sind wir wieder zusammen. Ja, und das besiegeln wir mit unserem Blut. Und so machte ich bei jedem einen Schnitt an der Hand. Wir hielten die Hände zusammen und ich sprach einen Schwur. Dieses Band soll erst gebrochen werden, wenn wir wieder als Brüder auf die Welt kommen und der eine soll nur glücklich werden, wenn auch der andere eine Frau gefunden hat. Es soll uns keine Frau mehr trennen und keine Vorahnungen. Erst wenn wir drei wieder vereint sind, wenn es dreimal drei Kinder gibt, dann soll der Bann gebrochen werden. Einen Tag später starb er dann, und da ich mich bei meinem Bruder infizierte, starb auch ich ein paar Tage später und wir wurden bei unserer Mutter begraben. Dann zog es uns weiter. Ich sah mich noch einige Male auf die Welt kommen und sterben, aber es passierte nichts Aufregendes. Ich wurde nie glücklich und hatte immer wieder Pech mit Frauen. Dann sah ich eine Frau in den Wehen liegen und Miranda daneben. Sie hielt ihre Hand.

‚Du hättest das nicht tun sollen!', sagte sie ihr gerade.

‚Ich muss es aber tun, damit sich das Schicksal endlich erfüllt. Brüder und eine Schwester aus dem gleichen Blut der Ahnen, die dreimal drei Kinder bekommen und das Blut reingewaschen wird. Ich will nicht so unglücklich weiterleben. Es soll mal ein Ende haben. Beschütze meinen Sohn, hilf ihm sein Schicksal zu erfüllen und zu Ende zu bringen.'

Dann wurde ein Kind geboren und die Schwester sagte die Uhrzeit der Geburt: 11:11 am 11.11. Dann ging alles sehr rasch, die Frau hatte keinen Herzschlag mehr. Das Kind wurde weggetragen, Miranda musste auch gehen. Eine unvorhersehbare Blutung. Aber es half nichts mehr, die Frau starb. Ich sah, wie man Miranda das Kind in den Arm legte und ihr mitteilte, dass die Mutter verstorben war. Miranda hatte keine Tränen mehr. Sie nahm das Bündel und ging.

Dann sah ich sie an und fragte:
‚War das jetzt meine Geburt?'
‚Ja.'
‚Und was geschah dann?'
‚Sieh weiter.'

Ich sah sie gehen, in ein Dorf, das mir bekannt vorkam. Dann sahen wir eine Frau mit einem Kind auf dem Arm die uns erklärte, dass der gesuchte Mann ihr Ehemann war. Dann drehte sich Miranda um, bedankte sich und ging. Sie ging in ein Gasthaus, um sich etwas auszuruhen, und um zu sehen, wie es weiterging. Dann kam ein Pärchen rein. Sie bewunderten das brave Kind. Und meinten, dass es schade wäre, dass so ein kleines Würmchen keinen Vater und keine Mutter mehr hätte. Und sie leider keine eigenen Kinder bekommen könnten. Miranda fragte sie, wie sie heißen.

,Berger.'

,Wollen Sie es vielleicht adoptieren? Ich kann mich leider nicht so um das Kind kümmern, wie er es verdient.'

Sie sahen sie zuerst erschrocken an, dann willigten sie ein. Die Papiere sollten sie an ihre Adresse schicken. Sie stand auf gab dem Baby einen Kuss auf die Stirne und sagte:

,Wir sehen uns wieder!', gab dem Paar das Kind und verschwand. Dass es ihr sehr schwerfiel, sah keiner. Dann wurde es auch dunkel.

,Und wie geht es jetzt weiter?', fragte ich sie.

,Du musst das zu Ende bringen, was meine Tochter angefangen hat. Sie war eine bessere Hellseherin, als ich es jemals war. Darum wusste sie auch mehr und wusste, das Schicksal wird sich erfüllen, darum nahm sie auch ihren Tod in Kauf. Das war ihr Preis, dass sie es heraufbeschworen hatte. Sie konnte nicht abwarten, bis es so weit war, sie ging auf die Suche. Und jetzt musst du es zu Ende bringen. Du musst deiner Nichte Bernadette auf die Welt und ins Leben helfen und ihr helfen, mit ihrer Gabe umzugehen. Sonst könnte es fatale Folgen haben, wenn sie sie missbraucht oder gar nicht nutzen will. Ihre Eltern werden überfordert sein. Denn sie ist ein Nachkomme der Urahnin Willhelmina, die damals den Absturz überlebte und deine Mutter war, deine Schwester Bernadette. Aus euch drei kamen wieder drei Ahnen, zwei mit einer Gabe und der Dritte als Ausgleich. Die Ahnenreihe zweigt sich sehr und irgendwo bricht sie dann wieder durch und du hast auf der ganzen Welt verstreut Nachkommen der drei Kinder und du wirst sie immer wiedertreffen. Jetzt in diesem Leben und in deinem weiteren. So ist das Leben.'

‚Und wo ist mein Vater? Du warst ja auf der Suche nach ihm. Hast du ihn gefunden?‘

‚Ja, aber er war schon verheiratet und hatte ein Kind. Du hast einen Bruder und eine Schwester und … Und deine Mutter aus dem früheren Leben wird dir unbewusst immer helfen. Du hast sie ja auch schon kennengelernt. Du wirst sie erkennen, wenn es so weit ist und deine Mutter in ihrem neuen Leben wird dich abgöttisch lieben. So. mein Junge, es ist jetzt genug gesagt.‘

‚Aber wo muss ich meinen Vater suchen?‘

‚Bei der Frau mit dem Kind, den Drei Gemeinsamkeiten und dem Stern!‘

Dann verblasste alles und es wurde wieder dunkel und ich rief noch nach ihr:

‚Miranda, Großmutter, bleib, du musst mir helfen, Großmutter.‘

‚… das Kind, die Drei Gemeinsamkeiten und der Stern …

Ich rief noch einmal und wachte mit entsetzlichen Kopfschmerzen auf.“

Da hörte Walter auf und Anita sprach weiter. Walter brauchte eine Pause. Man sah es ihm an, dass es ihn das alles jetzt auch noch sehr mitnahm.

„Ja, er wachte auf und rief nach Miranda und wie ich mir fast schon dachte nach seiner Großmutter. Es dauerte noch eine Weile, bis er wieder aufstehen konnte und wir nach Hause fahren konnten. Der Notar kam hin und wieder vorbei, um nachzusehen. Dann wollte er noch die Formalitäten klären, aber dafür machten wir einen anderen Termin aus. Walter fragte noch, wann denn das Testament aufgesetzt wurde.

‚Es wurde am 11.09. aufgesetzt und Miranda starb am 31.10.‘

Walter sah ein, dass er jetzt unmöglich etwas tun konnte. Zu Hause legte er sich hin, verschlief den ganzen Tag und schlief auch die Nacht hindurch. Am Morgen ging es ihm zwar besser, aber seitdem hatte er keine Vorahnungen mehr. Er ist des Öfteren am Platzen und da Miranda sagte, dass er Bernadette helfen sollte, ins Leben zu kommen, setzten wir natürlich bei euch an. Denn hier muss irgendwo der Schlüssel sein. Denn hier wären doch die drei Gemeinsamkeiten. Und vielleicht könnte sie ihm helfen mit einer Vorahnung.“

Ich sah, dass Walter und Robert sich an der Hand kratzten, Robert dort, wo er den Schnitt hatte, von dem er nicht wusste, woher er stammte. Ich nahm beide Hände und legte sie auf den Tisch. Walter hatte den gleichen Schnitt und beide Narben waren rot, und es sah so aus, als würden sie immer röter werden. Jetzt sahen die andern auch überrascht drein. Antonia war sehr ruhig und zurückgezogen. So als würde sie das nichts angehen.

„Habt ihr nicht mal Blutsbrüderschaft geschlossen?"

Beide verneinten. Antonia hatte bisher ganz stumm dagesessen und hatte zugehört. Jetzt kam Leben in sie.

„Nein, nicht das schon wieder und nicht Bernadette", sagte sie in weinerlichem Ton.

„Wieso nicht?", fragte ich sie.

Die beiden Männer waren mit ihrer Narbe beschäftigt. Jetzt drehte sich auch Walter zu ihr um und sah sie an.

„Drei Gemeinsamkeiten … ein Kind … ein Stern …", zitierte Walter wieder.

Die Narben wurden immer röter. Anita starrte von einem zum anderen. Sie konnte sich keinen Reim darauf machen.

„Antonia! Wir haben drei Gemeinsamkeiten. Wo sind das Kind und der Stern?", fragte ich sie schon etwas ungeduldig. Mir wurde warm, die Hände heiß. Auf einmal bewegten sich die Hände der Männer und hielten sich so, dass die Narben zusammenkamen. Es war etwas Unnatürliches in allem. Jetzt sagte auch Walter:

„Tante Toni! Jetzt ist keine Zeit für Geheimniskrämereien, raus mit der Wahrheit."

„Nicht Bernadette! Bernadette hieß die Großmutter meines Mannes und sie war eine kleine Hexe. Sie wollte mich auch dazu bringen und meinte, ich müsse es wissen. Aber ich wollte von alledem gar nichts hören. Meine Enkelin soll nicht so heißen."

„Zu spät, schon beschlossene Sache", meldete sich Robert zu Wort. „Weiter!", brachte er noch raus.

Ihre Hände zitterten. Dann sprach Antonia langsam weiter.

„Sie war da! Diese Miranda! Ich wusste es da noch nicht. Sie fragte nach einem Mann, nach meinem Mann, nach Robert. Ich hielt gerade dich, Robert. Du wolltest zu dem Baby, obwohl du erst 5 Monate alt warst, und streicheltest dem Baby über das Köpfchen und lächeltest die Frau an. Dann drehte sie sich um, bedankte sich und verschwand. Ich hörte dann, dass die Bergers ein Kind adoptiert hatten, weil sie keine eigenen bekommen konnten. Man hörte, sie hätten es von einer Frau bekommen im Gasthaus. In dem auch ihr geheiratet habt. Ich sah sie dann mal beim Arzt, ihr wart da etwa drei Jahre. Sie erzählte mir, dass der Junge Walter hieß und leider noch nicht viel sprach, darum war sie hier beim Arzt. Der Junge stand auf und kam zu mir, stellte sich vor uns hin, streichelte Robert an der Hand, wo er eingebunden war. Genau diese Stelle, die jetzt rot ist. Auch der andere Junge hatte dort einen Verband. Er sah zu mir auf und sagte leise zu mir ‚Tante Toni‘, drehte sich um und lief wieder zurück. Ich wusste nicht, woher er wissen konnte, dass ich Antonia heiße. Ich war genau wegen der Narbe zu dem Zeitpunkt dort. Sie war rot und juckte und keiner wusste, woher die Narbe stammte. Frau Berger meinte dann noch.

‚Ach, hat sich Ihr Junge auch an der Hand verletzt? Walter hat da auch eine Narbe und die ist rot und juckt.‘

Als ich dann beim Arzt drinnen war und sie ihm zeigen wollte, sah man nur noch eine gewöhnliche Narbe, weder rot noch sonst etwas. Dafür war ich dann rot geworden. Wie konnte das sein, fragte ich mich. Ich verließ dann die Arztpraxis so schnell ich konnte und wartete etwas weiter weg draußen auf Frau Berger, sodass sie mich nicht sehen konnte. Sie verließ auch bald die Praxis und ich sah, dass auch der Junge keinen Verband mehr hatte, dafür aber mit ihr sprach. Dabei hatte sie gesagt, er würde nicht viel sprechen. Bevor sie noch ins Auto stiegen, drehte sich der Junge um und winkte uns zu. Ich fühlte mich ertappt und ging rasch nach Hause. Das nächste Mal traf ich sie dann im Kindergarten, als sie Walter abholte. Er hatte gerade kein Leibchen an, und als sie ihn aufhob, sah ich auf seinem Rücken auf der rechten Schulter ein Muttermal, einen Stern. Genauso einen Stern hatte auch Roberts Vater und auch an der gleichen Stelle. Ich fragte sie, was er denn hier habe. Sie meinte:

‚Das ist nur ein Muttermal.‘

Ich dachte mir eher ein Vatermal. Dann meinte sie:

‚Damals beim Arzt, das war schon komisch. Er hatte doch diese rote und juckende Narbe, und als wir beim Arzt drinnen waren, war nichts mehr zu sehen und wie ein Wunder fing er dann auch an zu reden. Der Arzt meinte dann, das wäre schon komisch, denn gerade wäre Frau Bauer da gewesen und ihr Sohn hätte die gleiche Narbe gehabt und die wäre auch nicht mehr rot gewesen. Dabei kennen sich die Jungs ja noch gar nicht. Was meinen Sie dazu?'

Ich zuckte nur mit den Achseln. Und auf dem Nachhauseweg fing ich an zu rechnen. Wir waren schon verheiratet und hatten im Februar einen großen Streit. Ich war zu der Zeit schon schwanger. Streit wegen des Namens. Seine Großmutter lebte da noch und wollte uns unbedingt den Namen Wilhelm aufzwingen, was ich gar nicht wollte. Er verschwand dann für eine Woche und kam dann zurück und meinte nur, nenn ihn so, wie du willst. Meine Schwiegermutter meinte dann nur: ,Verscherze es dir nicht mit ihr.' So nannten wir dich Robert Wilhelm. Er erzählte nie etwas davon, wo er war. Aber der Stern sagte mir, wo er war. Denn das konnte doch kein Zufall sein, das es so ein Muttermal zweimal gibt. Ich fragte ihn vorsichtig aus, aber er gab mir immer nur ausweichende Antworten. Und seit dem Kindergarten seid ihr die besten Freunde. Frau Berger sagte mal: ,Wenn ich es nicht besser wüsste, würde ich sagen, sie sind Brüder!'

Ich wurde rot und unruhig. Ich konnte euch ja auch nicht verbieten, Freunde zu sein. Ihr saht euch ja immer im Kindergarten und der Schule. Was soll man da einem Kind sagen? Aber mir ging die Szene von damals nicht mehr aus dem Kopf, als du Robert über die Hand gestreichelt hast mit dem Verband und deiner Hand. Und immer wenn du bei uns warst, sagtest du Tante Toni, obwohl es dir nie jemand gesagt hatte, dass ich Antonia heiße. Deine Mutter sagte auch immer Frau Bauer. Und sie erzählte mir dann auch mal, dass du hellseherisch veranlagt seist. Das müsse wohl mit deiner Großmutter zusammenhängen. Sie dürften dir das aber niemals sagen, das haben sie der Großmutter damals versprechen müssen. Sie meinte: ,Wenn es Zeit ist, wird er alles erfahren.'

Sie haben das Geheimnis dann ja auch weiterhin verschwiegen, nur ich ahnte mehr, als ich wusste. Robert sagte auch nie ein Wort darüber, aber er spürte, dass du sein Sohn warst. Ja, das ist die Geschichte, des Rätsels Lösung. Ihr seid Brüder und habt den gleichen Vater. Und das andere hast du ja von deiner Großmutter erfahren."

Jetzt stand sie auf und ging mit wackeligen Füßen in ihr Zimmer, denn das Ganze hatte sie ziemlich mitgenommen. Robert und Walter ließen in dem Moment die Hände los und man sah … nichts! Weder rot noch juckte es und die Narbe konnte man auch fast nicht mehr erkennen. Wir starrten uns nur an. Da kam Antonia wieder und brachte ein Foto, legte es stumm auf den Tisch und ging wieder. Walter nahm es zuerst und sah es an.

„Das sind wir! Die Zwillinge und ihre Schwester Bernadette."

Dann nahm es Robert in die Hand und sah es ebenfalls an.

„Stimmt ja nicht, wie sollen die von damals ein Foto haben."

„Nein, das sind die Gesichter, die ich in meiner Trance sah. Man sieht ja nicht die Gesichter von damals, sondern die, die man von jetzt kennt und die Menschen, die man immer wiedertrifft. Ich habe so einige getroffen!"

Jetzt nahm ich es Robert weg und sah es mir selber an. Ich sah drei Kinder, zwei Jungs und ein Mädchen. Es könnten Geschwister sein.

„Wer ist das?", fragte ich.

„Das sind wir, Walter, Regina und ich", antwortete Robert.

Ich gab es auch Anita. Irgendwie bekam ich die Zusammenhänge raus. Man lebte ja nicht nur einmal auf der Welt, sondern öfter und man muss bestimmte Dinge erledigen, ansonsten bleiben sie liegen und man schleppt sie sein Leben lang mit sich mit, und wenn man sie nicht irgendwann löst, steht man vor einem Berg ungelöster Probleme. Und dann wird es schwierig, sein Leben zu meistern. Und da gibt es jetzt einiges zu lösen. Das eine wäre bereits gelöst, aber was war da noch mit seiner Mutter? Welcher auch immer?

„Hallo Bruder!", sagte Robert, „ich habe es ja schon immer gesagt du bist wie ein Bruder zu mir."

„Und ich konnte dir nicht widersprechen", antwortete Walter ihm.

„Sagen wir es auch Regina?", fragte Robert.

„Ich weiß nicht! Wird sie es vertragen und verstehen?"

„Du bist der Hellseher, nicht ich."

„Und ich sehe derzeit nichts voraus, alles ist blockiert."

„Jetzt auch noch, da das hier jetzt geklärt ist?"

Walter nahm Roberts Hand, dann Anitas und zum Schluss meine. In dem Moment schlug die Wanduhr im Vorraum Mitternacht. Es war schon spät geworden. Walter und ich sahen uns an. Mich durchfuhr ein Blitz, dann wurde es mir warm. Ich sah Bilder, von einem Feuer, Leute drum herum und ich lag in den Wehen. Alles etwas verschwommen und wirr. Walter ließ die Hand los.

„Nichts, alles dunkel, nur einige Stimmen, aber viel zu leise, um etwas zu hören."

Ich verhielt mich ruhig und sagte nicht, dass ich etwas gesehen habe. Wieso konnte ich jetzt in die Zukunft sehen und nicht Walter? Ich musste mir alles durch den Kopf gehen lassen. Robert fragte dann: „Und was war in dem Kästchen und wieso hattest du den Schlüssel?"

„Den hatte mir Miranda auf unserer Hochzeit gegeben. Und in dem Kästchen waren Schmuck und Fotos meiner Mutter."

Wir verabschiedeten uns, weil es ja schon spät war, und gingen schlafen. Ich träumte nur wirres Zeug in dieser Nacht.

Antonia ging ihm am nächsten Morgen so gut es ging aus dem Weg. Beim Frühstück verstellte er ihr dann den Weg, nahm sie in den Arm und sagte:

„Mutter, du kannst doch nichts dafür. Und es ist alles gut."

Dann weinte sie. „Deine Urgroßmutter sagte noch, bevor sie starb: ‚Und es wird wieder eine Bernadette geben in der Familie.' Dabei sah sie mich an.

Mir lief ein kalter Schauer über den Rücken. Darum war ich so dagegen, dass ihr das Mädchen so nennt, aber wenn es so sein soll, will ich es nicht so machen wie sie und darauf drängen, dass ihr ihr einen anderen Namen gebt."

Dann ging sie sich umziehen für die Messe. Robert setzte sich zu mir.

„Ich habe mir das die halbe Nacht durch den Kopf gehen lassen, was wir gestern alles erfahren haben. Wenn es wirklich eine Reinkarnation gibt, dann wäre ich schon einmal oder öfter auf der Welt gewesen? Und ich müsste jetzt etwas tun, was ich in einem anderen Leben noch nicht gemacht habe?"

„Ja, genauso. Wenn du einer der Jungs warst, von denen Walter gesprochen hat. Dann musst du ihm diesmal in diesem Leben helfen. Was du ja auch tust, indem du ihm glaubst und vertraust. Was du damals nicht getan hattest. Dann wird es im jetzigen Leben leichter und in deinem weiteren auch. Wer weiß, was wir in den Leben schon alles gemacht oder auch nicht gemacht haben. Und wie oft wir das wiederholen müssen, bis alles wieder im Reinen ist. Was wir für Aufgaben gestellt bekommen, die wir lösen müssen. Dann dürfen wir vielleicht ruhen oder ein schönes Leben haben, wo dann alles glatt läuft. Das weiß man leider nicht und man kann es nur erahnen."

„Ja, du mit deiner Esoterik. Du bist ja auch auf der gleichen Welle wie Walter. Dass ihr nicht zusammengefunden habt?"

„Könntest du dir ein Leben mit Anita vorstellen?"

„Nein, ganz sicher nicht. Ist ja nicht mein Typ!"

„Genau darum geht es! Du wirst immer mit dem zusammenkommen, der zu dir passt. Und so wie es kommen soll!"

Ich berührte seine Hand und schon wieder durchfuhr mich ein Blitz und mir wurde es heiß. Dass mir schwindlig wurde und Robert mich auffing, bemerkte ich nicht mehr. Als ich zu mir kam, sah ich in Roberts besorgte Augen.

„Was ist los?", fragte ich ihn.

„Du bist mir einfach so umgekippt."

Ich sah ihn verwirrt an.

„Ok, gut, mir geht es schon wieder besser. Kannst schon wieder zu Rosa in den Stall gehen."

Denn Rosa erwartete schon wieder ein Kälbchen. Das letzte Mal war die Geburt normal verlaufen. Wir hatten ja den Tierarzt auf dem Hof und Robert hätte ihn gar nicht gebraucht. Aber diesmal war Rosa wieder sehr unruhig.

„Wieso weißt du, dass ich wieder zu Rosa in den Stall wollte?"

„Ist ja normal, wenn Rosa ein Kälbchen bekommt, oder?", redete ich mich raus. Dabei hatte mich was anderes bewogen, es zu sagen. Nachdem er sich überzeugt hatte, dass es mir besser ging, ging er zu Rosa und ich fing an zu kochen und legte die Jungs ins Bett. Dabei kam es mir so vor, als würde ich ihr Leben sehen. Was sie machen und tun werden. Ich hielt mich bald auch schon für verrückt. Ich erzählte diese Vorgänge nicht mal Walter. Und in dieser Nacht bekam Rosa Zwillinge. Mit den Namen Emma und Eva. Voriges Jahr war es eine Dora.

Bernadette

So verging die Zeit. Ich fragte Antonia, ob sie nicht irgendwo einen Stammbaum hätte. Es war wieder so eine Ahnung. Sie gab mir das Buch, aber es reichte nicht weit zurück. Ich brachte es wieder in ihr Zimmer und wollte es in die Lade legen, da sah ich ein noch älteres Buch. Ich nahm es raus und schon wieder hatte ich eine Vorahnung, dass ich im Dunklen in den Wehen lag. Ich schlug das Buch auf und sah nach. Und wirklich fand ich das, was ich suchte. Die Ahnen Wilhelm und Walter, Zwillinge, und ihre Schwester Bernadette. Die verstorbene Mutter hieß Wilhelmina.

Meine Kinder überraschten mich auch mit einem Stammbaum, den sie nach unserer Hochzeit erstellen ließen. Ohne zu wissen, dass ich selber danach suchen wollte und sie wussten auch nichts von Walters Geheimnis.

„Das brauchen sie nicht zu wissen. Das geht nur unsere Familie was an", war meine Antwort und keiner sagte etwas dagegen. Eigentlich wollten sie es mir zu meinem Geburtstag schenken, aber sie konnten nicht so lange warten und brachten es eines Sonntags vorbei. Die Ahnenreihe ging sehr weit zurück bis zu einer Willhelmina und deren drei Kinder. Wilhelm, Walter, Zwillinge, und einer Bernadette. Es war gut, dass keiner da war. Ich glaubte es nicht. Ich hatte auch die gleichen Ahnen.

„Zwei mit einer Gabe, der dritte als Ausgleich", fiel mir sofort ein.

Ich bedankte mich sehr bei meinen Kindern und räumte es gleich weg. Das wollte ich jetzt noch keinem sagen.

Und es passierte immer öfter, dass ich Vorahnungen hatte, aber ich behielt sie so gut es ging für mich und erzählte nur das Nötigste. Auch Regina erfuhr, dass Walter ihr Bruder war und sie nahm es gelassen auf.

„Darum hatte ich dich immer so lieb", war ihre Antwort darauf und sie umarmte ihn.

„Und jetzt nicht mehr?", fragte Walter.

„Doch, denn jetzt bist du mein Bruder."

Eines Tages kam Walter zu mir. Das war kurz vor der Geburt meines zweiten Enkels im März. Ich war gerade alleine in der Küche.

„Hallo Anja."

„Hallo Walter, was führt dich zu mir? Robert ist zur Weide gefahren. Der ist leider nicht da."

„Nein, ich bin wegen dir hier. Ich habe da eine Frage an dich."

„Ja, und welche?"

„Hast du Vorahnungen? Denn ich hatte seit dem Tod meiner Großmutter zuerst kaum welche, dann überhaupt keine mehr und ich habe mir so einiges durch den Kopf gehen lassen und Robert hat mir etwas erzählt, was mich aufhorchen ließ."

Jetzt musste ich ihm gestehen, dass ich wirklich Vorahnungen hatte. Und das dürfte an ‚Bernadette' liegen. „Und ich glaube ich muss jetzt das gleiche machen wie du. Nicht zu viel sagen. Nur das Wichtigste. Ist wirklich oft schwer", erzählte ich ihm.

„Ja, das glaube ich dir. Und kannst du mir was sagen? Was kannst du verantworten? Ich will dich gar nicht erst fragen, was du alles weißt, denn sonst würde sich die Geschichte wiederholen."

„Feuer", rutschte mir ungewollt heraus.

„Was ist mit dem Feuer? Gut oder schlecht?"

Ich zuckte mit den Achseln und hielt mir den Mund mit der Hand zu, damit nicht noch mal was ungewollt rauskam.

„Okay, wir werden sehen, was noch auf uns zukommt."

Er wollte mir zum Abschied noch die Hand geben, ließ es dann aber doch sein.

„Sei mir aber bitte vorsichtig!", sagte er noch.

„Ja, werde ich. Mir rutscht nur manchmal was raus, so wie jetzt."

„Und das ist schon gefährlich genug. Weiß Robert was davon?"

„Ich denke, er ahnt etwas, sagt aber nichts dazu."

„Na dann, tschau und mach es gut."

„Ja, du auch und pass auf die Rehe auf."

Was war das denn schon wieder?

Walter sah mich an und sagte nur: „Danke."

Eine halbe Stunde später rief er mich an.

„Alles okay bei mir. Das andere Auto hat dafür ein Reh erwischt. Weil ich langsamer gefahren bin als sonst. Und da musste mich das andere

Auto überholen und einen Kilometer später stand es da mit einem Reh auf der Kühlerhaube. Ich hielt an und fragte ihn, ob ich helfen könne. Er meinte danke nein, er habe schon die Polizei angerufen. Normal wäre ich dort auch schneller gefahren. Also noch mal danke! Und schlaf gut."

„Danke, aber in letzter Zeit schlafe ich nicht so gut."

„Ja, das bringt das auch mit sich."

Und ich hörte ihn sogar durch das Telefon grinsen.

Es war Donnerstag, der 1. März, als mein Sohn anrief. Ich hatte gerade Benjamin auf dem Arm und fütterte ihn. Robert fütterte Benedikt und der saß im Kinderstuhl.

„Geh du bitte ran. Es ist Christian und er will uns ..."

Ich hörte sofort damit auf, als ich merkte, was ich schon wieder von mir gab. Robert ging zum Telefon und er sah mich fragend an. Es war wirklich Christian. Ich hörte ihn sagen:

„Ja, die füttert gerade Benjamin. „Ja, danke, ich werde es ihr ausrichten."

Dann kam er zu mir.

„So jetzt raus mit der Sprache. Was weißt du schon wieder, was ich nicht weiß und rede dich nicht auf Walter aus. Der hat momentan keine Vorahnungen."

Ich sah ihn nervös an. Jetzt dürfte es ihm zu viel geworden sein. Denn solche Szenen häuften sich in letzter Zeit.

„Ich kann nichts dafür", sagte ich zögerlich. „Das kommt einfach und ich kann es leider nicht ganz kontrollieren."

„Dann weißt du sicher auch, was er mir gesagt hat, oder?"

Er sah mich durchdringend an, während er auf mich zukam und sich vor mich niederhockte.

„Sie haben ein Mädchen? Heute? Und Christa?"

„Wozu gehe ich ans Telefon, wenn du es eh schon weißt?", sagte er zwar ärgerlich, aber nicht böse gemeint.

„Damit du mir sagst, wie groß und schwer sie ist?", fragte ich schmunzelnd.

Er konnte dann nicht anders und musste auch lächeln.

„49 cm groß und 2800 Gramm schwer. Ihr seid mir schon zwei! Zuerst erzählt mir der eine nicht viel, und jetzt kann meine Frau in die Zukunft sehen und erzählt mir nichts."

„Das darf ich doch nicht! Mir rutscht ja eh schon so viel raus, was ich gar nicht will."

„Ehrlich gesagt, trau ich mir kaum noch, dich zu küssen oder dich einfach nur anzufassen, weil ich schon befürchte, du klappst mir wieder zusammen oder sagst etwas, was du gerade gesehen hast."

Ich legte meine Hand auf seine. Und ... es passierte nichts.

„Das ist das Kind in mir und die Vorahnungen kommen und gehen. Und du brauchst keine Angst zu haben. Es wird bald ein Ende haben. Der Termin ist ja schon festgesetzt, ab dem 10. Mai. Und das dauert doch nicht mehr lange."

„Irgendwie noch viel zu lange."

Insgeheim bat ich meine kleine Tochter, doch nicht so viel preiszugeben. Überhaupt wenn Robert mich berührte. Und es dürfte funktionieren. Denn in der nächsten Zeit bekam ich ganz selten Vorahnungen, wenn er mich berührte. Oder gab es nichts zu wissen? Das Leben verlief wieder fast normal. Der Tag der Geburt rückte näher.

Es hatte den Brauch gegeben, dass man in der Walpurgisnacht Feuer entzündete. Doch das wurde vor Jahrzehnten abgeschafft und jetzt belebte die Jugend diesen Brauch wieder. Alles strömte hin. Da ich nicht so lange stehen konnte und auch nicht übers Feuer springen wollte, es sollte Glück bringen, blieb ich zu Hause bei den Jungs. Antonia und Franz fuhren auch mit. Robert wollte zwar nicht, aber mir ging es die letzten Tage so gut wie noch nie. Ich konnte ihn überreden doch auch zu fahren.

„Du hast ja das Handy mit. Sollte was sein, werde ich dich anfunken. Aber der Termin ist ja erst in zehn Tagen."

So ließ er sich doch überreden. Denn Walter wollte ja auch mit Familie kommen, sogar Regina hatte sich angesagt.

„So was darf man sich doch nicht entgehen lassen. So als kleine Hexe."

Damit spielte ich auf Walters Gabe an. Ich machte es mir dann mit einem Buch gemütlich, nachdem ich die Jungs schlafen gelegt hatte. Nur waren sie heute so unruhig. Ich sah des Öfteren nach ihnen. Es war dann schon nach 20 Uhr als mir etwas mulmig und auch schwindlig wurde. Ich schob es darauf, dass ich zu wenig trank und holte mir etwas zu trinken. Doch gegen 21 Uhr wurde es noch schlimmer und ich hatte Schmerzen im Rücken. Da wurde es mir klar: Es ging los, ich bekam schon das Kind. Etwas zu früh. Aber der Arzt konnte nie den richtigen Zeitpunkt ausrechnen. Er meinte auch:

„Rechnen Sie mit allem. Anfang Mai bis Ende Mai." Darum nahmen wir die Mitte. Aber doch nicht jetzt und heute, wo keiner da war. Aber eigentlich war es die richtige Nacht. In der Hexennacht, der Walpurgisnacht. Ich suchte das Handy. Kein Empfang! Das konnte doch nicht wahr sein! Ich ging zum Festnetz. Tot! Und dann ging noch das Licht aus. Ich suchte Kerzen und eine Taschenlampe. Und dann kam auch schon die erste Wehe. Ich dachte an Robert, an Walter. Wenn ich sie doch nur erreichen könnte! Ich sah raus und sah das Feuer in der Ferne. Feuer! Habe ich nicht zu Walter Feuer gesagt? Ich hoffte, Walter würde kommen und dass er eine Vorahnung hätte. Nein, die hatte ja ich und wie sollte er es dann wissen? Ich schloss die Tür und die nächste Wehe kam.

Walter! Bitte denke an das Feuer, denke an deine Ahnen. An unsere Ahnen. Bitte, ihr Ahnen, helft mir!, flehte ich innerlich. Ich nahm die Kerzen mit ins Zimmer, stellte sie auf und zündete sie an. Ich konnte jetzt nur noch abwarten.

,Geboren im Dunkeln.'

Ich hörte nicht die Tür, so sehr war ich mit mir beschäftigt. Erst als Walter nach mir rief.

„Hier! Ich bin im Schlafzimmer!"

Er kam hereingestürmt, so gut es im Finstern ging.

„Och, gut dass du da bist. Ist Robert auch da?"

„Nein, ich war gerade auf dem Weg zum Walpurgisfeuer, und als ich den Feuerschein sah, da fiel mir dann ein, was du mal gesagt hast! Feuer! Ich lieferte meine Familie ab und fuhr sofort her. Ich sagte zu ihnen, ich habe etwas vergessen. Robert habe ich gar nicht gesehen. Aber da war so ein Andrang, dass ich froh war, noch wegzukommen mit dem Auto. Hast du schon den Notarzt angerufen? Ich habe probiert, dich zu erreichen, aber da hörte ich immer nur: ,Momentan nicht erreichbar.' Darum dachte ich du telefonierst gerade."

Nach der Wehe sagte ich:

„Das kannst du heute vergessen. Alles tot, kein Telefon und kein Strom!"

„Ist mir auch schon aufgefallen. Soll ich dich mit meinem Wagen ins Krankenhaus fahren?"

„Walter, das schaffen wir nicht mehr! Hol Badetücher, setz Wasser auf, such eine Schere und Bindfaden."

Dann kam wieder eine Wehe. Inzwischen ging es auf 22 Uhr zu.

„Walter, du sollst gehen und das holen, was ich gesagt habe."

Ich nahm die Batterielampe und gab sie ihm.

„Das wollte ich gerade fragen, womit soll ich suchen."

Er beeilte sich so gut es ging und ich zog mich aus und legte mich aufs Bett. Ich warf die Decken runter und stopfte die Kopfkissen hinter mich. Als Walter mit den Badetüchern kam, sah es aus wie auf einem Schlachtfeld.

„Ich habe noch rasch das Funkgerät angeworfen. Es hatte noch so viel Saft in der Batterie, dass ich die Bergwacht erreichen konnte. Die funken ins Krankenhaus und schicken uns den Notarzt, du sollst noch so lange durchhalten."

„Walter, das schaffe ich nicht! Bis die kommen, ist es zu spät! Du bist Geburtshelfer, du bist derjenige, der sie ins Leben holt."

Dann wurde er auch wach und kapierte, was diese Worte bedeuteten.

„Aber das kann ich doch gar nicht!"

„Doch, du kannst das!"

Ich holte Luft und sprach weiter.

„Ich sage dir, was zu tun ist und die ganzen Ahnen stehen uns bei. Unsere Ahnen, Walter! Deine und meine! Wir haben dieselben! Meine Kinder brachten mir vor einiger Zeit einen Stammbaum! Wir haben die gleiche Urahnin! Wilhelmina! Und sie kommen alle zur Geburt ihrer Ur-ur-ur und noch was -Enkelin! Auch deine Mutter ist da!"

Eine Wehe hielt mich ab, weiterzureden. Er sah mich nur an.

„Siehst du sie nicht?"

„Nein, ich sehe nur dich."

„Dann wird es noch kommen. Vertrau mir und ihnen. Was ist mit dem Wasser?"

„Ist auf dem Ofen."

„Hol eine Waschschüssel und leg die Schere rein und gieß dann das kochende Wasser drüber, sie muss desinfiziert werden."

Während der nächsten Wehe machte er, was ich gesagt hatte. Die Badetücher platzierte ich unter mich. Eines legte ich weg für das Kind. Die Wehen wurden stärker. Bald würde ich mitpressen müssen.

„Mir wäre es auch lieber, ich wäre jetzt in einem Krankenhaus."

„Wieso wusstest du, dass ich an das gedacht habe?"

„Weil ich es mir auch gedacht habe."

Walter hatte alles gerichtet. Die Waschschüssel, die Schere, Schnur, Badetücher. Mehr konnte er vorerst nicht tun. Er sah immer wieder auf die Uhr.

„Es wird bald Mitternacht und der Notarzt ist immer noch nicht da."

„Der ist aufgehalten worden!", sagte ich aus einem Impuls heraus.

„So, Walter! Es geht los! Denn gerade ist die Fruchtblase geplatzt."

Ich fing an zu pressen und Walter musste sich unten hinstellen und mir sagen, wie weit wir sind.

„Es dehnt sich ... weiter ... Ja, weiter so ... ich sehe Haare ... viele Haare ... das Köpfchen ... und ..."

Dann wollte er sie in Empfang nehmen.

„Es geht nicht weiter. Sie scheint zu stecken."

„Sag mir, was du siehst."

Sie hat etwas um den Hals und sie ist schon ziemlich blau."

„Das ist die Nabelschnur! Du musst sie durchschneiden. Lege zwei Finger unter ihren Hals und schneide sie dann durch."

„Aber ..."

„Nichts aber, mach es, sonst sterben wir beide, denk an Willhelmina, denk an mich!"

Er tat, was ich sagte, dann machte es einen Rutscher und sie war da.

„Auf die Uhr sehen!"

„Mitternacht", sagte er.

Aber sie schrie nicht, wie es sich gehörte. Ich sah noch die Ahnen reihum. Walter sah sich auch um, so als würde er sie jetzt sehen.

„Walter, du musst sie mit den Füßen halten und ihr einen Klaps auf den Po geben."

Er gab ihr eher eine Streicheleinheit.

„Walter, stärker! Ich sah noch, wie es ihm Miranda vorzeigte. Dann machte er es auch so. Und dann kam der Schrei! Und die Ahnen verschwanden reihum. Ich hörte noch Miranda:

„Gut gemacht, mein Junge!"

„Danke, Großmutter!"

„Walter, gibst du sie mir bitte? Und bindest du die Nabelschnur ab, bitte?"

Er nahm sie vorsichtig beim Köpfchen und hob sie hoch. Und genau in diesem Moment kam das Licht wieder zurück. Und unsere Handys fingen an zu brummen und zu summen. Nachdem er die Nabelschnur abgebunden hatte, sah Walter auf sein Handy.

„Zehn Anrufe von Robert und fast so viele von Anita."

Dann setzte er sich zu mir und wir wickelten Bernadette in das Badetuch. Ich sah Walter an und sagte: „Danke."

„Nein, ich muss dir danken, dass du trotz allem einen kühlen Kopf behalten hast."

„Sie haben mir alle geholfen. Unsere Ahnen."

„Das musst du mir mal in einer ruhigen Minute erklären. Das war jetzt alles zu viel."

Er hielt immer noch meine Hand.

„Ich kann wieder in die Zukunft sehen."

„Das gehört sich auch so. Wer würde denn sonst Bernadette helfen?"

Bevor er aber wieder nach unten konnte, hörten wir Autos auf den Hof fahren, blaues Licht blinkte. Und jemand stürmte die Treppe rauf. Zur Tür rein ... stürmte Robert.

„Der Arzt ist schon da!", keuchte er.

„Bernadette auch."

Und dann stand Walter auf und umarmte Robert.

„Herzlichen Glückwunsch, Bruder. Du hast eine ‚zauberhafte' Tochter!"

Robert sah da erst, dass ich etwas im Arm hielt. Dann kam er auf mich zu und sah sich seine Tochter an. Nicht mal bei den Zwillingen war er so andächtig. Denn da war er überrascht. Jetzt kamen auch die Sanitäter ins Zimmer.

Walter sagte: „Lasst das Elternpaar noch etwas alleine."

Damit schob er sie raus.

„Kannst du jetzt noch in die Zukunft sehen?"

„Nein, das haben mir Walter und Bernadette abgenommen. Aber wieso bist du so schnell hier?"

„Ich sah Anita mit den Kindern, aber keinen Walter und als sie sagte, er habe etwas vergessen, wusste ich, da war etwas nicht in Ordnung. Ich rief an, aber kam nie durch, weder bei dir noch bei Walter noch am Haustelefon. Dann wollte ich so rasch wie möglich nach Hause, aber das Auto war eingeparkt und ich konnte nicht weg. Ich rief einen Freund bei der Bergwacht an, weil ich dachte, er könne mir vielleicht helfen. Und der erzählte mir noch, dass Walter ihn angefunkt und den Notarzt bestellt hatte. Da war es dann ganz aus mit mir. Anita hatte zu tun mich zu beruhigen. Und es war genau Mitternacht, als das Feuer Funken sprühte und alles auseinanderstob. Ich ging wieder zum Auto. Und es stand frei da, so als wäre es niemals eingeparkt gewesen. Anita fuhr auch mit den Kindern mit. Mutter und Franz sagten, sie kämen auch nach. Als wir zum Hof kamen, sahen wir die Rettung. Ich dachte alles ist aus. Und dann sitzt du da, so als wäre nichts geschehen."

„Doch, es ist so viel geschehen, ich werde es dir später erzählen, sofern ich noch alles weiß. Und Walter hatte dabei sein müssen, so wie es seine Großmutter sagte. Er musste sie ins Leben holen. Und er hat seine Kraft wieder. Und ich bin froh, dass ich sie nicht mehr habe. Aber wir werden genug zu tun haben mit Bernadette. Sie wird viel mehr können als Walter und Miranda. Und er ist ihr Helfer, Pate und Mentor."

Da kamen dann auch schon die Sanitäter wieder.

„So, jetzt werden wir uns mal um die Mutter und das Kind kümmern. Wollen Sie die Nabelschnur durchtrennen?"

„Nein, das haben wir schon machen müssen."

Jetzt war sie auf sich alleine gestellt und auf Walter. Sie holten dann noch die Nachgeburt und dann ging es zur Sicherheit ab ins Krankenhaus. Robert holte uns dann am nächsten Tag wieder ab.

Im Radio wurde dann gesagt, dass eine Sonneneruption die Handys lahmgelegt hatte. Aber wer hatte bei uns im Haus das Licht abgedreht? Sonst nirgends war ein Stromausfall gewesen. Ich wusste es besser. Die ganze Energie der Ahnen hat dies bewirkt. Ich sah sie nie wieder.

Einige Zeit später setzten wir uns wieder gemeinsam an einen Tisch. Walter, Anita, Robert, Regina, Gerhard und Antonia. Ich holte den Stammbaum von meinen Kindern raus und auch das Buch von Antonia. Sie staunten nicht schlecht, dass wir alle die gemeinsame Urahnin hatten. Jetzt war auch das letzte Rätsel gelöst, warum Robert und ich zusammenkommen mussten.

Walter und Bernadette reden oft über Geister. Ob sie doch irgendwo im Haus herumstreifen? Ich lege ihnen jedes Jahr zur Walpurgisnacht einen Kräuterstrauß vor die Tür als Dank für die Hilfe. Denn alleine wäre ich gestorben, wäre Walter nicht rechtzeitig gekommen. Denn sie warteten nicht nur, um der Geburt beizuwohnen. Das sagte ich keinem. Nicht mal Walter. Aber Bernadette erzählte es gerne.

„Wenn Onkel Walter nicht da gewesen wäre, wäre ich gestorben."

Sie hatte recht, sie hatte in vielem recht. Sie liebt Walter abgöttisch und er sie ebenfalls. Antonia hatte sich auch mit dem Namen anfreunden können und liebt ihre Enkelin sehr. Wir sind alle noch mehr zusammengewachsen. Wir machen unser Walpurgisfeuer seit damals immer selber. Und erzählen uns dann gegenseitig, wie es war in dieser Nacht. Bernadette war vier, als sie auch am Feuer anfing zu erzählen.

„Es war dunkel in dieser Nacht.
Walter hat mir das Licht gebracht.
Meine Ahnen sind heute alle hier.
Und geben Glück und Segen allen hier."

Wir waren alle sprachlos. Woher hatte sie das? Wir sahen Walter an, aber der war genauso überrascht.

„Das hat mir Miranda beigebracht. Und sie wird jedes Jahr kommen, bis es auch für sie Zeit wird, wieder auf die Welt zu kommen."

Dann ging sie zu Antonia und sagte zu ihr:

„Bernadette ist dir nicht böse. Es hat nur alles anders kommen müssen, als sie dachte. Sie lässt dich grüßen und kommt bald wieder auf die Welt."

Wir sahen sie alle ungläubig an. Doch Antonia streichelte ihr über den Kopf und sagte:

„Danke, kleine Bernadette."

Solche und ähnliche Dinge behielten wir für uns, denn wer würde uns das glauben?

Mit sechs Jahren fand Bernadette das Brautkleid und fragte, ob sie es auch mal tragen würde.

Ich sagte ihr:

„Ganz sicher, wirst du es tragen dürfen, aber du musst es dir von einer Ahnin holen oder kaufen."

Sie verstand es damals nicht und sagte nur:

„Es hängt ja in deinem Schrank, wieso soll ich es dir abkaufen?"

Und einige Zeit später war es weg. Es hat sich eine neue Trägerin gesucht. Etwas später bekam ich einen Brief. Ich kannte die Absenderin nicht. Ich öffnete den Brief und mir fiel ein Foto entgegen. Das zeigte die junge Verkäuferin mit meinem bzw. unserem Kleid. Und hintendrauf stand ein großes *Danke! Habe es auf einem Flohmarkt gefunden, eine alte Frau, die rot-schwarz gekleidet war, hatte es mir verkauft und ich fragte sie, wie sie heißt. ‚Miranda', sagte sie mir. Kennst du sie vielleicht?*

Ich habe schon lange nicht mehr an die Verkäuferin gedacht. Aber anscheinend sie an mich. Wir haben seit dem Zeitpunkt einen regen Schriftverkehr und treffen uns auch persönlich öfter. Ich hatte ihr alles geschrieben, was sich damals zugetragen hatte.

Ich wusste doch, dass deine Tochter die Auserwählte ist. Es musste alles so kommen. Und hadere nicht mit dem Schicksal. Denn sonst legt es dir Steine in den Weg, schrieb sie mir zurück.

Und eines Tages wird das Kleid zurückkehren zu meiner Tochter ... wenn sie es da dann noch tragen will.

Und sie trug es! Erworben bei einer Frau, die es auf einem Basar verkaufte. Sie heiratete Emanuel. Den Sohn von Anitas Schwester!

In ihr Album schrieb ich hinein:

Geboren in der Walpurgisnacht zu Haus.
Ohne Licht im Dunkeln nur im Kerzenschein.
Umringt von deinen Ahnen.
Ins Leben zurückgeholfen von deinem Paten.
Mit dir erschien das Licht.
Der Bann war damit gebrochen.
Das Schicksalsbuch wurde vorerst geschlossen.
Die Ahnenreihe wurde fortgesetzt.
Die Gabe wurde weiter- und zurückgegeben.
Wir haben dich sehr lieb.
Und du hast einen Paten, der dich abgöttisch liebt.
So hat sich alles ergeben wie vorhergesagt.
Vergiss es nie, meine liebe Tochter,
Getauft auf die Namen deiner Ahnen und deines Schutzpatrons in dieser Nacht.

Bernadette, Wilhelmina, Walpurga

Die Autorin

Doreen Brigadon interessiert sich sehr für das
Übersinnliche. Angeregt vom Lesen begann sie,
auch selbst zu schreiben – daraus wurde ihr erstes
Buch „Was Funken, Glücksbringer und die ‚Drei'
gemeinsam haben". Weitere folgen.
Neben dem Lesen und Schreiben gehört ihr Garten
zu Doreen Brigadons großen Hobbys.

Der Verlag

*Wer aufhört
besser zu werden,
hat aufgehört
gut zu sein!*

Basierend auf diesem Motto ist es dem novum Verlag
ein Anliegen neue Manuskripte aufzuspüren, zu ver-
öffentlichen und deren Autoren langfristig zu fördern.
Mittlerweile gilt der 1997 gegründete und mehrfach
prämierte Verlag als Spezialist für Neuautoren in
Deutschland, Österreich und der Schweiz.

**Für jedes neue Manuskript wird innerhalb
weniger Wochen eine kostenfreie, unverbind-
liche Lektorats-Prüfung erstellt.**

Weitere Informationen zum Verlag und
seinen Büchern finden Sie im Internet unter:

w w w . n o v u m v e r l a g . c o m